L'HOMME DU BUNKER

Diplômé de la London University en sociologie, psychologie sociale et économie, également expert en plongée sous-marine et tireur d'élite, Jack Higgins vit sur l'île de Jersey. Il est l'auteur de 57 romans. Depuis *L'Aigle s'est envolé*, tous ses livres sont des best-sellers internationaux.

Paru dans Le Livre de Poche :

L'Ange de la mort

L'Année du Tigre

Danger imminent

Le Festin du diable

Le jour où il faudra payer

Midnight Runner

Mission Saba

La Nuit des fossoyeurs

Opération Cornouailles

Opération Virgin

Le Secret du président

Terrain dangereux

Une taupe à la Maison-Blanche

Le Vol des aigles

JACK HIGGINS

L'Homme du bunker

ROMAN TRADUIT DE L'ANGLAIS (ÉTATS-UNIS) PAR PIERRE REIGNIER

ALBIN MICHEL

Titre original :

BAD COMPANY

ISBN : 978-2-253-09905-5 – 1re publication LGF

Pour Amber

Au matin du 26 avril 1945, deux Junker 52 chargés de munitions pour chars d'assaut réussirent à se poser au centre de Berlin assiégé, sur un boulevard aménagé en piste d'atterrissage provisoire. L'artillerie russe pilonnait la ville sans relâche. Quelques jours plus tard, le Troisième Reich ne serait plus et Hitler se donnerait la mort.

Les Junker n'étaient pas les seuls avions à atterrir de cette façon. Le même jour, Ritter von Greim, général de la Luftwaffe, arriva à Berlin à bord d'un Fieseler Storch. Il était accompagné par l'as de l'aviation Hannah Reitsch. Avant d'avoir touché le sol, il fut légèrement blessé : Reitsch prit le manche et parvint à poser l'appareil sur l'avenue Est-Ouest près de la porte de Brandebourg. Von Greim, élevé au grade de maréchal, repartit le lendemain à bord d'un Arado piloté par Reitsch.

On rapporte qu'à cette période de nombreux autres appareils légers quittèrent Berlin en utilisant les rues comme pistes d'envol. La légende raconte que Martin Bormann, l'homme le plus puissant d'Allemagne après Hitler, put s'enfuir de cette façon jusqu'en Norvège où il embarqua dans un sous-marin à destination de l'Amérique du Sud.

Et puis il existe une autre légende, encore plus extraordinaire : l'histoire d'un SS Sturmbahnführer, le baron Max von Berger, qui s'échappa dans un Fieseler Storch en décollant de l'avenue Est-Ouest peu après le mariage d'Hitler avec Eva Braun. Il emportait avec lui l'héritage le plus durable du Führer.

Village de Dauncey
West Sussex 2002

1

Il pleuvait à l'enterrement de Kate Rashid, comtesse de Loch Dhu. Un épais rideau de pluie tombait à l'oblique sur le village de Dauncey et obligeait les gens à se précipiter à l'abri de l'église. D'innombrables voitures embouteillaient la rue principale, car grands et puissants de ce monde avaient tous fait le déplacement pour rendre un dernier hommage à lady Kate.

La Daimler du général Charles Ferguson venait juste d'arriver ; il était assis sur la banquette arrière en compagnie de Sean Dillon. Celui-ci tira une flasque en argent de la poche intérieure de sa veste, but une gorgée de whiskey Bushmills, puis alluma une cigarette avant de demander :

– Nous entrons ?

– Non.

– Alors pourquoi sommes-nous venus ici ?

– C'est ce qu'on fait quand on est civilisé, Dillon. Il s'agit tout de même d'une histoire remarquable. La femme la plus riche du monde qui périt en mer, tout près des côtes anglaises, aux commandes de son propre avion ! Et son cousin Rupert qui a mystérieusement disparu, ajouta Ferguson en se renversant contre le dossier du siège. On n'aurait pas inventé mieux pour le scénario d'un téléfilm.

Dillon but une seconde lampée d'alcool à la flasque.

– Je l'ai déjà dit, général, mais dans le genre salopard sans pitié vous êtes un sacré numéro.

– Ah oui ? Je croyais que c'était vous, ça.

– Admettons. Mais je me répète : si nous n'entrons pas dans cette église, qu'est-ce que nous sommes venus faire ici ?

– Patience, Dillon. J'attends quelqu'un.

– Qui donc ça peut-il être ?

– Eh bien... Pour commencer, un de vos bons amis.

Une Mercedes s'arrêta à cet instant derrière eux.

– Et le voilà justement, ajouta Ferguson qui s'était retourné sur le siège.

Blake Johnson sortit de la voiture, courut sous la pluie et se précipita dans la Daimler.

– Très heureux de vous revoir, général, dit-il. Puis il serra la main de Dillon. Et toi aussi, mon cher ami irlandais.

– Mais bon sang d'où est-ce que tu débarques, toi ? demanda Dillon, péremptoire.

– De la Maison-Blanche, bien sûr.

Blake, la cinquantaine et les cheveux encore très bruns, était un ancien marine. Il était aussi et surtout le directeur, à la Maison-Blanche, des Affaires générales : un service que ceux qui le connaissaient – et ils n'étaient pas nombreux – appelaient simplement le « Sous-Sol ». En réalité, il s'agissait de la cellule de renseignement et d'intervention privée du président américain ; une unité totalement indépendante de la CIA, du FBI, des Services secrets ou de toute autre organisation gouvernementale.

– Mais pourquoi es-tu venu jusqu'ici ? insista Dillon, intrigué.

Ferguson écarta la question d'un geste.

– Alors, c'est vrai, demanda-t-il à Blake, au sujet du baron ?

– Ouaip ! L'annonce vient juste d'être faite. Le président m'a aussitôt ordonné de venir vous rejoindre, général, et me voilà.

– Et qui c'est cet animal – le baron, pour les intimes ? demanda Dillon.

– Vous allez le savoir d'un moment à l'autre, répondit Ferguson.

Une Rolls Royce se gara devant l'église. Un chauffeur en uniforme en sortit, parapluie à la main. Il ouvrit la portière arrière. Un homme d'une trentaine d'années apparut, un trench-coat sur les épaules ; il fit rapidement le tour de la voiture, tira la portière et patienta.

Le deuxième homme qui descendit de la Rolls était très âgé. Il portait un manteau de cuir noir et un chapeau à large bord, et il s'appuyait sur une canne à pommeau d'argent. Le jeune homme l'abrita sous le parapluie en lui offrant son bras. Ils marchèrent ensemble vers la porte de l'église.

– Le voilà, dit Blake.

– Qui est-ce ? demanda Dillon.

– Le baron Max von Berger, dit Ferguson. Un homme extrêmement riche. Et, comme Blake vient à l'instant de me le confirmer, nul autre que l'associé secret de Kate Rashid.

– Rashid ? Eh... attendez une minute ! Est-ce que vous voulez dire Berger comme dans... Berger International ?

– C'est cela même.

– Mais son groupe pèse des milliards !

– Exactement.

– Et maintenant il a pris le contrôle de Rashid Investments ?

– Malheureusement oui.

– Eh ben..., marmonna Dillon, et il marqua un temps avant d'ajouter : *Ça*, ça pourrait nous valoir des problèmes.

La pluie martelait le toit de la voiture. De la musique d'orgue émanait de l'église.

– Pourquoi est-ce qu'il pleut toujours aux enterrements ? demanda Blake.

– C'est comme ça que ça se fait à Hollywood, dit Dillon. C'est la vie qui imite l'art. Et le dur à cuire, c'était qui ?

– Le type qui accompagne le baron ? répondit Blake en esquissant un sourire. C'est intéressant que tu le décrives de cette façon...

– J'ai remarqué qu'il a eu le nez cassé, Blake. Je n'aimerais pas voir ce qui reste du bonhomme qui lui a fait ça.

– Il s'appelle Marco Rossi, intervint Ferguson. Il a étudié l'économie et les affaires à Yale, avant de s'engager dans l'aviation italienne. Il a été pilote de Tornado en Bosnie. On vous trouverait pas mal de points communs, Dillon. Après avoir été abattu en vol, il a passé une période extrêmement... stimulante derrière les lignes serbes. Des gens tout à fait déraisonnables, les Serbes, mais bon, ça vous le savez déjà. Sa mère a autrefois travaillé pour le baron. Elle était originaire de Palerme. Et... Oui, son oncle, un certain Tino Rossi, était une grande pointure de la Mafia.

– Je vois. Et qu'est-ce que fait le jeune Marco, ces temps-ci ?

Ce fut Blake qui répondit :

– Entre autres choses, il a pris la direction des services de sécurité de Rashid Investments pour le monde entier. Ne te fais pas d'illusions, Sean. Ce type est doué. Pas le genre à qui il faut chercher des embrouilles, même dans la rue.

Blake haussa les épaules, avant d'ajouter :

– Je l'ai même rencontré, à Washington, à des réceptions, diverses réunions de la bonne société. Il est charmant, raffiné, et les femmes l'adorent.

– Seulement, ne le prenez pas à rebrousse-poil, précisa Ferguson. Quand il était en cavale derrière les lignes serbes, en Bosnie, il a tué quatre hommes. Quatre, au moins, dont nous sommes sûrs. Il a toujours dans sa poche un cran d'arrêt plaqué d'ivoire sculpté en madone. Quand vous appuyez sur le bouton, la lame jaillit et remonte jusqu'au menton.

Le général eut un sourire en coin.

– Votre genre d'homme, Dillon.

– Donc s'il a pris les commandes de la sécurité chez Rashid Investments, ça veut dire qu'il peut avoir accès à tout ce que les Rashid avaient sur notre compte dans leurs ordinateurs.

– Exactement. Y compris la façon dont vous avez tué les trois frères de Kate Rashid, et le compte rendu de votre intervention plutôt radicale dans le Hazar, où ils ont leurs exploitations pétrolières. En outre, me semble-t-il, il finira bien par comprendre que c'est une coïncidence plutôt remarquable que Kate Rashid soit peu de temps après allée à la baille aux commandes de son Black Eagle, et que son cher cousin Rupert se soit volatilisé de la surface de la terre.

– Donc, ils vont nous tomber sur le dos.

– Oh oui, Dillon ! Je le crois tout à fait.

Ferguson ouvrit son attaché-case, dont il sortit une grande enveloppe.

– Vous avez intérêt à lire ceci. En particulier le passage sur les activités de von Berger pendant la Seconde Guerre mondiale. C'est infiniment instructif.

Le général se renversa contre le dossier du siège.

– Oui, Dillon, reprit-il. Je crois que nous allons au-devant d'une période très, *très* intéressante.

Berlin

Bunker du Führer 30 avril 1945

2

S'il y avait un enfer sur terre, c'était Berlin. La ville ne ressemblait plus qu'à un gigantesque charnier dévasté par les flammes, noyé sous un bouillonnement de fumée noire. Berlin était condamné, tout le monde le savait ; les Russes avaient déjà pris le contrôle de sa moitié est.

La population se déportait en masse, réfugiée de sa propre cité, emportant avec elle tout ce qu'elle pouvait – quelques pitoyables objets personnels – avec l'espoir fou de réussir à passer du côté ouest et à atteindre l'armée américaine qui avançait, elle aussi, sur la capitale du Troisième Reich.

Des bandes de SS rebelles arrêtaient tous ceux qui portaient un uniforme. Ceux qui n'avaient pas de laissez-passer, ou un ordre de mission quelconque, étaient tués sur place. Les bombes pleuvaient du ciel, balancées au jugé par l'artillerie russe. Les gens couraient en tous sens en poussant des cris d'effroi.

Le *Sturmbahnführer* Max von Berger était assis à l'avant d'un *Kubelwagen*, l'équivalent allemand d'une jeep. Un caporal SS tenait le volant ; derrière il y avait un sergent armé d'un pistolet-mitrailleur Schmeisser MP 40. Tandis qu'ils longeaient la Wilhelmstrasse en direction de la Chancellerie du Reich, ils aperçurent trois soldats SS qui s'apprêtaient à abattre d'une balle dans la tête deux civils agenouillés au bord de la chaussée.

Le baron von Berger ordonna au chauffeur de s'arrêter.

– Stop ! cria-t-il. Quelle autorisation avez-vous pour exécuter ces hommes ?

Les soldats SS se figèrent. Leur chef, un sergent, avait un faciès de brute et les joues mal rasées. Il regarda le manteau de cuir noir de von Berger, son visage juvénile, mais ne remarqua pas, sous son col, la croix de Chevalier avec les épées et les feuilles de chêne.

– Et nom de Dieu t'es qui, toi, fiston ?

– *Sturmbahnführer* von Berger.

Le sergent empestait l'alcool.

– À ton âge ? Tu m'as pas l'air d'avoir plus de dix-huit ou dix-neuf ans. Je parie que vous avez volé ces uniformes, toi et tes copains.

Il arma son Schmeisser.

– À *toi* de me montrer ton autorisation.

– Oh, d'accord. Sans problème.

Max von Berger sortit un Luger de la poche droite de son manteau et logea une balle entre les yeux du SS. Le sergent à l'arrière du *Kubelwagen* mitrailla les deux autres, qui essayaient de prendre la fuite.

Les deux hommes qui avaient été sur le point d'être assassinés se levèrent, hébétés, quand von Berger leur fit signe.

– Disparaissez, dit-il, puis il se tourna vers son chauffeur. En route !

Le *Kubelwagen* quitta la Wilhelmstrasse pour s'engager dans la Vossstrasse, en direction de la Chancellerie du Reich. Celle-ci, comme tous les bâtiments victimes des pilonnages, était défigurée. En ruine. Elle avait depuis bien longtemps cessé de fonctionner comme quartier général, mais dessous – sous trente mètres de béton – il y avait le dernier poste de commandement d'Adolf Hitler : le bunker du Führer. Un monde souterrain autonome et autarcique, avec électricité, approvisionnement en eau potable et de vastes cuisines. Toujours en contact avec le monde extérieur par radio et par téléphone. Et occupé par une foule de gens tels que Bormann, Ribbentrop et de nombreux autres généraux qui s'efforçaient tous d'éviter la dure réalité du fait que, trente mètres au-dessus de leurs têtes, le Troisième Reich connaissait une fin désastreuse.

La rampe d'accès des véhicules était détruite, mais il y avait de la place pour garer le *Kubelwagen* sur le côté. Le sergent SS en descendit et ouvrit sa portière à von Berger.

– Vous n'avez pas hésité, *Herr* Baron.

– Un réflexe, Karl. La guerre a été longue. Toi aussi, tu as bien réagi.

Il mit pied à terre, saisit une sacoche sur le siège arrière et se dirigea vers les sentinelles SS à l'entrée du bunker.

Les deux hommes se mirent au garde-à-vous.

– *Sturmbahnführer*.

– Que l'un de vous porte immédiatement ceci à l'aide de camp du général de division Mohnke. C'est le rapport qu'il voulait sur l'état de préparation de la deuxième brigade pour l'assaut final.

L'un des hommes prit la sacoche et s'engouffra dans l'escalier. Von Berger donna une tape sur l'épaule du deuxième.

– Trouvez-moi quelque chose à boire. L'année dernière j'ai été blessé à la hanche gauche, et certains matins elle me fait un mal de chien. Je serai au jardin.

Le soldat s'éloigna au pas de course.

– Viens, Karl, dit von Berger à son sergent.

Ils s'avancèrent au milieu des ruines pour entrer dans le jardin, un endroit autrefois magnifique qui n'était plus que désolation, entre arbres déracinés et cratères de bombes. Une tristesse profonde imprégnait les lieux, par rapport au souvenir de ce qu'ils avaient été. Pendant un moment le vacarme de l'artillerie ne sembla plus qu'un distant roulement du tonnerre. Von Berger sortit un étui en argent de sa poche, prit une cigarette, Karl Hoffer lui tendit son briquet. Vingt-cinq ans, coriace et courageux, Hoffer était forestier dans le vaste domaine boisé du baron, la Lande de Holstein, qu'on appelait aussi le *Schwarze Platz* – le Lieu Noir. Il y avait maintenant quatre ans qu'ils servaient ensemble.

– Alors, mon ami... Nous voilà dans de beaux draps, n'est-ce pas ?

– C'était la même chose à Stalingrad, monsieur le baron. Mais nous nous en sommes sortis.

– Pas cette fois, Karl. J'ai peur que nous ne soyons obligés de nous installer ici de façon permanente. Je me demande comment vont les choses, chez nous.

Il songeait au Schloss Adler, au-dessus du village de Neustadt, propriété de sa famille depuis sept cents ans, au centre d'une immense zone boisée, sombre et mystérieuse, parsemée de villages dont chaque habitant était membre de la famille étendue dont il était le chef.

– Avez-vous des nouvelles de madame la baronne ? demanda Hoffer.

– J'ai eu une lettre il y a quatre mois, mais rien depuis. Et toi ?

– Juste une lettre de ma Lotte, en février. Elle parlait de madame la baronne, bien sûr.

Lotte travaillait au Schloss comme gouvernante.

Von Berger père, général de division, avait été tué en 39 pendant la campagne de Pologne, avec pour conséquence que Max avait soudain été élevé au titre de baron. Sa mère était morte en le mettant au monde. La seule femme de sa vie était sa bien-aimée Elsa, qu'il avait épousée tôt à cause de la guerre. Comme lui, elle avait vingt-trois ans. Leur garçon, Otto, allait fêter son troisième anniversaire.

Le jeune garde SS reparut, une bouteille et deux verres serrés contre la poitrine.

– Je suis désolé, Herr Baron. J'ai peur que ce ne soit de la vodka.

Max von Berger rit.

– Je dirais que c'est assez bien adapté aux circonstances. Mais vous n'avez apporté que deux verres.

– Heu..., fit le jeune homme en rougissant. En fait, j'en ai un autre dans ma poche, *Sturmbahnführer*.

Le baron se tourna vers Hoffer.

– Tu vois comme ils sont bien formés !

Il prit la bouteille, en fit sauter le bouchon, se servit une généreuse rasade dans un verre et but d'un trait. Un halètement bruyant s'échappa de ses lèvres.

– Seigneur, ça fait du bien ! Les Russes ont dû fabriquer ce tord-boyaux à l'artisanale, dit-il, et il se servit un autre verre qu'il avala comme le précédent. Formidable. Tiens-moi la bouteille une minute, Karl.

– Monsieur le baron.

Von Berger retira son manteau de cuir et le tendit à Hoffer.

– Tout à coup, ma hanche va beaucoup mieux.

Il se servit une troisième vodka, avant de rendre la bouteille au jeune SS.

– À vous deux, maintenant.

D'une main, il sortit une cigarette de son étui, en tenant le verre de l'autre. Hoffer lui donna du feu. Il s'éloigna des deux hommes, savourant sa cigarette et la vodka qu'il sirotait maintenant à petites gorgées.

Hoffer et le garçon avalèrent en vitesse un premier verre, puis se resservirent. Le soldat SS était fasciné par von Berger.

– Nom de Dieu, dit-il. Son uniforme... Jamais je n'ai vu un truc pareil.

Hoffer, qui portait une tenue de camouflage, haussa les épaules.

– J'ai la même chose sous ces vêtements-là. Sauf les médailles, précisa-t-il avec un large sourire. Ces médailles, il n'y a que lui pour les avoir.

En dépit de son jeune âge, le baron Max von Berger avait été au combat en Pologne, en France et en Hollande avec la Waffen SS. Après quoi il avait été transféré au 21e bataillon de parachutistes SS, et blessé à Maleme en Crète. Puis il y avait eu l'Afrikakorps de Rommel, et ensuite la guerre d'hiver en Russie. Il portait une décoration en or qui signifiait qu'il avait été blessé cinq fois.

Malgré la « tête de mort » en argent sur son calot, les runes SS et les galons sur son col, il était entièrement

Fallschirmjäger : vareuse et culotte de saut de parachutiste, bottes de style Luftwaffe – quoique de couleur *feldgrau*.

L'aigle or et argent de son titre de parachutiste était épinglée sur sa poitrine, à gauche, au-dessus de la croix de Fer. La croix de Chevalier, avec les épées et les feuilles de chêne, pendait devant sa gorge.

– C'est quelqu'un de spécial, le baron, dit Karl Hoffer au jeune SS. Nous avons vécu quatre années d'enfer, lui et moi, et nous sommes toujours là.

– Peut-être plus pour très longtemps...

– Qui sait ? À Stalingrad nous pensions que c'était fichu. Et puis, juste avant la fin, nous avons été tous les deux blessés et ils nous ont embarqués dans un des derniers avions à partir. Trois cent cinquante mille hommes ont cassé leur pipe là-bas, mais nous, nous en avons réchappé.

À ce moment-là le général Mohnke apparut à la porte du bunker donnant sur le jardin. Il ignora Hoffer et l'autre pour s'approcher du baron.

– *Sturmbahnführer*, le Führer veut vous voir.

Max von Berger lui fit face avec une expression perplexe.

– Le Führer ?

– Oui. Immédiatement.

Von Berger revint vers Karl ; il lui tendit son verre pour qu'il le serve. Puis il porta un toast.

– À nous, mon ami, et aux trois cent soixante-cinq hommes du bataillon qui sont morts va savoir pourquoi.

Il avala la vodka d'un trait et jeta le verre par terre.

– Bien, général, dit-il à Mohnke, ne faisons pas attendre le Führer.

Il suivit le général dans un escalier qui descendait raide entre des murs de béton humides. Des soldats, pour la plupart SS, s'entassaient dans les moindres coins et recoins des couloirs et des corridors, qui semblaient interminables. Il régnait une atmosphère de désespoir – plus encore, de résignation. Ceux qui parlaient le faisaient à voix basse, d'un ton lugubre que soulignait le ronronnement des ventilateurs électriques du système d'aération. Les soldats se taisaient en voyant passer l'étonnante silhouette de Max von Berger, avec son uniforme impeccable et ses médailles étincelantes.

Ils traversèrent les niveaux inférieurs, qui abritaient la plus grande partie du proche personnel du Führer : Goebbels et sa famille, Martin Bormann et de nombreux autres généraux. Mohnke ouvrait la marche, mais von Berger savait exactement où il allait car il était déjà venu ici.

Au cœur du bunker se trouvaient le bureau d'Hitler ainsi qu'une chambre, deux salons, des installations sanitaires et une salle des cartes bien adaptée aux réunions permanentes de l'état-major. Mohnke frappa à la porte et entra. Von Berger patienta dans le couloir. Il entendit des murmures derrière le battant, avant que Mohnke ne reparaisse.

– Le Führer va vous recevoir maintenant, dit-il et, tout à coup, il lui agrippa le bras. Vos camarades SS sont fiers de vous. Votre victoire est la nôtre !

Un slogan lancé par Goebbels dans l'un de ses moments de grande inspiration – sujet de beaucoup de plaisanteries dans les rangs SS. En tout état de cause, von Berger ne pouvait imaginer ce qu'il avait fait pour mériter tant de flagornerie.

– Vous êtes trop bon, général.

– Pas du tout.

Mohnke transpirait et il avait l'air quelque peu hagard. Il recula d'un pas pour permettre à von Berger d'entrer dans le bureau.

Le Führer était assis à sa table de travail, penché au-dessus d'une carte. Il avait l'air rabougri, les épaules noyées dans une veste d'uniforme trop large pour lui. Son visage était décharné, ses yeux pareils à deux trous noirs, sans aucune étincelle de vie. Un homme au bout du rouleau. La jeune femme en uniforme qui se trouvait à côté de lui était une auxiliaire SS. Elle tenait une liasse de documents qu'elle lui tendait l'un après l'autre pour qu'il les signe de sa main tremblante. Elle s'appelait Sara Hesser, elle avait vingt-deux ans et avait été recrutée par Hitler lui-même en tant que secrétaire d'appoint.

– Occupez-vous d'envoyer ces papiers, dit-il en levant les yeux vers elle. Je vais parler avec le baron à côté. Vous m'apporterez ensuite le dossier spécial. Est-ce qu'il est à jour ?

– À jour d'hier soir, mon Führer.

– Bien, dit-il en se mettant debout. Baron von Berger, suivez-moi.

Traînant les pieds, il traversa le bureau et ouvrit une porte donnant sur le premier salon. Il s'assit dans un fauteuil près d'une table basse.

– Baron Max von Berger, *Sturmbahnführer* des SS, vous avez solennellement juré de protéger votre Führer. Répétez maintenant votre serment.

Von Berger fit claquer ses talons.

– Je prêterai sans condition obéissance à Adolf Hitler, Führer du Reich allemand et de son peuple, commandant suprême des forces armées, et je serai prêt, en tant que courageux soldat, à risquer ma vie n'importe quand pour ce serment.

Hitler hocha la tête avec satisfaction.

– Vous avez de splendides états de service, pour un homme si jeune. Et, pourtant, vous n'êtes jamais entré au parti nazi. Pourquoi ?

– Cela ne me paraissait pas opportun, mon Führer.

– Une réponse typique de la part du chef d'une grande famille. Aristocrate jusqu'au bout des ongles. Et pourtant vous m'avez toujours bien servi. Pourquoi ?

– C'est une question d'honneur, mon Führer. J'ai prêté serment.

– Exactement ce que je pensais entendre. Vous êtes un jeune homme remarquable. J'ai senti cela en vous quand je vous ai remis les épées. C'est la raison pour laquelle j'ai fait de vous l'un de mes proches. Je vous préservais. Mort, vous ne me seriez d'aucune utilité, or c'est ce qui serait arrivé si vous étiez retourné sur le front.

Max von Berger prit une profonde inspiration.

– Que voudriez-vous que je fasse, mon Führer ?

– Vous allez remplir la mission la plus essentielle que quiconque dans ce bunker puisse encore avoir à accomplir. Les Russes arrivent. Ils veulent me mettre en cage et je ne peux pas accepter cela. Ma femme et moi allons nous suicider. Non, non, ne faites pas cette tête, von Berger, ce qui est important, c'est que mon œuvre doit continuer. Vous allez jouer un rôle là-dedans. Le rôle le plus important qui soit.

En évoquant sa femme il faisait bien entendu référence à sa maîtresse, Eva Braun, qu'il avait épousée le 28, vers minuit.

– Nous devons faire en sorte que survive le national-socialisme. C'est capital. Nous avons de vastes ressources financières, non seulement en Suisse, mais aussi dans divers pays d'Amérique du Sud qui sympathisent avec notre cause. Nombre de mes émissaires sont déjà en Argentine et au Brésil. Nous devons entretenir la flamme du *Kameradenwerk*, l'Action pour les camarades.

On frappa à la porte ; Sara Hesser entra dans le salon, un porte-documents à la main. Hitler lui fit signe de venir se poster à sa droite.

– Comme vous allez le constater, je n'ai aucun secret pour Sara.

– Quelle est ma place, ici, mon Führer ?

Hitler leva une main.

– La directive du Führer.

Sara Hesser ouvrit le porte-documents, en sortit une feuille de papier qu'elle tendit à von Berger. Il en lut le contenu très explicite avec stupéfaction :

Bunker du Führer, le 30 avril 1945

Le porteur de ce laissez-passer, l'un de mes proches, est le baron Max von Berger, Sturmbahnführer, à qui j'ai confié une mission particulière. Tout le personnel civil et militaire devra lui apporter l'assistance dont il aura besoin.

Adolf Hitler

– Ce document pourrait vous être utile, dit Hitler.

Pour Max von Berger, les implications étaient considérables.

– Mais... de quelle façon, mon Führer ?

– Pour vous aider à surmonter les épreuves, quelles qu'elles soient, qui vous attendent dans les prochains jours. Pour vous aider à survivre, à rentrer chez vous et à vous préparer à votre capture inévitable par les Américains ou les Britanniques.

– Mais il n'y a pas d'Américains ici, mon Führer, seulement des Russes, répondit von Berger, perplexe.

– Vous ne comprenez pas. Écoutez. Depuis quelques jours, de nombreux avions sont arrivés ici de Gatow et de Rechlin, en utilisant des voies telles que l'avenue Est-Ouest, près de la porte de Brandebourg, comme piste d'atterrissage. Le maréchal von Greim est venu l'autre jour dans un Fieseler Storch.

Max von Berger s'efforça de garder un visage impassible. Si von Greim était venu à Berlin, c'était pour la seule et unique raison de se voir nommer à la tête de la Luftwaffe. Le Führer, bien sûr, aurait pu le lui dire au téléphone. Au lieu de quoi, von Greim était parti de Munich escorté par cinquante chasseurs... dont quarante avaient été abattus.

– En quoi cela me concerne-t-il ? demanda-t-il avec patience.

– J'ai téléphoné au commandant de la Luftwaffe à la base de Rechlin. Un pilote s'est porté volontaire pour vous sortir de Berlin à bord d'un Storch. Il est déjà ici. Il vous attend dans l'immense garage de la maison de Goebbels. Avec la pluie battante qui tombe aujourd'hui et la fumée des incendies, c'est le moment idéal pour partir.

– Mais pour faire quoi, mon Führer ?

Hitler tendit une main tremblante vers Sara Hesser, qui posa le porte-documents sur la table basse.

– Après la guerre, l'industrie allemande va s'effondrer. Y compris la compagnie de votre famille, les aciéries Berger. Avec le temps, quoi qu'il en soit, les choses commenceront à s'améliorer. En particulier pour vous. Là-dedans vous trouverez toutes les informations utiles au sujet de nos dépôts en Suisse. Les codes, les mots de passe qui vous donneront accès à des millions. Vous referez de Berger une puissance industrielle.

Von Berger en resta sans voix.

– Ce n'est pas tout, reprit Hitler.

Il sortit du porte-documents un cahier à couverture de cuir couleur bleu nuit.

– Depuis six mois, je tiens un journal. Une période sombre, pendant laquelle tout le monde m'a trahi. Goering, Himmler..., marmonna le Führer, et il secoua la tête. Pourtant, personne plus que moi n'a essayé d'être raisonnable. J'ai même envoyé Walter Schellenberg en Suède pour rencontrer le représentant de Roosevelt, savez-vous ? Non, bien sûr que vous l'ignorez ! J'ai proposé une paix négociée pour combattre la menace rouge. Est-ce que c'est moi, l'ennemi ? Non. C'est ce chien de Staline ! Ensemble, États-Unis et Allemagne, nous aurions pu l'écraser. Mais non, mon offre a été rejetée. Les Américains vont récolter la tempête, croyez-moi. Les Russes ne reconnaîtront pas ce qu'ils auront saisi. Le mal qu'ils vont faire à Berlin, personne ne peut encore l'imaginer. Et malgré tout, Roosevelt et Eisenhower ont décidé de rester en retrait après la traversée de l'Elbe. Patton et ses chars pourraient débarquer ici en vingt-quatre heures, mais il a reçu l'ordre de rester où il est par obéissance aux désirs de Staline. Les Américains vont laisser les Rouges s'emparer de Berlin.

– Mon Dieu...

– Croyez-moi, dans les années à venir l'Amérique et la Grande-Bretagne regretteront amèrement cette décision, qui aura été leur plus grande folie. Tout est consigné dans mon journal. Chaque jour, j'en ai dicté un passage à Fräulein Hesser. Vous avez peut-être remarqué le tremblement de ma main – une affection malheureuse qui me tourmente depuis quelque temps. Mais j'ai signé chaque entrée.

– Que dois-je faire de ce journal, mon Führer ?

– Un jour viendra où il vous sera utile pour promouvoir notre cause. Je ne sais pas quand, mais vous, vous saurez. Vous serez son gardien. C'est un livre saint, baron. Je n'en veux aucune copie, et je veux votre parole là-dessus. Protégez-le toujours. Vous pouvez le lire, si vous le désirez. Vous trouverez sans doute le récit de mes négociations avec Roosevelt particulièrement intéressant.

Hitler secoua la tête, avant d'ajouter :

– Je crois fermement que vous êtes le seul qui pourra remplir cette mission pour moi.

Et le baron Max von Berger, grand soldat et homme de courage, mais qui avait toujours méprisé le parti nazi, fut tout à coup incroyablement ému.

La jeune femme remit le journal et les documents dans le porte-documents qu'elle lui tendit.

– Bien, reprit Hitler. Vous partirez dans l'heure, à la faveur du mauvais temps.

– Puis-je emmener mon sergent avec moi ?

– Bien sûr. Vous pouvez aussi emmener Fräulein Hesser.

Hitler l'interrogea du regard.

– Non, mon Führer, répondit-elle. Ma place et mon devoir sont ici, avec vous.

– Qu'il en soit ainsi.

Hitler se leva et tendit une main tremblante à von Berger.

– Étrange, tout de même... Jamais membre du parti, et pourtant c'est vous que j'ai choisi.

Von Berger lui serra vigoureusement la main.

– J'accepte cette mission. C'est une question d'honneur.

– En route, maintenant. Nous ne nous reverrons pas.

Sara Hesser ouvrit la porte. Max von Berger, le porte-documents à la main, s'arrêta sur le seuil et se retourna. La dernière vision qu'il eut d'Hitler, recroquevillé dans son fauteuil, le hanterait le restant de ses jours.

– Mon Führer, dit-il, et il fit le salut militaire.

Hitler esquissa un sourire.

– Encore maintenant, vous ne pouvez vous résoudre à me faire le salut du parti. Vous touchez votre calot comme un officier de la Garde royale britannique.

– Je suis désolé, mon Führer.

– Oh, partez donc ! Allez-vous-en.

Hitler agita la main ; Sara Hesser referma la porte.

Le baron retrouva son chemin à travers les couloirs encombrés, jusqu'à la sortie du bunker donnant sur le jardin. Hoffer et le jeune soldat SS étaient assis sous une avancée de béton, en train de finir la bouteille de vodka. Une pluie implacable tombait du ciel.

Hoffer se leva.

– Herr Baron ?

– Nous allons nous en tirer, Karl. Crois-le ou non, nous allons partir d'ici.

– Mais... comment ?

Von Berger l'entraîna à l'écart.

– Le Führer m'a confié une mission spéciale. Un avion nous attend. Je n'en dirai pas plus pour le moment, mais nous rentrons chez nous. Nous allons à Holstein.

– Je n'arrive pas à y croire.

– C'est pourtant vrai. Donne-moi mon manteau, et puis il faut trouver des armes.

Comme il se tournait, le jeune soldat l'apostropha :

– Vous partez, *Sturmbahnführer* ?

Von Berger s'approcha, le sourire aux lèvres, et lui donna une tape sur l'épaule.

– Comment tu t'appelles, garçon ?

– Paul Schneider.

– Alors, je vais te dire une chose, Paul Schneider. Au lieu de rester ici à attendre la mort entre les mains des Russes, tu peux venir avec nous en avion, filer vers l'Ouest et te rendre aux Américains.

– Je n'y crois pas, fit le jeune homme d'une voix vibrante d'émotion.

– Le sergent a dit la même chose il y a une minute, fit observer von Berger, et il fit signe à Hoffer. En route !

Quarante minutes plus tard, von Berger, Hoffer et le jeune Schneider quittaient le bunker en sortant par la Hermann Goering Strasse. Ils étaient bien armés et emportaient dans leurs paquetages des réserves de munitions et des grenades. Chacun avait un pistolet-mitrailleur Schmeisser en bandoulière sur la poitrine.

Des foules entières, saisies par une terrible panique, se dégorgeaient le long du parc du Tiergarten. Le brouillard, mêlé à la fumée des incendies, tourbillonnait sur la ville sans que la pluie battante réussisse à le dissiper. Le grondement des tirs d'artillerie russes retentissait sans discontinuer. Femmes et enfants poussaient des hurlements de terreur.

Les trois hommes longèrent le Tiergarten à la frange du fleuve humain, puis coupèrent par la porte de Brandebourg pour atteindre la propriété de Goebbels. Elle avait subi des dégâts visibles, sans doute à cause d'éclats de bombes, mais l'immense garage était intact. Il y avait un judas à la porte, que Hoffer poussa doucement.

– Ne bougez plus ! cria une voix.

Quelqu'un alluma une lumière. Ils découvrirent un petit avion, un Fieseler Storch. Un jeune capitaine de la Luftwaffe en uniforme et veste d'aviateur était là, les tenant en joue avec un Schmeisser.

Von Berger s'avança.

– Je suis le *Sturmbahnführer* von Berger. Qui êtes-vous ?

– Je m'appelle Ritter. Hans Ritter. Dieu merci, vous voilà enfin ! C'est la quatrième fois que je fais le voyage jusqu'ici, et croyez-moi, ce n'est pas une partie de plaisir. Puis-je savoir où nous allons ?

– À l'ouest. Vers la Lande de Holstein. Le

Schwarze Platz. Il y a un château, le Schloss Adler, au-dessus de Neustadt. Est-ce que ça vous paraît faisable ?

– Oui. C'est à près de cinq cents kilomètres, donc il faudra que nous fassions le plein quelque part, mais je peux vous dire une chose, *Sturmbahnführer*, c'est que je préfère être n'importe où ailleurs qu'ici. Alors fichons le camp de cet enfer, et en vitesse. Dites à vos gars d'ouvrir la grande porte.

– Bonne idée.

Hoffer et Schneider tirèrent la porte coulissante. Ritter grimpa dans le Storch pour lancer le moteur. Les trois hommes le rejoignirent dans le cockpit.

Dehors, les réfugiés en exode tournèrent des regards stupéfaits vers l'avion qui jaillissait du garage. Ils détalèrent de part et d'autre de l'avenue tandis que le Storch avançait en cahotant sur les débris qui jonchaient la chaussée, puis tournait en direction de la colonne de la Victoire. Une pluie torrentielle tombait du ciel.

Ritter mit les gaz, l'avion s'élança en rugissant sur l'avenue, droit vers la colonne de la Victoire. Les piétons s'éparpillèrent, le Storch décolla et, au même moment, l'artillerie russe ouvrit le feu. Des bombes se mirent à exploser tout autour d'eux. L'avion vira à droite, manquant de peu la colonne de la Victoire, puis s'éleva à travers le brouillard.

À six cents mètres d'altitude, Ritter stabilisa le Storch.

– Nous allons voler bas jusqu'à ce que nous soyons assez loin de la ville.

Sous l'appareil, ils ne voyaient qu'incendies, explosions, bancs de fumée et de brouillard.

– C'est l'enfer sur terre, dit Hoffer. Je n'arrive pas à croire que nous en soyons sortis.

Von Berger prit deux cigarettes dans son étui en argent, les alluma et en passa une à Hoffer.

– Tu avais raison, en définitive, Karl. Ça se passe exactement comme à Stalingrad.

– Comme je vous disais, cria Ritter par-dessus le rugissement du moteur, il y a près de cinq cents kilomètres jusqu'à Holstein, et je suis bientôt à court de carburant. Je vais devoir me poser à Rechlin, sur la base de la Luftwaffe.

– Ça me convient, répondit von Berger. Si vous pensez que c'est la bonne décision.

– Ça me paraît plus prudent. Nous ne savons pas ce que nous pourrons trouver plus loin. Mais attention ! Tout dépend aussi de la météo qui nous attend à Rechlin. Nous verrons.

Un moment plus tard, Ritter commença à descendre à travers la pluie diluvienne et le brouillard, et lança un appel sur la radio.

– Tour de Rechlin ? Ici le capitaine Ritter, en provenance de Berlin. Je dois me poser pour faire le plein.

Craquement de parasites dans le haut-parleur, puis une voix répondit :

– Je vous conseille d'essayer ailleurs, capitaine. Il y a un méchant brouillard, par ici. Pas plus de quatre cents mètres de visibilité au-dessus du sol, et ça va en descendant.

– Je suis dangereusement bas en carburant.

– La visibilité empire de minute en minute, croyez-moi !

Ritter se tourna vers von Berger pour l'interroger du regard. Le baron sortit une autre cigarette, que Hoffer lui alluma.

– Nous avons réussi à quitter Stalingrad, dit-il à Ritter après avoir exhalé la fumée, et nous avons réussi à quitter Berlin. Tout le reste, c'est en prime. Allons-y.

– À vos ordres, *Sturmbahnführer*.

Le Storch descendit très rapidement. Ils étaient noyés dans le brouillard et la pluie, un monde gris et impénétrable. Von Berger n'éprouvait aucune peur : trop de choses étaient déjà arrivées. Quelque destinée particulière était sans doute écrite pour lui.

À quatre cents mètres d'altitude, ils ne voyaient toujours absolument rien. Il se pencha vers Ritter pour crier par-dessus le bruit du moteur :

– Allez-y ! Qu'est-ce que nous avons à perdre ?

Ritter hocha la tête, un étrange sourire figé sur ses lèvres, et fit plonger le Storch. Soudain, à l'altitude suicidaire de trois cents mètres, la base de la Luftwaffe de Rechlin leur apparut : les bâtiments, les hangars, les deux pistes. Elle portait les stigmates de bombardements récents, et deux avions brûlaient au bord de l'une des pistes : un vieux Dornier et un chasseur de nuit Ju 885. Un groupe de pompiers était occupé à arroser les flammes.

Ritter s'offrit un atterrissage parfait, puis roula au sol, passant devant les pompiers médusés, jusqu'aux hangars.

– Eh bien ! fit-il après avoir coupé le moteur. On l'a échappé belle.

– Vous êtes un génie, Ritter.

– Non, monsieur. C'est juste qu'une fois de temps en temps, quand il le faut, on est capable de se surpasser.

Une voiture militaire arriva à vive allure au moment où ils descendaient de l'avion. Le colonel de la Luftwaffe qui était au volant pila et bondit du véhicule.

– Seigneur tout-puissant ! C'est vous, Ritter. Vous venez de Berlin ? Je n'arrive pas à croire que vous ayez réussi à vous en sortir. Comment c'est, là-bas ?

– Il vaut mieux que vous ne le sachiez pas. Voici le *Sturmbahnführer* Max von Berger et ses hommes, répondit Ritter. Puis il se tourna vers von Berger. Le colonel Strasser est un ami de longue date.

– Puis-je connaître la raison de votre voyage ? demanda Strasser.

Von Berger ouvrit le porte-documents pour y prendre la directive du Führer, qu'il lui tendit. Strasser la lut, vit la signature au bas de la feuille.

– Ce sont des références incontestables, baron. Comment puis-je vous aider ?

– Nous avons besoin de carburant pour poursuivre notre vol jusqu'à Holstein.

– Pour ça, je peux vous donner satisfaction sans problème. Nous avons encore beaucoup de carburant. De même, nous vous offrons volontiers notre hospitalité. Mais en aucun cas vous ne pourrez repartir d'ici dans l'immédiat. Regardez donc...

Il désigna la piste. Le brouillard était tombé jusqu'au niveau du sol.

– Je vais faire le nécessaire pour que vous soyez chargé en carburant, reprit-il. Vous aurez aussi l'autorisation de décoller, mais je ne peux garantir votre départ. En attendant, vous pouvez vous rendre au mess des officiers et, vu les circonstances, vos hommes sont autorisés à se joindre à vous. Je vais vous conduire là-bas.

– Je reste avec l'avion pour le moment, dit Ritter. Je veux m'assurer que tout se passe bien.

Strasser se mit au volant de la voiture militaire. Von Berger et ses deux hommes s'installèrent à leur tour, et il démarra.

Il régnait une étrange atmosphère de désespoir au mess des officiers. Un planton tenait le bar, un autre faisait office de serveur. Il apporta pour Hoffer et Schneider du ragoût, du pain et de la bière. Ils s'assirent autour d'une table proche de la fenêtre pour manger.

– Je n'arrive pas à croire que j'ai quitté Berlin, dit Schneider. C'est comme un rêve de fou.

– D'où tu es, toi ? demanda Hoffer.

– Hambourg.

– Ce n'est pas bon du tout, là-bas, en ce moment. Tu es mieux avec nous.

Derrière eux, dans un angle de la salle, le serveur apporta à von Berger des sandwichs au jambon, du pain croustillant et de la salade. Au même moment, Strasser revint de son bureau pour se joindre à lui.

– Champagne, ordonna-t-il au serveur. Puis il s'adressa à von Berger en souriant : Nous avons de la chance, nous avons encore quelques bonnes bouteilles et de la nourriture très correcte. Je ne pense pas que ça durera.

– Eh bien... Au moins ce sont les Yankees et les Anglais qui arrivent, pas les Russes.

– Ça fait plaisir de vous l'entendre dire.

Ils goûtèrent le champagne quand le serveur eut rempli les verres, puis commencèrent à manger. Ritter les rejoignit.

– Tout est en ordre, dit-il, mais je ne nous vois pas décoller d'ici avant plusieurs heures. Qu'est-ce que vous allez devenir, vous, Strasser ?

Le colonel lui versa du champagne dans un verre avant de répondre :

– Messieurs, je ne sais pas quelle mission le Führer vous a confiée, et je ne veux pas le savoir. Personnellement, j'attends maintenant de tout mon être l'arrivée des Américains.

Il porta un toast.

– À vous, mes amis. Cette guerre aura été terrible.

Il y avait de nombreuses chambres libres dans les bâtiments de la base aérienne. Chacun se trouva un lit confortable. Von Berger, qui ne fit que somnoler, fut réveillé par Strasser à deux heures et demie du matin.

– C'est le moment d'y aller.

– Comment est la météo ?

– Le brouillard s'est dissipé, en tout cas dans une certaine mesure, mais la pluie est encore terrible. La nouvelle court que les Russes ont complètement encerclé Berlin. Ça pourrait représenter une menace sérieuse pour la région et cette base. Espérons que les Yankees arriveront les premiers.

– En route, alors.

Le Storch était stationné au bord de la piste numéro un. Ritter se tenait debout près de la porte, Hoffer et Schneider avaient déjà pris place à l'intérieur. Strasser descendit de la voiture militaire et tendit un sac à von Berger.

– Des sandwichs, des saucisses et deux bouteilles. Bonne chance, mon ami.

Il serra vigoureusement la main du baron et puis, tout à coup, il le prit dans ses bras pour l'étreindre.

– Nom de Dieu, à quoi est-ce que nous avons voulu jouer ? Comment avons-nous pu nous retrouver dans un tel bourbier ?

– Gardez la foi, répondit von Berger, incroyablement ému. Les choses vont changer. Notre heure viendra. Je vous ferai chercher.

– Vous êtes sérieux, baron ? demanda Strasser d'un air stupéfait.

– Bien sûr. Je vous retrouverai, croyez-moi. Et je vous rendrai l'aide que vous m'avez apportée cette nuit.

Il grimpa dans l'avion à la suite de Ritter et verrouilla la porte. Dehors, Strasser joignit les talons et fit le salut militaire. Von Berger le lui rendit. L'appareil s'élança en rugissant sur la piste et décolla dans la nuit brumeuse.

Ritter donna des écouteurs et un micro à von Berger.

– Je vais voler très prudemment, expliqua-t-il. À petite vitesse et avec ce mauvais temps, ça nous prendra peut-être trois heures et demie, voire quatre, pour arriver à Holstein. La plupart du temps, je volerai entre six cents et neuf cents mètres, peut-être un peu plus haut si le temps ne s'améliore pas.

– C'est bien.

Le vol fut difficile, à cause de la pluie et des nappes de brouillard qui parfois s'éclaircissaient, mais le plus souvent tourbillonnaient impitoyablement autour d'eux. Une heure passa, puis deux – le voyage devint presque monotone. Von Berger avait confié le sac de victuailles à Hoffer, qui l'ouvrit et distribua les sandwichs et les saucisses. Les bouteilles contenaient un vin bon marché qu'il servit dans des quarts en fer-blanc. Ritter lui-même en but une rasade, avant de tendre son quart pour en avoir une deuxième fois.

– Allez, ça ne peut pas me faire de mal ! Avec cette météo j'ai besoin de toute l'aide que je peux trouver.

Von Berger termina de manger, but son vin et alluma une cigarette. La pluie crépitait sur les vitres. Il éprouvait une sensation des plus étranges à se voir voler comme ça, à l'aurore, à travers le sale temps. *Qu'est-ce que je fais ici ?* pensa-t-il. *Est-ce que c'est un rêve ? Je devrais être à Berlin. Je devrais encore être à Berlin !*

Il secoua la tête. Et puis songea encore : *Mais non, je ne suis pas là-bas. Je suis sur le chemin de la maison, pour revoir Elsa et le petit Otto. Et Karl va retrouver sa Lotte et ses deux filles. C'est un miracle, et c'est grâce au Führer. Ça doit signifier quelque chose...*

– Le brouillard est encore épais, par ici, dit Ritter. Je crois que ça va aller, mais je grimpe quand même à douze cents mètres.

– Bien.

Ils s'élevèrent dans une brume de moins en moins dense, puis arrivèrent au-dessus de la nappe pour découvrir un horizon dégagé, avec une splendide pleine lune qui caressait la frange des nuages.

Tout à coup, ils entendirent un rugissement et le Storch fut projeté de côté dans une violente turbulence. Un avion vira sur l'aile pour revenir prendre position à leur hauteur, sur la droite. Ils aperçurent le pilote dans le cockpit, et l'étoile rouge sur le fuselage de l'appareil.

– Qu'est-ce que nous avons là ? marmonna Ritter. On dirait un chasseur Yak, le nouveau modèle, celui avec un canon. Il pourrait nous causer de sérieux dégâts.

– Que faut-il faire ?

– Ma foi... Je suis vraiment trop lent pour lui, mais ça peut aussi représenter un avantage. Les avions rapides passent parfois à côté de leur cible. Je vais descendre en espérant qu'il fera quelque chose de stupide.

Il vira, descendit rapidement à neuf cents mètres, puis vira de nouveau à gauche et descendit jusqu'à six cents mètres. Le Yak commença à tirer au canon, mais trop tôt : à cause de sa vitesse excessive, il les manqua et vira brusquement sur l'aile.

Il repassa à l'attaque et, cette fois, réussit à cribler de balles l'aile droite du Storch. Une vitre vola en éclats. Ritter poussa un cri et tira subitement le manche en arrière. Du sang lui couvrait tout le côté du visage.

– Ça va ! J'ai juste été touché par un éclat de verre. Ça me laissera une cicatrice intéressante. Maintenant, je commence à me lasser de ce petit jeu. Je vais perdre encore de l'altitude et donner une leçon de pilotage à ce salopard.

Il descendit en piqué, sans discontinuer, pour se stabiliser tout à coup à cent cinquante mètres d'altitude.

Le Yak reparut juste derrière lui. Ritter sortit ses volets : le Storch donna l'impression de s'immobiliser carrément dans le ciel et le Yak fut obligé de virer en catastrophe pour éviter de le heurter. Il tomba comme une pierre vers les champs où il explosa dans un champignon de flammes. Le Storch continua sa route.

– Je vous avais bien dit que vous étiez un génie, observa von Berger.

– Seulement de temps en temps.

Von Berger se tourna vers Hoffer.

– Ouvre ton paquetage. Trouve des pansements pour son visage. Donne-lui aussi une ampoule de morphine.

– La morphine, il ne vaut mieux pas, objecta Ritter. Par contre, vous savez quoi ? Ouvrez donc la deuxième bouteille, quelle que soit la piquette qu'il y a à l'intérieur.

– Je croyais que c'était du vin, dit Hoffer, mais c'est de la vodka.

– Parfait ! Je pilote toujours mieux avec un bon verre ou deux dans le ventre.

Il était cinq heures, cinq heures et demie du matin quand ils arrivèrent au-dessus de la Lande de Holstein, en volant à six cents mètres d'altitude. Sous l'appareil s'étendait la masse sombre et mystérieuse de la forêt, le Schwarze Platz, avec quelques localités ici et là. Et puis le village de Neustadt apparut, dominé par le Schloss Adler, en haut de la colline.

L'avion descendit à très basse altitude et vira plusieurs fois tandis que Ritter cherchait un endroit où se poser. Von Berger se sentait terriblement ému.

– Là, marmonna-t-il. La prairie à côté du château.

– Je la vois.

Ritter s'en approcha, ralentit et effectua un atterrissage parfait avant de s'arrêter en douceur.

Après quelques instants de silence complet dans le cockpit, ce fut Schneider qui parla le premier :

– Je n'arrive toujours pas à y croire. Nous étions à Berlin, et maintenant nous sommes ici...

Alors que von Berger et les autres descendaient de l'appareil, quelques personnes apparurent derrière eux, arrivant du village. Von Berger se tourna, le porte-documents d'Hitler à la main, vers la douzaine d'hommes et de femmes qui s'approchaient d'un pas hésitant.

Le chef du groupe, un vieil homme aux cheveux de neige, eut presque un mouvement de recul.

– Mon Dieu ! C'est vous, monsieur le baron.

– Surprise, Hartmann. Comment allez-vous ?

– Monsieur le baron, qu'est-ce que je peux dire ?

Hartmann retira sa casquette, prit la main de von Berger pour la baiser.

– Quelle terrible époque, dit-il. Puis il se tourna vers Hoffer. Et toi aussi, Karl...

– Nous sommes ici, maintenant, coupa von Berger. Par miracle sains et saufs. Nous arrivons de Berlin. Je vous expliquerai tout ça plus tard, mais d'abord je dois voir la baronne. Et Karl, sa Lotte et ses filles.

Hartmann se mit alors à sangloter.

– Dieu me garde, monsieur le baron, j'ai de mauvaises nouvelles. Ils sont à la chapelle... au château.

– Que voulez-vous dire ? répliqua von Berger, tétanisé par la frayeur.

– Votre femme et votre fils, monsieur le baron. Et

puis Lotte et ses filles, et quinze autres du village... qui sont à l'église... pour être bientôt inhumés, dit Hartmann, et il regarda Hoffer. Je suis tellement désolé...

Hoffer, abasourdi, fixait le vieil homme avec horreur.

– Qui a fait ça? demanda von Berger.

– Des SS.

– Je ne peux pas le croire.

– *Einsatzgruppen.*

Les *Einsatzgruppen* n'étaient pas des Waffen SS, mais des groupes d'extermination recrutés dans les prisons d'Allemagne, et dont beaucoup d'hommes étaient ukrainiens. Von Berger avait entendu dire, depuis quelques semaines, qu'ils étaient devenus incontrôlables et s'étaient mis à piller et à tuer pour leur propre compte, mais il n'avait pas voulu le croire.

Il avait l'impression, tout à coup, de se mouvoir au ralenti. Le cauchemar était si terrible qu'il n'arrivait pas à l'assimiler.

– Va voir ta famille, dit-il à Hoffer. Moi, je vais voir les miens.

Il se tourna vers Ritter.

– Vous feriez bien de vous remettre en route. Avec mes plus vifs remerciements.

– Non, répondit Ritter. Je ne veux pas vous abandonner maintenant. Je reste avec vous, si vous acceptez mon aide.

– C'est gentil, mon ami.

Ils montèrent le sentier en pente raide jusqu'au Schloss, von Berger et Ritter en tête, suivis par le vieux Hartmann, et arrivèrent à la chapelle. Von Berger poussa la porte qui s'ouvrit en grinçant. L'odeur d'église lui envahit les narines, il vit les monuments funéraires de ses ancêtres et le tombeau principal de la famille dont les portes étaient grandes ouvertes. Au centre de la chapelle, il y avait un cercueil dont le couvercle était à moitié tiré : à l'intérieur, sa femme avec leur jeune fils entre les bras. Il baissa les yeux sur son visage, si paisible dans la mort – et remarqua qu'elle avait des ecchymoses.

– Que lui est-il arrivé ?

– Monsieur le baron, que vous dire... ? balbutia Hartmann.

– Dites-moi tout. Est-ce qu'elle a été violentée ?

– Toutes les femmes du village, monsieur le baron. Et puis les Ukrainiens se sont saoulés, ils ont sorti leurs armes et la tuerie a commencé.

– Combien étaient-ils, ces salopards ?

– Vingt... Vingt et un. Ils sont partis vers Plosen.

À quinze kilomètres de Neustadt par la route qui traversait la forêt.

– Donc, nous savons où ils sont, dit von Berger. Il se tourna vers Ritter. Vous pouvez encore partir. J'apprécie plus que vous ne le croyez ce que vous avez fait pour nous. Comme je l'ai dit à Strasser, les choses vont changer, pour nous tous, et je vous ferai chercher.

Sous le large pansement qui couvrait sa joue, Ritter avait l'air abattu, mais déterminé.

– Je n'ai pas du tout l'intention de partir.

– Alors, descendez au village avec Hartmann. Qu'il prépare son camion pour partir. J'ai une affaire privée à régler ici.

Ritter et Hartmann sortirent. Von Berger resta

devant le cercueil un moment, puis il alla à l'arrière du tombeau où se trouvaient deux statues de saints. Il glissa la main derrière l'une d'elles, un grincement retentit dans la chapelle et une trappe s'entrouvrit. Le baron glissa le porte-documents du Führer à l'intérieur de la cache secrète, puis la referma. Il retourna près du cercueil, embrassa sa femme et son fils et les quitta.

Au village, les métayers s'étaient rassemblés pour l'attendre. Il passa entre eux en leur offrant sa main à baiser, sans aucune arrogance : c'était une tradition qui prévalait à la Lande de Holstein depuis des centaines d'années. Ils étaient son peuple et les femmes qui pleuraient de désespoir pleuraient parce qu'elles attendaient de lui qu'il leur montre la voie à suivre.

Hoffer s'approcha, le visage blême.

– Vos ordres, monsieur le baron ?

– Nous allons attraper ces pourceaux. Es-tu prêt à te mettre en route, Karl ?

Avant que Hoffer ait pu répondre, le jeune Schneider déclara :

– Moi aussi, je viens, monsieur le baron.

– Excellent.

– Vous pouvez également me compter parmi vous, dit Ritter. Je sais tirer au Schmeisser aussi bien que n'importe quel as !

Et puis, le hasard voulut que les Américains arrivent à ce moment précis.

Non pas qu'ils débarquèrent en force : il n'y avait qu'une seule jeep. Le jeune capitaine, assis sur le siège passager, portait casque et tenue de combat. Ses galons, à l'épaule, montraient qu'il appartenait au corps des Airborne Rangers. Un sergent conduisait. Ils s'arrêtèrent et restèrent assis, attentifs, à scruter la foule.

– Quelqu'un parle-t-il anglais ? demanda le capitaine.

– Bien entendu, répondit le baron.

– Parfait. Je vais enregistrer votre reddition. Mon unité est derrière nous, à une quinzaine de kilomètres d'ici. Je suis le capitaine James Kelly, en reconnaissance avancée. Voici le sergent Hanson.

– Mais que venez-vous faire par ici, au juste ?

– Hé, l'ami ! répliqua le chauffeur en s'emparant d'une mitraillette. Tenez votre langue !

Ritter, Hoffer et le jeune Schneider levèrent leurs Schmeisser d'un air menaçant.

– Bouclez-la, ordonna Kelly à Hanson. Puis il s'adressa à von Berger : Nous avons des informations selon lesquelles le château pourrait peut-être nous servir de QG dans la région. Qui êtes-vous, d'ailleurs ?

– Je suis le baron Max von Berger, propriétaire du Schloss Adler, seigneur de la Lande de Holstein, dans l'armée j'ai le grade de *Sturmbahnführer*.

Kelly secoua la tête, stupéfait.

– Attendez un peu ! J'ai un rapport qui dit que von Berger est dans le bunker d'Hitler. Un de ses conseillers, ou quelque chose comme ça.

– C'était vrai jusqu'à hier. Si vous voulez bien regarder derrière vous, du côté de la prairie qui est làbas, vous verrez le Storch dans lequel le capitaine Hans Ritter, ici présent, nous a ramenés de Berlin, moi et mes deux hommes.

– OK. Nous reparlerons de ça plus tard. Vous pouvez maintenant nous remettre vos armes.

– Je sais que je représente une prise magnifique pour vous, capitaine, mais, si cela ne vous ennuie pas, nous allons garder nos armes encore un moment. Avant de nous rendre, nous avons une affaire urgente à régler.

– De quoi s'agit-il ?

Max von Berger lui expliqua la situation.

Kelly secoua la tête.

– C'est une histoire terrible. Mais vous voulez vous embarquer à quatre, seulement, contre ces vingt et un salauds ? Vous risquez de vous faire tuer, je ne peux pas autoriser cela.

– Je vois. Je suis trop précieux pour que vous me perdiez ! répondit von Berger avec un profond soupir. La guerre a été longue, capitaine. Depuis El-Alamein jusqu'à Stalingrad, j'ai vu l'enfer sur terre et pour moi la guerre est terminée. Je ne veux pas vous tuer, mais je dois aller tuer ces hommes. Sinon, je ne pourrai plus vivre en paix avec moi-même. Donc... nous allons embarquer dans le camion du vieux bûcheron, et rouler quinze kilomètres jusqu'à Plosen où nous trouverons les Ukrainiens et ferons ce que nous avons à faire.

Il se tourna vers Hoffer.

– Tu conduis.

Kelly ouvrit la bouche pour protester, puis se retint.

– Ah, nom de Dieu, baron, marmonna-t-il, je crois qu'à votre place je ferais la même chose. Mais quand ce sera terminé...

– Vous êtes un optimiste, je vois. Très bien, allons-y.

Du village jusqu'à Plosen, la route sillonnait à travers une forêt sombre et lugubre. Presque à destination, ils rencontrèrent un important groupe de femmes et d'hommes âgés qui remontaient la route en marchant sur les bas-côtés. Hoffer s'arrêta et reconnut le maire du village.

– Hé, Frankel, que se passe-t-il ?

– Mon Dieu, c'est vous, Karl. Ces Ukrainiens... nous savons ce qu'ils ont fait à Neustadt. Le jeune Meyer s'est échappé à moto, il est venu nous prévenir. Nous sommes tous partis précipitamment pour nous cacher dans la forêt. J'ai entendu dire qu'ils avaient commis des atrocités...

Von Berger descendit du camion et lui tendit la main.

– Frankel.

Le vieil homme écarquilla les yeux.

– Monsieur le baron, c'est incroyable, dit-il, et il baisa sa main. Meyer m'a dit... pour madame la baronne et votre fils.

Il se tourna vers Hoffer.

– Et Lotte, aussi...

Kelly et Hanson descendirent de leur jeep. Ritter et Schneider se joignirent au groupe.

– Que se passe-t-il ? demanda Kelly.

– Le maire de Plosen allait justement nous le dire, répondit von Berger en anglais, puis il reprit en allemand : Où sont-ils, Frankel ?

– Je suis resté dans les parages pour les observer tant que j'ai pu. Ils sont arrivés dans deux camions et un *Kubelwagen*. Ils ont tout saccagé dans le village, puis ils ont capturé deux jeunes femmes et ils sont allés à l'auberge. Le Cerf Blanc. J'ai entendu des cris, des bruits de verre brisé. Ils sont complètement ivres.

– Y a-t-il des gardes devant l'auberge? demanda Hoffer.

– Je n'en ai pas vu.

Von Berger lui donna une tape sur l'épaule.

– Occupez-vous de vos gens, moi je m'occupe de ces animaux.

– Mais, monsieur le baron, ils sont vingt-quatre.

– Ah oui? Je croyais qu'il n'y en avait que vingt et un.

Von Berger se tourna vers Ritter, Schneider et Hoffer.

– Ça nous en fait donc six chacun. On pourra se débrouiller?

– Est-ce qu'on ne s'est pas toujours tiré d'affaire, monsieur le baron? répondit Hoffer.

Il ouvrit son paquetage, en sortit des chargeurs attachés par paires avec du ruban et les tendit à Ritter et à Schneider.

Von Berger ouvrit son manteau de cuir noir, prit le Luger dans son étui, l'examina et le glissa dans sa poche droite.

– As-tu une autre arme pour moi, Karl?

Hoffer sortit un Mauser du sac et le lui tendit. Von Berger le mit dans la poche gauche de son manteau.

– Vingt-quatre de ces salopards, et vous n'êtes que quatre, observa Kelly. Ça fait six contre un.

Von Berger eut un sourire lugubre.

– Nous sommes des Waffen SS. Nous avons l'habitude, dit-il, et il donna une tape sur l'épaule de Schneider. Celui-là est tout jeune, mais il connaît le travail.

Six contre un ? Et alors ! Enlève ta vareuse de camouflage, Karl.

Hoffer s'exécuta. Kelly vit les médailles, l'insigne de parachutiste, la croix de Chevalier sous sa gorge.

– Vous aurez aussi remarqué que le capitaine Ritter a la croix de Chevalier. La guerre a été longue et elle se termine mal, mais il faut que vous compreniez bien une chose : nous avons l'intention de tuer ces Ukrainiens. Tous – les vingt-quatre. Les tuer !

Il regarda ses hommes.

– N'est-ce pas ?

Ritter lui-même fit claquer ses talons tandis qu'ils répondaient d'une seule voix :

– *Jawohl, Sturmbahnführer.*

Von Berger n'accordait maintenant plus aucune attention à Kelly.

– Allons-y !

Ils remontèrent dans le camion qui démarra aussitôt. La jeep reprit la route derrière eux.

– Ce type est cinglé, dit Hanson. Ils sont tous cinglés.

– Absolument, répondit Kelly en hochant la tête.

Il sortit son colt et remplit le chargeur pendant qu'ils suivaient le camion.

Ils s'arrêtèrent sous le couvert des arbres et regardèrent, en contrebas, l'auberge du Cerf Blanc. Elle était plutôt vaste, très ancienne, avec l'église du village et le cimetière en arrière-plan. Kelly observa avec des jumelles les deux camions et le *Kubelwagen*. On ne voyait aucun garde autour de la bâtisse, mais un vacarme de rires avinés parvenait jusqu'à leurs oreilles. Il passa les jumelles à von Berger, qui jeta à son tour un coup d'œil avant de les lui rendre.

– Je vais entrer par la porte principale. Ça les déstabilisera un minimum, puisque après tout ils sont censés être sous l'autorité des SS. Je suggère que vous autres vous passiez par le cimetière, dit-il, et il regarda Ritter. Karl connaît bien le coin. Le bar est très grand. Il y a deux entrées derrière, par la cuisine, et des fenêtres sur les côtés.

Il se tourna vers Kelly.

– Rendez-moi un service. Je voudrais vous emprunter la jeep pour m'approcher de la porte. Vous deux, vous pouvez rester ici. Mes amis iront à pied.

– Non, je ne vous prêterai pas la jeep. Je vous conduirai, dit Kelly avant de s'adresser à Hanson : Donnez-moi la Thompson. On se reverra après. Peut-être.

– Au diable ! dit Hanson. Avec tout le respect que je vous dois, mon capitaine. Depuis le début de cette guerre, je n'ai pas cessé de me battre. Alors aujourd'hui, une balade à travers le cimetière avec les SS, ça me paraît plutôt bien.

Kelly et von Berger attendirent pour laisser le temps aux autres de descendre jusqu'à la lisière de la forêt, de contourner l'église et d'entrer dans le cimetière. Le baron surveillait l'auberge avec les jumelles.

– Maintenant, dit-il.

Kelly conduisit la jeep jusqu'au pied de la colline ; il se gara à côté des autres véhicules.

Von Berger s'avança vers le perron en enfilant des gants en cuir, talonné par Kelly qui portait sa Thompson en bandoulière sur la poitrine. Il ouvrit doucement la porte.

Les Ukrainiens étaient dispersés à travers la salle. Certains assis aux tables, d'autres debout près du bar. Deux d'entre eux se trouvaient derrière le comptoir et servaient les boissons. Le chef, un *Hauptsturmführer*, une brute épaisse, était vêtu d'un uniforme sale, son visage était crasseux et mal rasé. Il avait une jeune femme assise sur chaque genou. Leurs vêtements étaient déchirés, leurs visages couverts d'ecchymoses, leurs yeux gonflés de larmes. L'un après l'autre, les hommes remarquèrent von Berger et se turent.

Un silence complet tomba sur la salle. Von Berger se tenait là, campé sur ses jambes, les mains dans les poches de son manteau de cuir noir qu'il tenait grand ouvert pour montrer son magnifique uniforme, ses médailles.

– Votre nom ?

– Gorsky, répondit le *Hauptsturmführer* par réflexe.

– Ah. Ukrainien.

Le chef de la bande n'apprécia pas la façon dont von Berger prononça ce dernier mot.

– Et vous êtes qui, vous, nom de Dieu ?

– Votre officier supérieur. *Sturmbahnführer*, baron Max von Berger. C'est ma femme, la baronne von Berger, ainsi que mon fils et quinze autres personnes que vous avez massacrés au Schloss Adler et à Neustadt.

Les hommes se précipitaient déjà sur leurs armes. Kelly leva sa Thompson. Soudain Gorsky tira les deux filles devant lui, comme un rempart, de telle sorte qu'on ne voyait plus que le haut de son visage.

– Eh ! Qu'est-ce que vous allez faire, maintenant ? Butez-les, les mecs !

Avec sa main droite, von Berger sortit le Luger de sa poche et logea deux balles dans le pariétal gauche du crâne de Gorsky – manquant de peu les filles qui s'effondrèrent sur le parquet tandis que Gorsky s'écroulait en arrière avec la chaise.

Le carnage commença. Kelly arrosa le comptoir. Une fenêtre, sur le côté, vola en éclats : Ritter et Hanson firent feu par l'ouverture. Plusieurs Ukrainiens essayèrent de s'enfuir ; ils ouvrirent les portes de la cuisine pour se retrouver nez à nez avec Hoffer et Schneider. Il y eut un violent échange de coups de feu, qui ne dura pas. Le silence revint. Des cadavres gisaient un peu partout à travers la pièce ; quelques hommes remuaient encore. Hanson avait reçu une balle dans l'épaule et Schneider une dans le bras gauche.

Von Berger sortit le Mauser de sa poche et le tendit à Hoffer.

– Karl. Achève-les.

– Pour l'amour du ciel ! protesta Kelly.

– C'est son droit.

Hoffer trouva cinq hommes qui respiraient encore ; il les tua l'un après l'autre d'une balle dans la tête. Les filles avaient pris la fuite en hurlant. Ritter ouvrit une trousse de soins, pour poser des compresses sur l'épaule de Hanson, pendant que Schneider patientait.

Kelly contempla les cadavres.

– Alors, c'est terminé ?

– Non. Maintenant nous rentrons chez nous et nous enterrons nos morts. Après quoi, vous pourrez disposer de nous comme vous voudrez.

Il posa une main sur l'épaule de Kelly.

– Je vous suis éternellement redevable. Et je vous rendrai l'aide que vous m'avez apportée.

– Vous me rendrez mon aide ? répondit Kelly, perplexe.

– C'est une question d'honneur.

Ayant compté parmi les proches d'Hitler pendant les derniers mois dans le bunker, von Berger fut, bien entendu, personnellement pris en charge par des officiers supérieurs des services de renseignement britanniques et américains. Son récit des événements, fascinant, fut enregistré dans les moindres détails. Pour le renseignement allié, quoi qu'il en soit, Max von Berger posait un problème. D'un côté cet homme était incontestablement SS et officier supérieur. De l'autre, voilà un brave et galant soldat qui semblait ne jamais s'être mouillé dans les aspects les plus sordides du régime nazi. Qui ne s'était jamais impliqué, de près ou de loin, dans la question des pogroms juifs. En vérité, il fut même bientôt établi qu'il avait depuis toujours un dangereux secret : une de ses arrière-grands-mères maternelles était juive.

Il n'avait jamais non plus été membre du parti nazi, même si, il fallait bien le dire, c'était le cas de la plus grande partie de la population allemande.

Restait donc la question de sa fuite de Berlin. Évidemment, von Berger ne mentionna à aucun moment sa dernière entrevue avec le Führer. En réalité, il avait ficelé une histoire très cohérente avec Ritter pendant qu'ils étaient encore ensemble.

La voici : Ritter avait reçu l'ordre de se rendre à

Berlin avec le Storch, pour qu'il y ait là-bas un avion de secours au cas où il y aurait des problèmes avec l'Arado désigné pour emmener von Greim, le nouveau chef de la Luftwaffe. Mais il n'y avait pas eu de problème. Von Berger, sachant que l'avion attendait dans le garage de Goebbels et qu'ils n'étaient plus qu'à quelques heures de la fin des fins, avait saisi l'occasion qui s'offrait de décamper avec deux de ses hommes.

C'était une explication parfaitement simple, et il n'y avait aucune raison de ne pas l'accepter – d'autant que Ritter la corrobora presque mot pour mot. On en resta là. En tant que prisonniers de guerre, ils furent occupés de diverses façon. Beaucoup d'Allemands furent envoyés en Angleterre pour travailler à la ferme. Parmi eux Max von Berger, qui se retrouva dans un camp du Hampshire. Les contraintes étaient minimales : chaque jour il était envoyé dans un manoir de la région en compagnie de plusieurs autres prisonniers. Cela n'avait rien d'inhabituel. Les officiers jusqu'au grade de général étaient employés à travailler de cette façon.

Le fond de l'histoire, néanmoins, c'était que les autres prisonniers s'inclinaient devant lui, qu'ils l'appelaient «*Herr* Baron» avec respect, et que le propriétaire du manoir, un lord vieillissant, se rendit bientôt compte qu'il avait chez lui un personnage singulier – et plus encore, un aristocrate terrien comme lui-même.

Avant longtemps, le baron avait pris la tête du groupe et des opérations. La guerre était terminée, les habitants du village de Hawkley étaient des gens convenables, peu à peu les Allemands furent acceptés, y compris pour partager une pinte de bière au pub. Et puis, à la fin de l'année 1947, les prisonniers allemands commencèrent à être renvoyés chez eux. Dont Max von Berger.

Il neigeait quand il arriva à Neustadt. Tandis que le bus qui l'avait déposé s'éloignait sur la route, von Berger, un sac de voyage à la main, monta les marches de L'Aigle, l'auberge du village. Beaucoup de gens du coin étaient là, à boire de la bière et à dîner. Il vit le vieux Hartmann près du bar, Karl Hoffer et le jeune Schneider à une table voisine en train de dévorer du ragoût. Quelqu'un tourna la tête et l'aperçut.

– Mon Dieu ! Monsieur le baron.

Tous les regards convergèrent sur lui, un silence de plomb tomba sur la salle. Hoffer réagit le premier. Il se leva d'un bond, se précipita vers lui et, emporté par l'émotion, l'étreignit.

– Monsieur le baron, nous nous demandions où vous étiez passé. Ça fait six mois que je suis rentré et j'ai ramené Schneider avec moi. Toute sa famille est morte à Hambourg dans les bombardements.

Von Berger passa un bras autour des épaules de Schneider, qui s'était mis à sangloter.

– Allons, mon garçon. Nous avons bien réussi à quitter Berlin, n'est-ce pas ? Il n'y a aucune raison de pleurer comme ça.

Il apostropha le patron de l'auberge :

– C'est moi qui régale, mon ami. Que la bière coule à flots ! Il se tourna ensuite vers Hoffer. Je suis tellement content de te retrouver ! Asseyons-nous.

Il s'installèrent dans un coin pour parler. Le jeune Schneider s'assit avec eux pour écouter.

– On tient à peu près le coup, dit Hoffer. C'est de l'agriculture de subsistance, bien sûr, mais nous travaillons tous ensemble. Personne n'est laissé de côté.

– Et toi ?

– Je suis régisseur. Ça m'occupe.

– Tu n'as pas...

– Retrouvé quelqu'un ? Non, monsieur le baron.

– Et le château, qu'est-ce qu'il est devenu ?

– Nous avons eu les Américains pendant deux ans, donc il est plutôt en bon état. La chose que vous ne savez pas, par contre, c'est le... la situation de la Lande de Holstein.

– De quoi s'agit-il ?

– Quand la frontière entre l'Est et l'Ouest a été fixée par les Alliés, nous aurions dû nous retrouver en zone Est et être communistes.

– Je croyais que nous étions à l'Ouest, au contraire...

– Eh bien... non, c'est ça le truc. Nous ne sommes pas à l'Ouest non plus. Le territoire tout entier n'est ni vraiment dans une zone ni dans l'autre. Quelqu'un a fait une erreur en dessinant la carte.

Max von Berger était stupéfait.

– Tu veux dire que nous sommes une sorte d'État indépendant ? demanda-t-il, et il éclata de rire. Comme Monaco ?

Hoffer répondit avec intelligence :

– Non, pas tout à fait. Techniquement, par exemple, la police est ouest-allemande. Mais ce sont tous des gars de la région, pour la plupart d'anciens militaires ou d'anciens SS, donc ils voient les choses à notre façon.

– Excellent, dit von Berger. Il vida sa bière et se leva. Viens me montrer le château.

Hoffer n'avait pas menti. Le château n'était pas resplendissant, mais les Américains l'avaient bien préservé. Pour commencer ils se dirigèrent vers la chapelle. Il y faisait sombre, en ce début de soirée hivernale, mais les flammes de plusieurs bougies vacillaient près du tombeau. Von Berger s'en approcha, le contempla, remarqua les roses fraîches qui l'ornaient.

– Qui a mis ces fleurs ici ?

– Les femmes du village. Elles veulent que les choses soient bien faites. C'est pareil à l'église, pour les autres. Ma femme et mes filles...

Von Berger soutint son regard.

– Ce jour-là, Karl... Les mises à mort. Ce n'était pas que je voulais te laisser seul t'en charger. Je considérais que tu avais davantage le droit que moi de le faire.

– Je sais bien, monsieur le baron.

– Est-ce que tu regrettes parfois ce qui s'est passé ?

– Jamais.

– Bien. Maintenant, ouvre grand les yeux. Nous étions camarades autrefois, nous le serons toujours. Alors je vais partager avec toi mon plus grand secret.

Il alla derrière le tombeau, actionna le mécanisme de la cache secrète. La statue grogna et bougea. Von Berger glissa la main à l'intérieur pour en sortir le porte-documents.

– Voilà la véritable raison pour laquelle nous avons quitté Berlin.

Il ouvrit le porte-documents et en tira le gros cahier bleu.

– Ceci, Karl, c'est le journal d'Hitler.

– Seigneur tout-puissant ! fit Hoffer d'une voix blanche. C'est la vérité ? Vraiment ?

– Oui. Je te dirai plus tard ce qu'il y a dedans, mais pour le moment nous allons le remettre en lieu sûr.

Il replaça le journal dans la cavité, poussa la statue qui reprit sa place. Puis il ferma le porte-documents et le brandit devant Hoffer.

– Là-dedans, il y a la solution à tous nos problèmes financiers. Je vais t'expliquer ça en chemin. La première chose à faire, c'est de rendre visite aux aciéries Berger. Il va nous falloir des costumes convenables et un véhicule quelconque.

– J'ai encore un *Kubelwagen*.

– Excellent. À Stuttgart, donc ! Mais d'abord, Genève. C'est là-bas qu'est l'argent.

À Genève, les choses se passèrent avec une facilité remarquable. À la banque, les codes et les mots de passe des documents confiés au baron par Hitler lui valurent d'être immédiatement traité avec une extrême déférence. Le banquier, un homme à l'air plutôt banal, lui montra à quel point les ressources dont il disposait désormais étaient considérables. Von Berger transféra dix millions sur un compte personnel, établissant par là son nom et son statut. La banque, de fait, se mit aussitôt en quatre pour le servir.

Sa démarche suivante consista à contacter les avocats des aciéries Berger, à Munich, pour qu'ils se retrouvent tous ensemble à l'usine de Stuttgart. Ils en firent le tour avec le directeur général, qui s'appelait Heinz. L'usine tournait, bien sûr, mais à petit régime : elle produisait une certaine quantité d'acier, mais pas plus que cela.

– Comme vous pouvez encore le voir de manière évidente, nous avons subi de gros dégâts pendant les bombardements, expliqua Heinz. Mais, dans l'ensemble, nous avons eu de la chance, et notre main-d'œuvre est excellente.

Un avocat, Henry Abel, intervint :

– De la trésorerie et des fonds d'investissement, voilà le problème. Nous manquons de l'un et de l'autre.

– Plus maintenant, répondit von Berger en se tournant vers Heinz. Demain matin, je transférerai cinq millions sur les comptes de la compagnie.

– Seigneur ! dit Heinz. Avec une pareille somme, monsieur le baron, je peux vous garantir des résultats étonnants !

La preuve en fut donnée. Au fil des ans, la compagnie contribua plus que toute autre au miracle que devint l'Allemagne de l'Ouest. Et, à mesure qu'elle se développait comme l'une des aciéries les plus importantes du monde, von Berger se diversifia dans le bâtiment, l'hôtellerie et l'industrie des loisirs, des secteurs en plein boom dans l'après-guerre.

Bientôt, ses tentacules se tendirent vers l'ouest et les États-Unis, ses investissements dans l'hôtellerie prirent un essor considérable, et un ancien officier des Airborne Rangers qui s'appelait James Kelly, devenu avocat à New York, donna pour le baron la pleine mesure de son talent, jusqu'à prendre la tête du département juridique de la branche américaine de Berger International.

Dès le début, von Berger fit chercher le colonel Strasser comme il le lui avait promis. Strasser devint une sorte de médiateur expert, et finit par superviser les ressources humaines pour tout le groupe Berger. Quant à Ritter, ce fut une autre histoire. Comme c'est souvent le cas pour de nombreux pilotes qui ont fait la guerre, il se révéla incapable de vivre sans les poussées d'adrénaline qu'il avait connues au combat, et il ne put jamais se satisfaire complètement d'être le pilote personnel de von Berger : un jour, en 1960, alors qu'il faisait une démonstration à un meeting aérien aux commandes d'un Me 109, il décrocha pour la dernière fois et plongea vers le sol. À ses funérailles, ils se retrouvèrent ensemble – le baron, Schneider, Hoffer, Strasser et Kelly qui était venu exprès des États-Unis.

– Trente-huit ans. Et après tout ce qu'il a fait, marmonna Strasser. Je trouve que c'est jeune, quand même. Franchement ça me met mal à l'aise.

Schneider, qui restait le «jeune Schneider» pour eux tous, répondit :

– Le voyage de Berlin, c'était fantastique. Nous ne devrions même pas être ici, à l'heure qu'il est.

– Eh bien, nous sommes là, pourtant, dit von Berger. Et le travail continue.

À mesure que la guerre froide s'enracinait, la position du domaine de Holstein devenait de plus en plus ambiguë, mais le fait que von Berger comptait parmi les principaux industriels d'Allemagne de l'Ouest lui permettait d'avoir les contacts internationaux nécessaires pour bloquer toute velléité d'action de la part du régime est-allemand.

Le domaine acquit en quelques années une prospérité stupéfiante, avec Karl Hoffer au poste de directeur général et le jeune Schneider pour l'assister. Von Berger y injecta de l'argent en quantité et il remit complètement à neuf le château en se servant des fonds apparemment inépuisables de Genève. Il fit même aménager la prairie voisine en piste d'atterrissage adaptée aux avions privés.

Manifester le moindre soutien déclaré aux idéaux nazis ne faisait pas partie de son programme. Une telle attitude aurait été contre-productive, de toute façon. Mais, au fil des ans, il s'opéra un rapprochement discret entre lui et d'autres personnages dont les noms se trouvaient sur les listes rangées dans le porte-documents d'Hitler. Ce n'était pas le *Kameradenwerk*, l'Action pour les camarades, dont le Führer avait parlé, mais plutôt une sorte de fraternité secrète, presque un ordre maçonnique, dont Max von Berger était, en quelque sorte, le parrain. Tous ceux qui avaient les bonnes origines, et les bonnes idées, pouvaient s'adresser à lui pour obtenir une audience, une subvention, de l'aide. Toujours très réservé, toujours raisonnable, légende parmi les anciens soldats de l'armée allemande, il n'y avait rien chez le baron dont les autorités occidentales puissent se plaindre.

La vérité, c'était qu'en une fraction de seconde totalement dévastatrice, la mort de sa femme et de son fils avait tué quelque chose en lui. Il s'était vengé, mais cette vengeance ne lui avait rien apporté. Elle avait, comme il l'avait lu dans un poème, pétrifié son cœur qui, curieusement, n'éprouvait plus la moindre émotion.

Les années passèrent. En 1970, ce cœur froid et intouchable trouva une issue lorsque, à quarante-huit ans, von Berger s'attacha à une jeune Italienne qui s'appelait Maria Rossi. Séduisante et intelligente, diplômée en comptabilité, elle devint son assistante personnelle, elle voyagea avec lui à travers le monde – et l'inévitable se produisit.

Von Berger lutta contre ses sentiments, car il lui semblait trahir sa femme. Mais avant qu'il ait eu à prendre une décision la situation se résolut d'elle-même : Maria le quitta subitement en laissant derrière elle une brève lettre d'excuses dans laquelle elle expliquait que certains problèmes familiaux l'obligeaient à rentrer à Palerme. Il n'eut plus jamais de ses nouvelles.

Le temps passa et les gens commencèrent à mourir autour de lui. D'abord Schneider, qui périt dans un stupide accident, dans le domaine, lorsque le tracteur qu'il conduisait se retourna et l'écrasa.

Strasser, ensuite, qui mourut d'un cancer du poumon dix ans plus tard. Von Berger se rendit aux obsèques avec Hoffer. On était alors en 1982, et il avait soixante ans.

– La Faucheuse déblaie le terrain, Karl, tu as remarqué ?

– Je m'en suis aperçu, monsieur le baron.

Hoffer s'était remarié vers la quarantaine avec une de ses lointaines cousines du village, elle-même veuve. Elle était morte d'une crise cardiaque un an plus tôt. Karl Hoffer avait deux ans de plus que von Berger.

– Alors, que devons-nous faire ?

– Continuer de rester actifs. Je réfléchis en ce moment à l'idée de me lancer dans le commerce des armes. Et puis il y a toujours le pétrole, surtout maintenant que la Russie est en train de s'ouvrir.

– Puis-je vous demander pourquoi vous voulez faire ça, monsieur le baron ? dit Hoffer avec patience. Vous possédez déjà une fortune colossale.

– Mon cher Karl, ma fortune est encore plus colossale que tu ne peux l'imaginer. Mais ma vie n'a aucun sens. Aucun but. Je ressens un vide que rien ne peut combler. Maria Rossi m'a réchauffé le cœur, pendant un temps, et puis elle est partie. Ce vide en moi... Je dois le remplir. Le travail et le groupe Berger, voilà la seule façon pour moi d'y arriver.

Il donna une tape sur l'épaule d'Hoffer.

– Ne t'en fais pas pour moi, Karl. Je vais tout arranger.

Le lendemain, de retour au Schloss, il se rendit à la chapelle, ouvrit la cache secrète et feuilleta le journal d'Hitler. Il l'avait lu tant de fois qu'il le connaissait presque par cœur. Jamais il n'avait eu l'occasion de l'utiliser, cependant, et tandis qu'il le remettait à sa place, il se demanda si ce serait jamais le cas.

Il resta assis encore un moment près du tombeau, songeant à sa femme et à son fils, puis prit une profonde inspiration et se leva. Les champs pétrolifères russes et les armes, donc. Qu'il en soit ainsi. Il sortit de la chapelle.

En 1992, il avait soixante-dix ans et des parts très lucratives dans le pétrole russe, notamment à cause de la perte temporaire des exploitations koweïtiennes pendant la guerre du Golfe, et de l'embargo sur le brut irakien. L'argent coulait à flots, tout simplement, et l'insécurité permanente au Moyen-Orient, en Inde et au Pakistan lui assurait des contrats de plus en plus juteux dans le commerce des armes.

Aux États-Unis comme en Angleterre, ses activités suscitaient le malaise au plus haut niveau de l'État, mais von Berger s'en fichait. Il était maintenant à la tête d'un consortium d'une richesse tellement stupéfiante que son pouvoir était immense.

En 1997, James Kelly mourut à New York. Mais c'est un peu plus tard la même année que le baron encaissa son coup le plus dur, lorsque Karl Hoffer succomba à une crise cardiaque.

Le cercueil, ouvert, reposait au milieu de la chapelle. Assis à côté, seul, les mains sur le pommeau d'argent de la canne dont il avait désormais besoin pour se déplacer, le baron repensa aux années qu'ils avaient passées ensemble pendant la guerre. Et à ce dernier vol depuis Berlin.

– On dirait bien qu'il ne reste plus que moi, mon vieil ami, murmura-t-il. Et ces temps-ci ma hanche me harcèle. Tu te souviens de notre vieille devise du temps de la guerre : « Aux hommes des SS, rien n'est impossible... » ?

Il soupira, puis se leva.

– Allons ! Il faut retourner au travail.

Il sortit en boitillant de la chapelle, dont la porte se referma sur lui avec un grincement.

À l'intérieur tout était calme et paisible à la lumière des cierges. Max von Berger était loin de se douter que là, très bientôt, l'attendaient une série d'événements qui allaient changer sa vie aussi sûrement que leur fuite de Berlin.

Londres
Le Quartier Vide
Irak

3

C'est l'année suivante qu'il rencontra pour la première fois Paul Rashid, comte de Loch Dhu. Figure légendaire à la tête du groupe Rashid Investments, le comte avait eu pour mère une Anglaise et pour père un général omanais. Il avait servi dans les SAS pendant la guerre du Golfe. La richesse des Rashid était bien connue, tout comme leur mainmise sur les gisements pétrolifères du Hazar – et non seulement ceux-là, ceux du Dhofar aussi puisque Paul Rashid était bédouin et contrôlait les vastes déserts du Quartier Vide.

Berger International avait cherché à obtenir des concessions pétrolières dans le Dhofar : en vain. Les Américains eux-mêmes n'avaient pas réussi à briser le contrôle absolu que les Rashid exerçaient sur la région. Alors le baron essaya une approche différente. Il organisa une vente d'armes pour le Yémen, puis demanda à Rashid Investments de se charger des détails de la transaction, avec lui-même pour seul interlocuteur. De cette manière, il espérait faire la connaissance de Paul Rashid. Et de fait, un jour il reçut un message l'informant que le président du groupe désirait le rencontrer au piano-bar de l'hôtel Dorchester.

Il y arriva en début de soirée, comme convenu, et commanda un whiskey – un irlandais. C'était depuis toujours une de ses boissons préférées. Il était assis à une table, les mains croisées sur le pommeau de sa canne, lorsqu'une femme d'une beauté stupéfiante apparut à l'entrée de la salle. Elle portait une combinaison noire, ses cheveux de jais tombaient en cascade sur ses épaules, encadrant un visage qui aurait pu être celui de la reine de Saba. C'est alors qu'elle descendit les marches pour venir à sa rencontre.

– Baron von Berger ?

– Eh bien... oui, répondit-il, commençant à se mettre debout.

– Non, ne vous levez pas.

Elle tira une chaise pour s'asseoir en face de lui.

– Je suis lady Kate Rashid.

Von Berger était soufflé.

– Très chère jeune dame, je m'attendais à voir lord Loch Dhu.

– Mais vous avez demandé à rencontrer le président de Rashid Investments, et c'est moi. Mon frère préfère rester dans l'ombre, pour ainsi dire.

Elle rit.

– N'ayez pas l'air si surpris. Je suis tout de même diplômée d'Oxford ! Maintenant, buvons une coupe de champagne, puis vous m'expliquerez en quoi nous pourrions bien aider l'illustre baron Max von Berger à faire quelque chose qu'il ne peut pas obtenir par lui-même.

Elle appela Guiliano, le directeur du bar, pour lui commander une bouteille de champagne de la maison.

– Ne vous faites aucun souci, ce champagne c'est ce qu'ils ont de mieux. Mais bon, il est vrai qu'ici ils n'ont que ce qui se fait de mieux. Alors, monsieur le baron...

– Voilà... Comme vous le savez peut-être, Berger International s'essaie un peu au commerce des armes.

– Je ne dirais pas que vous « essayez », baron.

– Le chiffre d'affaires est sans commune mesure, cependant, avec celui de vos exploitations pétrolières, objecta-t-il en souriant. Le gouvernement yéménite m'a commandé un certain éventail d'armes. Pour une valeur totale de dix millions de livres sterling. Ce n'est pas une grosse affaire mais, comme le matériel est d'origine russe, j'avais l'espoir de le faire descendre de la mer Noire, à bord d'un cargo battant pavillon grec, jusqu'à Aden.

– Laissez-moi deviner. Tout à coup, il y a des problèmes avec les autorités portuaires d'Aden. Trop de mains avides qui se tendent vers vous.

– Vous êtes une jeune femme très perspicace.

– Je suis réaliste, baron.

– Et vous comprenez la mentalité arabe.

– Je ne me considère pas comme arabe. Et pas seulement parce que je suis à moitié anglaise.

– J'en suis bien conscient. Votre famille est aussi prestigieuse en Angleterre que la mienne l'est en Allemagne. Sans vouloir vous offenser.

– Bien sûr. Il n'y a là aucune offense. Comme je disais, cependant, ce n'était pas le sens de mes propos. Je suis aussi à moitié bédouine, ce qui n'est pas la même chose que d'être arabe. Nous ne courbons l'échine devant personne. Ce sont les Bédouins qui détiennent véritablement le pouvoir dans le Hazar et dans le Dhofar. Et tout particulièrement dans le Quartier Vide. Les Bédouins contrôlent le Quartier Vide, et les Rashid contrôlent les Bédouins. Mon frère est leur chef incontesté.

– Un homme remarquable, le comte. Et la croissance de Rashid Investments a été tout aussi remarquable. Bien qu'on ne le voie guère sur le devant de la scène, comme on pourrait s'y attendre.

– Comme je vous l'ai déjà dit, il préfère rester dans l'ombre. J'ai deux autres frères, George et Michael, qui travaillent comme directeurs généraux pour le groupe. Moi, comme vous le savez à présent, j'en suis la présidente.

– Et Paul ?

– Il préfère passer l'essentiel de son temps dans le Hazar, avec les Bédouins. Ils le considèrent comme un grand guerrier. Il arpente le désert à dos de chameau, il respecte le mode de vie traditionnel des Bédouins, il est protégé par des hommes qui seraient prêts à mourir pour lui brûlés par le soleil. Il sait se contenter de dattes et de viande séchée. Est-ce que vous vous nourririez de dattes et de viande séchée, baron ?

Guiliano, qui s'était approché de leur table avec un serveur, fit sauter le bouchon d'une bouteille de champagne Dorchester.

Max von Berger éclata de rire.

– En toute franchise, je préfère savourer les plaisirs du piano-bar.

– Alors, goûtez ce champagne pour moi.

– Seulement si vous m'accordez un privilège particulier.

– De quoi s'agirait-il ?

– Permettez-moi de vous appeler Kate. C'est un prénom charmant et qui vous va à la perfection.

Elle sourit.

– Avec plaisir, Max.

Il rit de nouveau et fit signe à Guiliano, qui servit le champagne avec son affabilité habituelle.

Von Berger relança la conversation :

– Alors, Kate, où en sommes-nous ?

– Au sujet de votre chargement d'armes ? Ça ne pose aucun problème, sauf que nous pouvons faire mieux que le cargo grec. Je vous fournirai un bateau Rashid, avec un équipage arabe. Je réglerai les petites difficultés qui se présentent du côté d'Aden et j'assurerai la sécurité de la cargaison, y compris pendant son déploiement vers l'intérieur du pays.

– Et combien aurai-je à payer pour tant de munificence ?

– Vingt-cinq pour cent.

Il y eut un moment de silence, puis von Berger sourit.

– Quelle jeune femme remarquable vous faites, Kate ! J'accepte, bien entendu !

– Pas de contrat, pas de poignée de main ?

– Ma parole d'honneur, répondit-il, et il leva son verre. À vous, ma chère, et à l'avenir.

Ils trinquèrent et burent. Kate fit un signe de la main à Guiliano, qui s'avança pour les resservir. Elle se renversa contre le dossier de sa chaise en observant calmement le baron. Elle savait tout de lui, ou elle croyait tout savoir. Il l'intriguait beaucoup – de toutes les façons possibles.

Quant à Max von Berger, Kate l'enchantait. Pas de manière superficielle et un peu stupide, celle d'un homme de soixante-seize ans tombant sous le charme d'une jeune femme, non, pas du tout. C'était juste que tout en elle était tellement... remarquable.

– À l'avenir, dites-vous ? reprit-elle en souriant de plus belle. Venons-en à l'avenir. Vos parts dans les champs pétrolifères russes ne vous suffisent pas. Vous voulez des concessions dans le Dhofar.

Elle ne lui posait pas une question. Elle savait.

– Hélas, dit-il, je le veux, mais en vain. Les Russes ont essayé, les Américains aussi, et même un consortium britannique.

– Et aujourd'hui, par pure coïncidence, nous avons Max von Berger, de Berger International, qui approche le groupe Rashid dans l'espoir de rencontrer mon frère pour négocier une vente d'armes insignifiante sur le plan financier...

Il y avait des années que Von Berger ne s'était pas autant amusé. Il rit de nouveau.

– Je capitule, Kate. Totalement. Oui, je pensais que si je rencontrais votre frère cela pourrait faire une différence.

– Alors, pourquoi ne pas l'avoir dit ? Vous vous intéressez au Dhofar, vous avez des projets de développement. Nous aussi. Vous voulez en discuter avec Paul ? Je vais organiser ça. Nous irons ensemble dans le Hazar, à bord d'un Gulfstream de la compagnie. Disons... demain matin à dix heures ? Là-bas nous prendrons l'hélicoptère pour remonter vers l'intérieur du pays, dans le Quartier Vide, jusqu'à l'oasis de Shabwa. Mon frère vous recevra. Cela vous paraît-il acceptable ?

– À cette seule restriction que si j'avais quarante ans de moins, je me jetterais à vos pieds.

– Oh, comme c'est gentil. Surtout de la part de l'élite des officiers SS. Notre rendez-vous est donc pris, mon cher chevalier. Et maintenant que nous avons terminé de parler affaires, que diriez-vous de m'emmener dans un endroit agréable pour le dîner ? L'Ivy serait acceptable. Toutes ces têtes célèbres qu'on y voit en font un endroit terriblement intéressant.

Et Max von Berger, au comble de l'enthousiasme, se leva soudain et fit claquer ses talons.

– Lady Kate Rashid, le plaisir est pour moi.

Le lendemain, le Gulfstream de Rashid atterrit à Hazar sur une ancienne base militaire, relique de l'impérialisme britannique. Un hélicoptère Hawk les attendait ; Kate y entraîna von Berger. Il y avait des années qu'il ne s'était senti aussi heureux, aussi vivant. Depuis le décollage de Northolt, ils avaient passé la plus grande partie du voyage à bavarder, de tous les sujets imaginables. Elle le fascinait complètement.

Le vol en hélicoptère fut bruyant et inconfortable. L'appareil filait à travers l'écrasante chaleur, rebondissant sur les courants ascendants par-dessus l'immensité du désert, la désolation absolue du Quartier Vide. Le jour tombait, les gigantesques dunes de sable s'étendaient jusqu'à l'infini, du moins aussi loin que portait le regard de von Berger. Il adorait ce moment, et il en savourait tous les aspects. La vieillesse ne lui pesait plus du tout.

Soudain, des feux apparurent au loin, dans le crépuscule, et puis le Hawk arriva au-dessus de l'oasis de Shabwa qu'il survola en arcs de cercle avant de se stabiliser pour descendre. Il y avait un vaste plan d'eau entouré de palmiers, de troupeaux de chameaux et de chèvres, et un énorme campement où fourmillaient femmes, enfants et hommes – tous bédouins.

L'hélicoptère se posa, le moteur s'arrêta. Le pilote ouvrit la porte et s'écarta pour les laisser descendre.

– Nous y voilà, baron, dit Kate en souriant. Si vous voulez bien me suivre.

Elle portait un pantalon et une saharienne kaki. Avant de mettre pied à terre elle enroula un foulard autour de sa tête. Une foule nombreuse se rassemblait devant eux ; des guerriers Rashid accouraient, le fusil à la main, pour former un couloir de sécurité. Le silence était presque complet, on n'entendait que les chameaux qui s'ébrouaient et les bêlements plaintifs des chèvres. Entre les deux files de guerriers s'avança Paul Rashid, silhouette spectaculaire en keffieh et djellaba noirs.

– Petite sœur, dit-il, et il écarta les bras.

Kate courut vers lui pour l'embrasser. La foule rugit – un bruit assourdissant. Paul Rashid se tourna vers von Berger et lui tendit la main.

– Veuillez excuser leur frénésie, baron. Ma sœur occupe une place à part dans leur cœur à tous.

– Je trouve cela parfaitement compréhensible.

La poigne de Rashid se raffermit sur la main de von Berger, et puis il se pencha et l'embrassa sur les deux joues.

– Pardonnez tant de familiarité, mais, maintenant que mon peuple m'aura vu faire ce geste, vous serez vous aussi considéré comme une personnalité particulière. Vous serez pour ainsi dire intouchable. Les nouvelles circulent facilement dans le Quartier Vide, mieux que par les ordinateurs. Ici vous serez toujours en sécurité.

Pour von Berger, la scène était des plus familières. C'était comme à Holstein, au Lieu Noir – la relation particulière qu'il entretenait avec son peuple. Il était très ému.

– Je suis fier d'être parmi vous, lord Loch Dhu.

Rashid se tourna vers les Bédouins.

– Voici le baron von Berger. Mon ami !

La foule poussa un rugissement d'approbation, les chameaux soufflèrent bruyamment, autour d'eux tout était en mouvement.

– Vous découvrirez les choses à mesure qu'elles se présenteront à vous, dit Kate. Et rappelez-vous que désormais vous êtes l'invité de chaque Bédouin du Quartier Vide.

– Il est temps de faire preuve d'hospitalité, ajouta Paul. D'abord, vous devez vous rafraîchir, récupérer du voyage, et puis nous dînerons.

– Ensuite, nous parlerons affaires, ajouta Kate.

– Oui. Ça suffit pour le moment, dit Paul.

Il tourna les talons et ouvrit la marche à travers la foule.

Le baron fut conduit dans une tente richement aménagée, ornée de tapis et de tentures. On lui fit couler un bain. Il était assisté de deux jeunes hommes qui parlaient anglais et veillaient à satisfaire ses moindres exigences.

Plus tard, il fut introduit dans une tente plus vaste où dînaient un grand nombre d'hommes assis sur des coussins à la manière traditionnelle. Les femmes apportaient sans relâche toutes sortes de plats de la tente-cuisine : des ragoûts, de l'agneau à la broche

– un véritable festin. Von Berger prit place entre Paul et Kate.

– J'espère que vous comprenez, baron, dit Rashid. Pour mon peuple les choses ne pourraient se faire autrement. Il a ses traditions.

– Max. Je vous en prie, appelez-moi Max.

Une femme se pencha pour lui présenter un plat chargé de côtes d'agneau grillées. Il en saisit une à main nue et mordit dedans.

– Délicieux, dit-il, et il sourit à Paul Rashid. Entre soldats, je peux vous dire que j'ai fait la guerre d'Hiver en Russie, et que ça, c'est infiniment meilleur !

Rashid s'esclaffa.

– Alors régalez-vous, mon ami.

Beaucoup plus tard, ils s'installèrent tous les trois à l'extérieur, autour d'un feu. Des gardes étaient assis à proximité, tasse de café à la main, l'AK47 posé sur les genoux.

– Bien, dit Rashid. D'abord, il y a cette histoire de vente d'armes au Yémen. Bien sûr nous arrangerons ça pour vous. Ce n'est pas une bien grosse affaire. Mais jouons franc jeu. Ma sœur a raison. Cette transaction yéménite, pour vous, ce n'est qu'une bricole. Nous le savons pertinemment. Ce qui vous intéresserait, ce serait des concessions de gisements pétroliers. Dans le Quartier Vide, peut-être, et à coup sûr dans le Dhofar.

– Absolument. Je sais que les Russes sont aussi sur le coup, comme les Britanniques, comme les Américains, mais votre influence sur les Bédouins les prive tous de cette manne.

– C'est vrai.

Il y eut un long silence. Le baron demanda :

– Auriez-vous une cigarette, par hasard ?

– Bien sûr. Je vais en fumer une avec vous.

Rashid lança un ordre en arabe, un jeune homme accourut avec cigarettes et briquet.

– Ces trucs-là m'ont bien aidé à tenir le coup, pendant la guerre d'Hiver.

– Et moi aussi, pendant la guerre du Golfe. Nous nous ressemblons beaucoup, Max.

Von Berger se tourna vers Kate.

– Écoutez bien ce que je vais dire maintenant. J'aimerais avoir votre opinion à vous aussi.

– Certainement, répondit-elle.

– Parfait. Si j'essaie d'obtenir des concessions dans le Dhofar, les grandes puissances me mettront autant de bâtons dans les roues qu'elles le pourront. Aujourd'hui, déjà, le gouvernement russe n'apprécie pas que j'exploite son pétrole. Si ma puissance s'accroît encore, ça va faire grincer des dents.

– Ça me paraît assez évident, dit Kate.

– Quant aux Américains, ils se sont toujours méfiés de moi. Hitler... les événements de cette époque... Ils n'oublieront jamais mon passé, déclara von Berger, et il regarda Paul Rashid. Face à vous, d'un autre côté, ils sont comme paralysés. Cela m'intrigue. Et je me demande aussi... Pourquoi, en fait, n'avez-vous pas exploité les concessions que vous possédez dans le Dhofar ?

Rashid but une gorgée de café.

– Explique-lui, dit-il à Kate.

– Nous manquons de liquidités. Rashid Investments pèse des milliards, mais tout est bloqué, pour l'essentiel dans nos investissements en cours. Je n'ai pas besoin de vous dire que l'exploration pétrolière est une activité très coûteuse.

– Mais si vous aviez les ressources nécessaires, vous seriez en mesure de vous lancer dans le Dhofar, n'est-ce pas ? Et l'Amérique et la Russie n'y pourraient absolument rien.

Elle soutint calmement son regard.

– Nous aurions besoin de beaucoup d'argent. Et je ne voudrais pas d'un argent qui dépende des banques.

– Ce qu'elle veut dire, précisa Paul, c'est que nous aurions besoin de quelque chose comme un milliard, pour commencer. En liquide, et gentiment disponible sur notre compte personnel.

Von Berger hocha la tête.

– Deux milliards, ce serait mieux.

Kate et son frère le dévisagèrent.

– Deux milliards ? répéta Kate.

– Oui. Voyons voir... Nous sommes mardi. Je lance la mécanique et vous pourriez les avoir... vendredi ?

Il sourit.

– Avec cet argent, c'est vous qui exploiteriez les champs pétrolifères dans le Dhofar, pas moi. La Maison-Blanche, le Kremlin, Downing Street – ni les uns ni les autres n'en sauraient rien.

– Oh, Seigneur ! s'exclama Kate. Ce serait magnifique.

Son frère leva une main, l'air sérieux.

– Ce n'est pas une plaisanterie, dit-il. Vous n'êtes pas ce genre d'homme.

– Non. Quand il s'agit d'argent, je ne suis pas connu pour mon sens de l'humour.

– Mais les opérations nécessaires pour lever une

telle somme sur les marchés internationaux seront très visibles. En aucun cas vous ne pourrez éviter que les Américains, les Russes et les Britanniques ne soient au courant.

– Là, vous vous trompez. Il est inutile de lancer la moindre opération inhabituelle. J'ai accès à des liquidités... presque illimitées.

Kate était stupéfaite.

– Pour un tel montant ? Mais... où ?

– Oh, dans des banques suisses. Je suis ce qu'on appelle dans le monde de la finance un *cash rich*. Il n'y aura aucune opération sur les places boursières, aucune négociation de prêt, aucun investissement de la part des marchés financiers. Rien qu'un simple et très sain transfert d'argent liquide sur le compte de Rashid Investments, selon les modalités que vous choisirez.

Les Rashid échangèrent un regard. Kate, enthousiaste, agrippa le bras de son frère.

– Paul, une telle chance ne se présentera pas deux fois. Nous pourrons leur faire la nique à tous.

– Je sais, petite sœur.

Rashid dévisagea von Berger.

– Et en échange ?

– En échange, je compte devenir associé commanditaire de Rashid Investments.

– Sous quels termes ?

– Rien de très excessif, rien de déraisonnable. Nous pouvons nous mettre d'accord tous les trois dès à présent, et puis je retournerai dans l'ombre. En fait, nous ne devrions même plus nous rencontrer en société. Plus jamais.

Il se tourna vers Kate avec un sourire peiné.

– Pour moi ce sera une grande perte.

Paul Rashid resta un moment silencieux, méditatif. Puis il marmonna :

– Tous ces cartels pétroliers internationaux adoreraient forer où bon leur semble, nom de Dieu. N'importe où à travers le Dhofar, si on les laissait faire. Et en piétinant les Bédouins au passage. En violant le désert.

– Et vous, vous vous y prendriez autrement ?

– On peut s'y prendre beaucoup mieux, Max. Personne ne sait ça mieux que vous. À propos, vous avez raison, à l'avenir il ne faudra pas qu'on nous voie ensemble.

– Alors ? Marché conclu ?

– En définissant bien les conditions de notre accord de partenariat, oui. Je vais préparer les papiers nécessaires. Vous, vous préparez le virement des fonds.

– D'ici vendredi.

– Nous, les Bédouins, nous avons une ancienne coutume qui forgera entre nous un lien plus puissant que n'importe quel contrat.

Rashid sortit de sa ceinture un petit couteau tranchant comme un rasoir.

– Votre pouce, baron. Le gauche.

Von Berger tendit la main, Rashid posa la lame sur le bout de son doigt et en fit jaillir une goutte de sang. Il répéta le geste sur son propre pouce, qu'il mit en contact avec celui de von Berger. Leurs sangs se mêlèrent.

Kate tendit la main gauche.

– Moi aussi. J'en ai bien le droit. C'est moi qui ai amené le baron ici.

– Tu as eu raison, petite sœur, répondit Rashid en souriant.

Il lui entailla légèrement le pouce. Elle mêla son sang à ceux des deux hommes. Puis Paul se pencha en avant et glissa les bras autour des épaules de Max et de Kate.

– Ce lien du sang durera aussi longtemps que nous vivrons.

– Je le jure sur mon honneur, dit von Berger.

Kate sourit. Une étincelle pétillait dans ses yeux.

– Quel dommage, Max, que nous ne puissions plus nous revoir. Mais Paul a raison.

– Plus jamais de piano-bar, dit von Berger en écartant les mains. Je suis désespéré.

Il était loin de s'en douter mais, deux ans plus tard environ, leurs routes devaient se recroiser – dans des circonstances dramatiques.

En janvier 2000, pour être précis. Von Berger fut approché, via ses bureaux de Berlin, par des émissaires du gouvernement irakien qui voulaient engager des discussions préliminaires pour des livraisons d'armes. Von Berger ne fut pas étonné. Tous les marchands d'armes à travers le monde avaient été contactés. Il n'y avait guère de chances pour quiconque d'être discret là-dessus, surtout avec le Mossad israélien qui était si étroitement lié aux services de renseignement américain et britannique.

Il n'aurait su dire pourquoi il s'était rendu en Irak. Il n'approuvait ni Saddam Hussein, ni son régime. Sa rencontre avec Kate Rashid lui avait remonté le moral, mais ça n'avait duré qu'un moment. Depuis son séjour dans le Hazar, il n'avait eu aucun contact personnel avec les Rashid. Les exploitations pétrolières du Dhofar, où il avait tant investi, avaient rapporté de colossaux bénéfices. La vérité, c'était qu'il avait soixante-dix-huit ans et que les seules personnes qui avaient jamais compté pour lui étaient mortes et enterrées. Il avait déjà tant accompli qu'il ne voyait plus grand-chose d'important à faire dans sa vie. Et il s'ennuyait. Alors il fit le voyage à Bagdad.

La ville paraissait gigantesque, ancienne et pourtant moderne, brûlante et poussiéreuse, pleine d'une humanité grouillante. Il arriva à l'aéroport à bord de son Gulfstream, fut accueilli avec une extrême courtoisie par un jeune commandant des services de renseignements irakiens. Aroun, c'était son nom, portait un impeccable uniforme kaki qui semblait tout droit sorti de chez un tailleur londonien de Savile Row. Décoré de plusieurs médailles et arborant les ailes des parachutistes, il était beau, intelligent et parlait un anglais remarquable. Il évita à von Berger les formalités habituelles des aéroports et l'accompagna jusqu'à une limousine, une Lincoln, à l'arrière de laquelle il prit place avec lui.

– Vous fumez, monsieur le baron ? demanda-t-il en lui tendant son étui à cigarettes.

– Oui, merci.

Von Berger alluma sa cigarette au briquet d'Aroun et se renversa contre le dossier de la banquette, observant par la vitre le spectacle animé des rues de Bagdad.

– C'est fascinant, dit-il.

– Oui. Mais je crois qu'il va pleuvoir d'ici un petit moment.

– Est-ce que c'est bien, ou mal ?

– Dans cette ville, c'est un bienfait. Les odeurs sont parfois accablantes, et Bagdad n'a pas été bâtie pour s'adapter à l'invention des véhicules à moteur. Je vous emmène à l'Al-Bustan, monsieur le baron, un hôtel moderne cinq étoiles.

– Et mon rendez-vous ?

– Il ne peut pas vous recevoir aujourd'hui. Je vous préviendrai.

– Bien sûr.

Déjà, von Berger se demandait s'il avait fait le bon choix en venant ici.

Plus tard dans la soirée, il passa un moment sur la terrasse de sa suite, fumant une cigarette, un verre de whiskey irlandais à la main. Il trouvait plutôt étrange d'avoir trouvé cet alcool dans le minibar et se demandait qui en savait suffisamment à son sujet pour l'avoir placé là. Un éclair déchira le ciel, suivi d'un roulement de tonnerre : une pluie violente s'abattit tout à coup sur la ville. Il contempla les rues encombrées, les voitures qui roulaient au pas. Déjà, l'air était plus frais. L'atmosphère changeait, comme si la vieille cité se libérait d'une chape pesante. Il vida son verre. C'est alors que le téléphone portable qu'il avait dans la poche, un modèle international, se mit à sonner.

– Qui est à l'appareil ?

– Que diriez-vous d'un verre au piano-bar ? répondit une voix de femme. Oh... Désolée. J'oublie que ce n'est pas possible. Vous êtes à l'Al-Bustan, dans le centre de Bagdad.

Von Berger n'en revenait pas.

– Kate ! Où êtes-vous ?

– Peu importe où je suis.

– Comment diable avez-vous appris que j'étais ici ?

– Oh, je sais énormément de choses. Que vous êtes plus ou moins en train de négocier une vente d'armes avec Saddam, par exemple. Quand devez-vous le rencontrer ? Ou bien est-ce déjà fait ?

– Ça devait se faire aujourd'hui, mais le rendez-vous a été reporté.

– Qui vous l'a dit ?

– Le jeune homme qui m'a reçu à l'aéroport. Un certain commandant Aroun.

– Un commandant ? Pour vous, ils auraient dû faire beaucoup mieux. Tout ça ne sent pas très bon, à mon avis.

– Eh bien... disons que c'est une spécialité des dictateurs. J'ai grandi sous Hitler, souvenez-vous.

– D'accord, mais écoutez-moi : faites attention. Je vous recontacterai pour voir comment vous allez. À part ça, vous serez sans doute content, cher associé, d'apprendre que nos profits sont de plus en plus importants.

La communication fut coupée. Von Berger éteignit son appareil.

Il se languit pendant trois jours à Bagdad. Il avait décidé de repartir chez lui quand Aroun lui téléphona enfin sur la ligne de l'hôtel.

– Il vous recevra ce soir à neuf heures et demie. Je

passe vous prendre à neuf heures pour vous emmener au palais présidentiel.

– Comme c'est gentil, répondit von Berger. Moi, j'allais m'en aller.

– Je vous en prie, monsieur le baron, il n'a pas beaucoup le sens de l'humour. De toute façon, vous ne seriez jamais arrivé jusqu'à l'aéroport. Je vous conseille d'être prêt à l'heure.

Max von Berger éclata de rire.

– Mon cher garçon, je ne raterais ça pour rien au monde.

Quand von Berger sortit de l'hôtel, il trouva le commandant à côté d'une berline Mercedes. Aroun ne portait pas l'uniforme, mais une veste d'aviateur en cuir et un jean. Tout comme le chauffeur. Von Berger, lui, avait revêtu un costume noir, avec chemise blanche et cravate sombre.

– Je suis trop habillé, me semble-t-il.

– J'ai reçu l'ordre de procéder de façon aussi discrète que possible. Montez dans la voiture.

Le baron s'exécuta, prenant place sur la banquette arrière tandis qu'Aroun s'installait à côté du chauffeur. Au moment où ils démarraient, le tonnerre roula de nouveau et la pluie se remit à tomber. Un véritable déluge qui ralentissait beaucoup la circulation et créait une scène de chaos amplifiée par les klaxons des véhicules. Les trottoirs étaient encombrés de gens dont la plupart, néanmoins, semblaient insoucieux de la pluie.

– Nous sommes maintenant dans la principale rue qui traverse la partie ancienne de la ville, expliqua

Aroun. C'est la rue Al-Rashid. Nous ne sommes plus très loin du palais.

La rue Al-Rashid. Von Berger, en entendant ce nom, songea à Kate. Elle ne l'avait pas rappelé. La voiture freina derrière un camion, au bord du trottoir. Il y avait là plusieurs hommes, plutôt jeunes, qui bavardaient sous l'auvent d'un café, la cigarette entre les lèvres. Ils remarquèrent la Mercedes qui s'arrêtait devant eux et fixèrent von Berger d'un air peu amène, comme s'ils ne voyaient de lui que ses vêtements occidentaux. Ils commencèrent à parler en arabe, fort et avec animation, comme tous les jeunes de n'importe quelle grande ville du monde qui ont des intentions malfaisantes. Tout à coup, ils s'approchèrent de la Mercedes. L'un d'eux ouvrit la portière arrière.

– Américain, hein ? Les Américains, nous n'aimons pas.

– Non, je suis allemand.

– Tu mens. Américain !

Des mains se tendirent vers von Berger.

Aroun sortit de la voiture de l'autre côté et brandit un pistolet : trois hommes lui sautèrent dessus, le jetèrent sur le trottoir et se mirent à le rouer de coups. Le chauffeur fut arraché de son siège pour subir le même traitement. Von Berger songea que sa dernière heure était arrivée. Plusieurs mains l'agrippaient furieusement, l'entraînant au milieu de la foule. Le chef de la bande était un homme grand et barbu ; curieusement, il portait un T-shirt et une casquette de base-ball. Il leva le pistolet d'Aroun au-dessus de sa tête et poussa un cri à l'adresse de ses comparses, puis s'avança vers von Berger que deux hommes tenaient fermement.

– Les Américains, nous tuons ! dit-il.

C'est alors que des crissements de freins retentirent sur la chaussée. Deux Land Rover s'arrêtèrent en dérapant près de la Mercedes, quelqu'un tira un coup de fcu, une femme hurla quelque chose en arabe. Les hommes se tournèrent, entraînant von Berger avec eux. Il vit Kate Rashid debout devant une Land Rover, foulard autour de la tête, en saharienne et pantalon kaki. Elle braquait sur le groupe un browning Hi-Power. Les six gardes bédouins qui l'accompagnaient avaient chacun un AK 47 entre les mains.

– Lâchez-le, dit-elle en anglais à l'homme qui portait la casquette de base-ball.

– Il est américain. Les Américains, nous tuons, cria-t-il. Et qui es-tu, femme, pour donner tes ordres ?

Il empoigna von Berger par les cheveux et lui planta le canon de son pistolet sur le crâne.

– Je dis : il va mourir !

Le bras de Kate dessina un arc de cercle à travers les airs. Elle visa une fraction de seconde et tira. La balle atteignit l'homme en pleine bouche, l'arrière de sa tête vola en éclats, sang et fragments d'os aspergeant la foule alentour. Il lâcha le pistolet et s'effondra. Le groupe se dispersa, les hommes partirent en courant dans toutes les directions. Deux Bédouins relevèrent le baron qui était tombé à terre.

– Kate, dit-il, sidéré.

Elle sourit et se tourna vers Aroun, qui s'était redressé et adossé à la Mercedes.

– Commandant Aroun, je pense que vous savez qui je suis.

– Oui, lady Kate.

– Je ne comprends pas ce qui se passe ici. Pas d'uniforme, pas d'escorte militaire ?

– Il a dit que nous devions être discrets.

– Vraiment ? Eh bien, vous feriez bien de vous occuper de cette ordure étalée sur le trottoir, puis de vous nettoyer. Moi, je vais emmener le baron au palais présidentiel, conclut-elle avant de se tourner vers von Berger. Allons ! Montez en voiture et arrangez-vous. Vos cheveux sont tout emmêlés.

Assis à l'arrière de la Land Rover à côté de Kate, von Berger demanda :

– Mais bon sang, comment se fait-il que vous ayez surgi comme ça... ?

– Oh, j'étais dans la région et j'ai entendu des rumeurs au sujet de votre rencontre avec le grand homme. Pour diverses raisons, je n'étais pas très rassurée. Saddam fait parfois des choses étranges. C'est un homme... imprévisible. Il envoie un officier trop jeune et trop peu gradé pour vous recevoir, il vous laisse poireauter pendant trois jours – un homme aussi important que vous ? Ça signifie qu'il est encore dans une de ses phases maniaques.

– Comment le savez-vous ?

– Parce que je le connais bien. C'est un de mes bons amis. Non, ce n'est pas tout à fait exact. Il *pense* qu'il compte parmi mes bons amis.

– Et vous ?

– Oh, moi, je crois que c'est un fou furieux qu'il vaudrait mieux abattre. Mais obtenir un tel résultat, ce serait très difficile.

Ils s'arrêtèrent devant les portes du palais présidentiel. On les autorisa instantanément à passer quand les gardes virent Kate dans la voiture, qui s'avança dans l'allée centrale pour stopper au pied de l'immense perron.

Kate se tourna vers le baron et dit d'une voix posée :

– Nous y voilà, Max. Ça devrait être assez intéressant.

Un colonel de l'armée, qui attendait sans doute pour accueillir le baron à son arrivée, se précipita vers eux pour baiser la main de Kate.

– Lady Kate, j'ai appris ce qui s'est passé, dit-il dans un anglais parfait. C'est une honte pour nous tous. Est-ce que vous allez bien ?

C'était tellement étrange, songea von Berger, d'entendre les officiers de l'armée irakienne parler avec cet immanquable accent britannique. En voilà encore un qui avait probablement fréquenté l'académie militaire de Sandhurst...

– Le seul problème, colonel, répondit-elle, c'est l'homme que j'ai dû laisser sur le trottoir.

– Un chien, rien de plus, qui méritait de mourir pour l'insulte qu'il vous a faite. Les trottoirs, lady Kate, se nettoient facilement.

– Sait-il ce qui s'est passé ?

– Il est entré dans une rage folle. Il a ordonné des représailles immédiates dans la rue Al-Rashid. Suivez-moi, je vous prie.

Soudain un gémissement plaintif de sirènes s'éleva sur la ville. Les lumières s'éteignirent. Le colonel agita une main, un soldat accourut avec une grosse torche électrique.

– Il ne s'agit que d'un exercice contre les raids aériens, dit le colonel. En ce moment nos amis américains ne nous causent pas beaucoup de problèmes. Par ici.

Ils le suivirent dans des couloirs d'une splendeur éblouissante. Von Berger éprouvait une sensation étrange à se voir marcher là, dans l'obscurité, avec les statues qui semblaient flotter au-dessus du sol de part et d'autre des corridors, la flaque de lumière de la lampe, le marbre qui renvoyait un écho sonore de leurs pas...

– Ça va ? murmura Kate.

– Je crois qu'on peut dire que c'est une des expériences les plus remarquables que j'aie jamais vécues. Et si l'on considère que je suis le seul homme de votre connaissance à s'être jamais trouvé dans le bunker du Führer, ça n'est pas peu dire !

Elle rit.

– Oh, je vous adore, Max. Si seulement...

– J'avais cinquante ans de moins, conclut-il à sa place. Mais ce n'est pas le cas, alors tenez-vous bien.

Ils s'arrêtèrent devant une porte ornée de sculptures, gardée par deux sentinelles. Le colonel leur fit signe d'attendre et entra. Ils patientèrent, entendirent une voix grondante derrière le battant. Le colonel reparut quelques instants plus tard.

– Il vous reçoit maintenant.

Saddam Hussein, en uniforme, était assis derrière une vaste table de travail éclairée par une unique lampe à abat-jour. Il était en train de signer des documents. Quand ils s'avancèrent, il releva la tête, posa son stylo, se leva et fit le tour de la table pour venir prendre Kate dans ses bras et l'embrasser sur chaque joue.

– Le baron von Berger ne parle pas arabe, dit-elle en anglais.

Saddam Hussein ne montrait jamais qu'il parlait anglais, mais ce jour-là il fit une exception.

– Baron, je suis outré que vous ayez été traité de cette façon.

– Il s'agit d'un malheureux malentendu. Ils m'ont pris pour un Américain. Je crois que je ne portais pas les vêtements appropriés.

Saddam éclata de rire.

– Ça me plaît. Je comprends ça.

Étrange à quel point il était versatile, car l'instant suivant il fronça tout à coup les sourcils et regarda Kate d'un air sombre.

– Mais l'insulte qu'ils vous ont faite. Ça, c'est impardonnable. J'ai ordonné des représailles. La police militaire va donner une bonne leçon à ces voyous de la rue Al-Rashid.

– Je leur ai déjà donné une leçon, dit-elle. J'ai abattu le chef de la meute.

– Excellent. Là c'était *votre* leçon. Maintenant ils vont avoir la *mienne*. Venez. Asseyez-vous.

Elle prit place sur une chaise, fit signe à von Berger de s'installer à côté d'elle. Saddam s'approcha d'une fenêtre et poussa les volets qui donnaient sur une terrasse. Quelqu'un, dehors, cria que l'alerte était passée. Saddam contempla la ville où les lumières du soir commençaient à s'allumer.

– Nous avons les Américains et les Britanniques, depuis la guerre du Golfe, qui ne cessent de se mêler de nos affaires, qui fourrent leur nez dans les problèmes des Arabes. Ils survolent les soi-disant zones d'exclusion, viennent jusqu'ici bombarder nos installations... La guerre, peut-être, va reprendre.

Il pivota sur lui-même.

– C'est la raison de votre présence ici, baron.

Max von Berger jeta un coup d'œil vers Kate. L'expression de la jeune femme disait tout. Il prit une profonde inspiration.

– En quoi puis-je vous aider ?

– Le baron von Berger a accès à tous les types d'armes ou presque, intervint Kate. Qu'est-ce que vous cherchez ? Des missiles Stinger ?

Saddam revint vers eux.

– Ce genre de choses, je peux l'avoir par de nombreuses sources. Ce dont j'ai réellement besoin, c'est de plutonium, dit-il, et il se tourna vers von Berger. Mon programme nucléaire est bien avancé, mais nous avons besoin de plutonium. Pouvez-vous m'en fournir ?

Kate regarda von Berger et hocha discrètement la tête.

– Je connais certaines sources, dit ce dernier.

– Excellent, approuva Saddam en allant se rasseoir derrière la table. Si les Américains viennent, pour finir, je dois avoir une arme, une arme spéciale qui les stoppera net dans leur élan. Les gens parlent des armes biologiques, mais ça ne suffit pas. Seule une bombe nucléaire peut faire l'affaire.

Max von Berger aurait pu le contredire, exposer les conséquences catastrophiques d'éventuelles représailles américaines, en citant le sort du Japon à la fin de la Seconde Guerre mondiale. Il n'en fit rien. C'était inutile. Il se rendait compte, de prime abord, que Saddam Hussein était un malade mental.

– Alors ? Qu'attendez-vous de moi ?

– Je vous l'ai dit. Du plutonium, baron, du plutonium !

Saddam se mit debout, dodelinant de la tête.

– Ne me faites pas perdre mon temps. Allez-vous-en et trouvez-moi du plutonium.

Von Berger sentit la main de Kate effleurer son bras ; il se leva.

– Je vais voir ce que je peux faire.

Saddam retomba sur sa chaise, reprit son stylo et se remit à signer des documents. Kate entraîna von Berger vers la porte ; il eut le bon sens de la suivre sans un mot de plus.

– C'est un fou furieux, dit-il quand ils furent dans la Land Rover.

– Bien entendu, mais ce n'est pas ce qui compte pour le moment. J'ai envoyé mon autre Land Rover récupérer vos affaires à l'Al-Bustan. J'ai aussi bloqué un créneau de décollage pour votre avion. Vous avez intérêt à ficher le camp pendant que vous le pouvez. Ses sautes d'humeur sont terribles. Avec lui, on ne sait jamais à quoi s'attendre.

– Je ne vais pas vous contredire.

– Allez-vous essayer de lui trouver du plutonium ?

Max von Berger, autrefois commandant SS et conseiller d'Hitler, répondit sans hésiter :

– Jamais de la vie.

– Bien. Vous êtes un homme adorable, Max. Alors, dépêchons-nous de vous conduire à l'aéroport et de vous éloigner d'ici.

Allemagne

4

Ce fut l'année suivante, alors qu'il était en voyage d'affaires au Brésil, que von Berger apprit l'effroyable tragédie qui s'était abattue sur la famille Rashid avec les décès des frères George, Michael et Paul. La nouvelle lui parvint trop tard pour qu'il ait le temps d'assister aux obsèques – à quoi cela aurait-il servi, d'ailleurs ?

Du fait de la nature particulière du titre de noblesse de la famille Dauncey-Rashid, ce fut Kate qui devint la nouvelle comtesse de Loch Dhu. Mais la règle établie entre elle et von Berger restait valable : officiellement, publiquement, le baron et l'empire Rashid n'avaient aucune relation.

À ce stade, il ignorait les raisons pour lesquelles les frères Rashid étaient morts ; il ignorait aussi la querelle qui les avait opposés aux puissances occidentales, de même que les causes de cette querelle. Par la suite, il entendrait parler de la tentative d'assassinat manquée contre le président Jake Cazalet dans sa propriété de l'île de Nantucket – une opération menée à l'instigation de Paul Rashid par des mercenaires irlandais. Puis il y aurait l'assassinat, réussi celui-là, du sultan du Hazar, suivi par l'échec de l'attentat, une fois encore mené par des mercenaires irlandais, contre l'ensemble des membres du Conseil des aînés.

Ce ne fut que bien plus tard que von Berger se rendit compte de l'importance du rôle de Blake Johnson dans toutes ces affaires. Johnson, qui dirigeait le Sous-Sol à la Maison-Blanche. Et puis il y avait aussi le général Charles Ferguson, qui faisait le même travail pour le premier ministre britannique, secondé par Sean Dillon. Dillon qui avait personnellement tué Paul Rashid et ses deux frères...

Toutes ces informations, cependant, Max von Berger ne les découvrirait qu'après. Pour le moment, il devait se contenter de suivre les activités de Kate Rashid à distance. Il ne manqua pas de remarquer l'arrivée, dans la vie de la jeune femme, de Rupert Dauncey, un lointain cousin d'Amérique autrefois commandant chez les marines – et il ne manqua pas de remarquer l'espèce d'étrange sentiment de jalousie qu'il en conçut. Mais la vie continuait ; il s'occupait avec ses affaires habituelles. Jusqu'à ce fameux soir, alors qu'il passait quelques jours au Schloss, où, sur un coup de tête, il décida d'aller dîner à L'Aigle, l'auberge du village.

Un vendredi soir, au seuil de l'hiver, la salle était pleine de monde. À son arrivée, il fut accueilli comme à l'accoutumée. L'aubergiste, Meyer, se précipita à sa rencontre.

– Monsieur le baron, est-ce que vous voulez dîner avec nous ?

– Je crois bien que oui. Je vais déguster votre

ragoût maison aux pommes de terre et aux boulettes. Qu'est-ce que je pourrais me souhaiter de mieux ?

– Vous nous faites un grand honneur.

Meyer l'entraîna vers un angle de la salle, fit un signe aux deux hommes assis là. Ils se levèrent précipitamment et s'inclinèrent avec respect.

– Merci, mes amis, dit von Berger.

Il retira son chapeau. Meyer l'aida à enlever son lourd manteau, puis le fit asseoir.

– La soirée est glaciale. Je vais ouvrir une bouteille de champagne, histoire d'égayer un peu l'atmosphère.

Meyer s'éloigna. Von Berger prit une cigarette dans son étui et l'alluma. Il avait remarqué qu'un homme installé au bar, devant une chope de bière, le dévisageait d'un air mauvais. Cet homme s'appelait Hans Klein, c'était un fermier du coin – c'était surtout une brute épaisse doublée d'un alcoolique. Il avait accumulé les arriérés sur ses loyers de fermage, et s'était débrouillé à plusieurs reprises pour ne pas payer. Devant la cour d'appel, quelques semaines plus tôt, von Berger lui avait donné trois mois pour s'acquitter de ses dettes, après quoi ce serait l'expulsion.

Au moment où Meyer revenait avec le champagne dans un seau à glace, Klein s'exclama d'une voix tonitruante :

– Voilà ! C'est ça qu'il faut pour le putain de grand seigneur !

Il se tourna vers la barmaid et abattit son poing sur le comptoir.

– Du schnaps ! Et en vitesse, ou bien est-ce qu'il faut qu'on passe tous après lui ?

Les conversations cessèrent d'un bout à l'autre de

la salle. Meyer, qui débouchait la bouteille, devenait nerveux.

– Monsieur le baron, je suis vraiment désolé.

– Ça va. Servez-moi.

C'est alors que la porte de la rue s'ouvrit, des volutes de neige s'engouffrèrent dans l'auberge et un étranger fit son apparition.

Il portait une veste de chasse avec un col en fourrure et une casquette en tweed, blanche de neige, qu'il retira et tapota contre sa cuisse. À Neustadt on n'avait guère l'habitude de voir des étrangers, encore moins des étrangers aussi remarquables que celui-là. Ses longs cheveux noirs ne descendaient pas tout à fait jusque sur ses épaules, mais presque, et il avait un visage séduisant, un peu anguleux. Son nez cassé lui donnait un petit air de guerrier médiéval.

– Bonsoir, dit-il en déboutonnant son manteau. Ce n'est pas une nuit à mettre le nez dehors.

Son allemand était parfait, mais von Berger y perçut immédiatement une pointe d'accent italien.

– Bienvenue, *mein Herr*, dit Meyer. Vous arrivez de loin ?

– On peut dire ça. Je viens tout droit de Sicile.

Klein renifla bruyamment.

– Italien, grogna-t-il d'un ton méprisant en s'adressant aux hommes assis autour de lui.

L'étranger l'ignora.

– J'ai besoin de quelque chose pour me réchauffer, dit-il à Meyer. J'ai l'impression que vous avez toutes les boissons du monde, là, sur vos étagères. Est-ce que vous auriez de la grappa ?

– À vrai dire, oui...

Meyer attrapa une bouteille sur une étagère et la lui tendit. L'étranger lut l'étiquette à voix haute :

– « Grappa di Brunella di Montalcino ». Seigneur, ça c'est un véritable tord-boyaux ! Servez-m'en une tout de suite.

Il but le verre d'un trait et toussa.

– Splendide. Je vais garder la bouteille.

Il se tourna, aperçut une petite table inoccupée et, dans le même mouvement, vit le baron qui le dévisageait d'un air amusé. Aussitôt, il perdit son sourire et recula d'un pas, presque comme s'il avait reçu un coup. Il se figea quelques instants, puis s'avança vers la table, s'assit, ouvrit la bouteille et se servit de nouveau un verre. Il jeta un nouveau coup d'œil vers le baron, avant de baisser les yeux.

Von Berger fronça les sourcils, étrangement mal à l'aise. Ce jeune inconnu avait quelque chose de familier. Il avait l'impression de le connaître – mais comment était-ce possible ? Non que la question eût la moindre importance, cependant, car c'est à ce moment-là que Klein, plus saoul que jamais, perdit les pédales. Il tendit le bras par-dessus le bar, attrapa la bouteille de schnaps, en tira le bouchon avec les dents et but avec avidité au goulot. Il reposa la bouteille avec fracas et pivota sur le tabouret.

– Vous vous prenez pour Dieu tout-puissant, baron, mais moi, je vais vous dire ce que vous êtes. Vous êtes un enfoiré !

Il était tellement ivre qu'il ne se rendait plus compte de ce qu'il disait.

– Et moi, je sais comment traiter les enfoirés dans

votre genre. Essayez de venir me piquer ma ferme, je vous recevrai à coups de fusil !

Le silence tomba sur la salle. Le baron gardait son calme, les mains croisées sur le pommeau de sa canne.

– Rentrez chez vous, Klein, vous n'êtes plus vous-même.

Le fermier s'approcha de lui, attrapa brusquement la bouteille de champagne dans le seau.

– Espèce de vieux porc. Je vais vous montrer, moi...

– Vous n'allez rien montrer du tout, l'interrompit l'étranger tout en se servant un autre verre de grappa. Et je vous suggère de présenter tout de suite vos excuses à ce grand homme pour l'avoir insulté de la sorte.

Le baron le considéra d'un air intrigué. Klein fit volte-face, traversa la salle en titubant et se pencha vers l'étranger à travers la table.

– Italien, le beau garçon, c'est ça ? Je vais vous casser les deux bras, moi !

– Vraiment ?

L'étranger saisit le goulot de la bouteille de grappa, la leva et frappa Klein sur le côté du crâne. Le fermier, pourtant costaud, s'effondra sur un genou. L'homme se leva, saisit sa chaise par le dossier et la lui fracassa sur les épaules.

Il recula d'un pas. Klein prit appui sur la table et se redressa lentement. Son visage était couvert de sang.

– Vous n'êtes qu'un animal, mon ami, dit l'étranger. Il y a longtemps que quelqu'un aurait dû vous le faire comprendre.

Klein poussa un rugissement de fureur et se jeta en avant, flageolant sur ses jambes. Ses grandes mains voulaient agripper et faire mal. L'étranger se déporta de côté, lui fit un croche-pied et le frappa de nouveau sur le côté de la tête. Klein roula sur lui-même en grognant et s'évanouit.

Des murmures enthousiastes retentirent à travers la salle. Meyer accourut.

– Baron, c'est vraiment terrible. Qu'est-ce que je peux dire ?

– Pas grand-chose. Contentez-vous de l'emmener à la police. Qu'ils le gardent en cellule jusqu'à demain.

Une demi-douzaine d'hommes emportèrent Klein, tandis que le reste des clients discutaient avec animation de ce qui venait de se passer – sans cesser de dévisager l'étranger. Celui-ci observait la barmaid, qui avait apporté un balai pour nettoyer le sol. Il se resservit de la grappa, but tout le verre en une seule gorgée.

– Vous vous débrouillez bien, lança le baron. Brutal et efficace...

– J'ai grandi à Palerme.

– Et vous parlez parfaitement l'allemand...

– Ma mère m'a élevé en m'obligeant à apprendre cette langue.

– Je vois. Vous m'avez regardé tout à l'heure comme si vous me connaissiez.

– J'ai déjà vu votre photo. Je comptais aller vous rendre visite au Schloss demain matin. Notre rencontre de ce soir est un hasard.

– Et pourquoi vouliez-vous me voir ? Nous pourrions commencer par votre nom ?

– Rossi. Marco Rossi. Ma mère s'appelait Maria Rossi. Elle travaillait pour vous, autrefois.

Max von Berger se rendit compte qu'il tremblait légèrement, tout à coup. Qu'il défaillait presque.

– Asseyez-vous ici et donnez-moi de ce... tord-boyaux.

Rossi remplit un verre, le lui tendit et prit place en face de lui.

– Que venez-vous faire par ici ?

– Ma mère est morte, après avoir lutté un bon bout de temps contre le cancer. Moi, j'étais capitaine de l'aviation italienne. Pilote de Tornado. Il y a six mois, j'ai démissionné pour pouvoir rester auprès d'elle. À Palerme, nous vivions avec mon oncle, mais il est décédé il y a un an. Elle était seule.

– Je ne comprends pas. Comment se fait-il que vous vous appeliez Rossi ?

– Parce que ma mère ne s'est jamais mariée. Elle m'a fait jurer de vous apporter ses cendres. Donc... me voici.

Il sortit un paquet de cigarettes de sa poche.

– Donnez-m'en une, dit von Berger.

Sa main frémissait quand il se pencha vers la flamme du briquet que lui tendait Rossi.

– Voilà, c'est mieux, dit-il, s'efforçant de se ressaisir. Pourquoi m'a-t-elle quitté ? Est-ce que vous le savez ?

– Oh, oui ! Elle vous aimait profondément, mais elle se rendait compte à quel point la mémoire de votre femme vous hantait. Je connais l'histoire terrible qui vous est arrivée. Quand ma mère s'est aperçue qu'elle était enceinte, elle n'a pas voulu que vous vous sentiez redevable de quoi que ce soit envers elle, ou que vous vous croyiez pris au piège. Alors elle est rentrée à Palerme se mettre sous la protection de mon oncle, Tino Rossi. C'était une personnalité importante de la Mafia.

– J'ai tout de suite vu quelque chose de particulier chez vous, quand vous êtes entré, quelque chose qui m'était familier. J'avais l'impression de vous connaître. Maintenant je sais pourquoi. Pourtant, j'ai beaucoup de mal à encaisser le choc. Ce n'est pas tous les jours qu'un homme découvre qu'il a un fils. Pareil pour vous, je suppose.

– Pas tout à fait. Je sais depuis plus de vingt ans que vous êtes mon père.

Rossi se leva.

– Je vais prendre une chambre ici, pour la nuit, et je vous apporterai les cendres demain matin. Ensuite, je rentre chez moi, voir si l'aviation veut bien me reprendre.

– Non. Il n'y a qu'un seul endroit où vous puissiez loger cette nuit, c'est au Schloss Adler. Nous devons parler, déclara le baron, et il fit signe à son fils de se lever pour le suivre.

Dans la chapelle du Schloss, il faisait un froid glacial. Comme à l'accoutumée, des cierges se consumaient en coulant sur leurs supports ; une odeur d'encens planait dans l'atmosphère. Le baron avait lui-même apporté le coffret des cendres de Maria Rossi. Il le déposa devant le tombeau de la famille.

– Je la ferai inhumer avec ma première femme et...

Sa voix se brisa sur un sanglot.

– ... ton frère, conclut-il après quelques secondes.

Marco Rossi, un homme dur, plus dur encore que Max von Berger ne pouvait l'imaginer à ce moment-là, fut soudain en proie à une émotion intense. Il glissa un bras autour des épaules de son père et le serra contre lui.

– Ça va, papa, ça va. Ne t'inquiète pas. Je suis là. À partir de maintenant, je suis là. Nous porterons le deuil ensemble. Elle t'aimait énormément, crois-moi. Elle a fait un immense sacrifice pour cet amour.

Von Berger baissa la tête.

– À cause de moi, de mon attitude, de ma fierté. De cette imbécillité de fierté von Berger vieille de sept cents ans.

– Hé! fit Marco. C'est aussi valable pour moi, n'est-ce pas? Je suis un von Berger comme toi.

Le baron essuya une larme et sourit.

– C'est vrai. Maintenant, allons-y. Nous dînerons, peut-être, nous prendrons un verre et, surtout, nous allons bavarder.

Plus tard, dans le grand salon, ils s'installèrent devant la cheminée où brûlait un bon feu, tandis que le majordome leur servait des cafés et du cognac.

– Ça ira, Otto, dit von Berger. Nous nous débrouillerons. Vous avez préparé ce qu'il fallait pour Herr Rossi?

– Oui, monsieur le baron. La suite impériale.

– Parfait. Bonne nuit.

Le majordome disparut dans le couloir enténébré, le bruit de ses pas résonnant entre les murs.

– Avant de parler de quoi que ce soit d'autre, commença Rossi, je tiens à te dire une chose.

– Quoi donc?

– Comme je te l'ai déjà dit, mon oncle, Tino Rossi, appartenait à la Mafia, mais ce n'est pas tout :

il comptait parmi les principaux *capi*. Tu sais ce que ça signifie ?

– Bien sûr.

– À sa mort, il a laissé une fortune immense à ma mère. À présent qu'elle est décédée, tout me revient. À toi, je ne demande rien. Ce n'est pas pour ça que je suis ici. Je suis venu pour ma mère et par respect pour mon père. Je sais tout à ton sujet. Tu as été un grand soldat et tu es un grand homme.

Von Berger refoula le compliment d'un geste.

– Parle-moi donc de toi.

– J'ai passé mon enfance à Palerme, bien sûr. Ni ma mère ni mon oncle ne voulaient que j'entre dans les affaires de la Mafia. Ce qui était assez difficile, puisque toute la famille au sens le plus large, tous mes cousins en faisaient partie.

– Si j'en juge par la façon dont tu as démoli cette brute de Klein, le souhait de ta mère et de ton oncle n'a pas été exaucé.

– J'ai passé trop de temps, quand j'étais gamin, dans les rues de Palerme. Là-bas, on apprend vite. J'ai reçu une excellente éducation, la meilleure qui soit, mais je suppose que j'avais, d'une certaine façon, la Mafia dans le sang. Et l'espèce d'arrogance qui va avec.

De sa poche, il sortit un couteau plaqué d'ivoire sculpté en forme de madone. Il appuya sur un bouton et une lame jaillit.

– Ça... Je l'ai toujours sur moi. C'est mon oncle qui me l'a offert pour mon dixième anniversaire, conclut-il en refermant le couteau.

– Et puis ? Qu'est-ce qui est venu, avec la maturité ?

– On m'a envoyé à dix-sept ans à Yale, où j'ai étudié l'économie, les affaires. Je m'en suis plutôt bien tiré, j'avais de plus un don pour l'informatique. Ensuite, je suis rentré chez moi pour m'engager dans l'aviation italienne. J'ai été abattu en vol et je me suis retrouvé piégé derrière les lignes serbes, en Bosnie. J'ai dû fuir par mes propres moyens.

– Un moment difficile, j'imagine.

– On peut dire ça, oui.

– Et tu veux y retourner ?

– Pourquoi pas ? Trois mois après la fin de ma formation, j'ai participé à la guerre du Golfe. J'ai attaqué Bassora. Et puis il y a eu la Bosnie quelques années plus tard, ensuite le Kosovo. C'est une sensation particulière que de vivre de cette façon, sur le fil du rasoir. En ce moment, je n'ai pas de petite amie. Un peu d'action et de passion, ça ne me ferait pas de mal.

– Je te comprends bien. Sers-moi un autre cognac.

Marco s'exécuta. Puis il alluma une cigarette avant de reprendre d'un ton posé :

– Comme je te l'ai dit tout à l'heure, je ne suis pas venu pour obtenir le moindre avantage de ta part. Si j'étais à ta place, quoi qu'il en soit, je voudrais faire une analyse ADN.

– Ça pourrait être une bonne idée, en effet. Mais pour une seule raison : pour assurer la lignée, pour te légitimer. Manifestement, tu es mon fils. Je ne contredis absolument pas ce fait, j'en suis même très heureux. Ce à quoi je m'oppose, par contre, c'est à cette idée insensée de te voir retourner dans l'aviation. Tu as déjà bien assez tiré sur la corde, ça suffit.

– Alors, que dois-je faire ?

– Tu as reçu une formation de première classe, tu

es un héros de guerre et, apparemment, tu sais te montrer plutôt impitoyable avec ceux qui se mettent en travers de ton chemin. Tu es un dur, un garçon de la rue.

– Qu'est-ce que mon père a fait aux Ukrainiens qui avaient massacré sa femme et mon demi-frère ? J'appartiens à une longue lignée de guerriers.

– Exactement. C'est la raison pour laquelle je désire que tu choisisses de rester avec moi. D'être mon bras droit.

Le baron secoua la tête.

– Bon sang ! Je vais avoir quatre-vingts ans l'année prochaine. Avoir mon fils à mes côtés, ce serait une telle bénédiction ! Je me rends bien compte que tu es riche et...

Marco Rossi, saisi par une émotion qu'il n'avait jamais connue qu'auprès de sa mère, l'interrompit :

– Non ! Je t'en prie, papa.

Il mit un genou à terre, prit la main du baron et la baisa.

– Tu n'as pas idée de ce que ça signifie pour moi d'être le fils d'un homme comme toi...

– Mais si, je sais, répondit von Berger en posant la main sur la tête de Marco. Parce que je suis le père d'un homme comme toi.

Marco se coula dans sa nouvelle situation comme s'il y avait été toute sa vie. À partir de ce moment, où que le baron aille, il y allait aussi. Et tout le monde sut bientôt qu'il était le fils de Max von Berger.

Dans les moments d'intimité, le baron lui raconta tout. Le bunker du Führer et sa dernière entrevue avec

Hitler. La source de son immense fortune. Il lui parla même du journal d'Hitler et lui montra où il le conservait, dans la cache secrète à l'arrière du tombeau, où la flamme d'un cierge brûlait en permanence dans une vasque. Cependant, il ne lui permit jamais de le lire : le secret des propositions de paix faites par Hitler à Roosevelt vers la fin de la guerre n'appartenait qu'à lui.

Il lui expliqua la relation particulière, clandestine, qu'il entretenait avec le groupe Rashid, il lui raconta comment Kate Rashid lui avait sauvé la vie, et le pacte qu'ils avaient scellé en mêlant leurs sangs. Tout cela, Marco l'assimilait et le comprenait sans difficulté.

Et puis arriva ce terrible matin, alors que le baron prenait le petit déjeuner dans sa suite du Grand Hôtel de Berlin, où Marco entra dans la pièce et lui tendit la première édition du *Times*.

– Je crois qu'il faut que tu voies ça.

Il découvrit le récit, à la une du journal, de l'ultime et tragique vol de Kate Rashid à bord de son avion après qu'elle avait décollé de Dauncey Place. Max von Berger avait rarement éprouvé un tel chagrin. Il abattit son poing sur la table.

– Mais qu'est-ce qui a pu se passer, pour l'amour du ciel ? Kate était une excellente pilote.

– Personne ne le sait. Un problème de moteur, probablement. Je me suis entraîné dans ce coin, avec la RAF, pour des manœuvres de l'Otan. Je connais la côte. Le Sussex, les marais, les étendues vaseuses, et ce fichu sale temps anglais... D'après l'article, elle a décollé à l'aube, sous la pluie et dans le brouillard. Le contrôle aérien a dit que son avion est resté visible sur les écrans un petit moment, puis a subitement disparu.

Comme tu pourras le lire, ils ont commencé les recherches...

Marco alla au minibar, versa un cognac dans un verre qu'il apporta à son père.

– Bois ça. Cul sec.

Le baron lui obéit.

– Je lui devais tant..., murmura-t-il. Ma propre vie !

Marco, lui, éprouvait une étrange sensation de détachement face à cet événement. Et, d'une certaine façon, il était presque jaloux. Il alluma deux cigarettes, en passa une au baron.

– Elle a dû tomber assez près de la côte. Ça signifie dans des eaux peu profondes. Ils la retrouveront, ainsi que ce cousin à elle dont tu m'as parlé, Rupert Dauncey.

– Oui, je suppose que tu as raison, répondit von Berger en levant son verre. Je crois qu'il m'en faut un autre.

Marco alla chercher la bouteille et le resservit.

– Que va-t-il arriver, maintenant ?

Von Berger n'avait même pas encore songé aux conséquences de la mort de Kate.

– Les contrats signés avec Paul Rashid étaient passés entre les mains de Kate. Puisqu'elle est morte, ils vont me revenir entièrement. Je vais prendre le contrôle de l'empire Rashid.

Il inspira profondément, abasourdi. Il n'avait jamais sérieusement réfléchi à cette éventualité – pas avec quatre Rashid si pleins de vie et de santé !

– Nous devons prévenir nos gens à Genève, ici à Berlin, ainsi qu'à Londres. Il faut lancer la machine.

– Il reste encore à retrouver son cadavre. Ça va

prendre un peu de temps. Ensuite, il doit y avoir le rapport du médecin légiste, et l'enquête du coroner.

Étrangement calme, le vieil homme répondit :

– Oui, bien sûr, mais nous devons nous préparer dès à présent. Il ne va plus servir à rien de garder le secret sur notre association. Je parlerai aux principaux directeurs du groupe Rashid, à New York et à Londres, qu'ils sachent à quoi s'attendre. Ils obéiront. Ils n'auront pas d'autre solution.

– Et moi ? Que veux-tu que je fasse ?

– Ah, pour toi j'ai une mission spéciale. Tu prendras les commandes de la sécurité du groupe Rashid à l'échelle mondiale. Il se passait beaucoup de choses, de ce côté-là, surtout en Arabie et dans le Hazar, je veux savoir ce dont il s'agissait. Je veux découvrir aussi comment les trois frères Rashid ont trouvé la mort et pourquoi... Et maintenant Kate ? C'est une coïncidence étonnante, tout de même !

– Comme tu voudras.

– Tu es un génie de l'informatique, Marco, tu pourras avoir accès à toutes les informations que Kate et sa famille possédaient. Tu auras l'autorité pour ça.

– Londres, pour commencer ?

– Je suppose. Je vais rencontrer les gens de Rashid là-bas, puis nous irons à New York. À ce moment-là, les autorités l'auront retrouvée ou bien déclarée disparue.

– Est-ce que je peux faire quelque chose pour toi, dans l'immédiat ?

– Fais en sorte que le Gulfstream soit prêt à nous emmener à Londres, avec un atterrissage à Northolt.

– Je m'en occupe.

Marco sortit. Max von Berger resta assis, songeur. La vie était tellement inattendue. Un voyage étonnant après l'autre... Et celui-ci, pensa-t-il encore, le cœur lourd, devait se terminer dans un lieu bien précis. Au cimetière du village de Dauncey.

Londres aujourd'hui

5

La porte de l'église s'ouvrit, le cortège apparut. Le baron et Marco se trouvaient à l'arrière. La procession se dirigea, à travers le cimetière, vers le tombeau familial.

– Venez, dit Ferguson. Je veux voir ça.

Le cercueil avait été posé sur une petite estrade autour de laquelle déambulaient lentement les gens venus présenter leurs derniers hommages à la défunte. La partie supérieure du couvercle était ouverte, dévoilant le corps embaumé de Kate Rashid. Le baron s'immobilisa, se pencha en avant pour déposer quelque chose sur la poitrine de son amie. Puis il fit un pas en avant, marqua de nouveau une pause pour jeter un coup d'œil vers Ferguson et continua son chemin.

– Nom de Dieu, qu'est-ce qu'il trafique ? murmura Dillon.

Ils passèrent chacun son tour près du cercueil, baissant les yeux sur le visage de Kate Rashid, paisible dans la mort, remarquablement « vivant » grâce au savoir-faire de l'embaumeur. Dillon n'éprouvait aucune émotion, ou se disait qu'il n'en éprouvait aucune. L'objet déposé par le baron était une médaille rouge et noire. Ils poursuivirent leur chemin.

– Comme c'est intéressant, observa Ferguson. Il lui a légué sa croix de Chevalier avec les épées et les feuilles de chêne. Il y avait sûrement bien plus de choses, entre eux, que nous ne le savions.

La foule commençait à se disperser sous la pluie.

– Où ça va nous conduire, tout ça, Charles? demanda Dillon.

– Au Dauncey Arms, Sean. Je crois savoir que le pub a organisé un buffet au champagne.

– Et le baron Max von Berger? demanda Blake.

– Eh bien... nous allons voir, répondit Ferguson, et il les entraîna vers la sortie du cimetière.

Le Dauncey Arms était déjà bien rempli et les gens continuaient d'affluer dans la salle. Comme tout le village, c'était un lieu ancien et chargé d'histoire, avec des poutres noires au plafond, une vieille cheminée en granit où crépitait un bon feu, des tables patinées dans des box en bois de chêne. Blake réussit à en trouver un de libre où il s'installa avec Ferguson. Dillon s'approcha du bar. Betty Moody, la patronne, fronça les sourcils.

– Je ne savais pas que vous alliez venir, monsieur Dillon. Ici, vous n'êtes pas le bienvenu.

– Je ne suis le bienvenu nulle part, Betty.

Il prit une flûte de champagne sur le comptoir, l'avala d'un trait, en prit trois autres et retourna vers Blake et Ferguson.

– Et voilà, dit-il en leur donnant les verres.

Ils trinquèrent, puis Blake dit :

– Même vous, général, vous n'êtes pas au courant, mais il y a moins de vingt-quatre heures le baron a obtenu d'être reçu dans le Bureau ovale par le président. J'y étais. Il lui a révélé qu'il était maintenant à la tête de Rashid Investments et, plus important encore, des champs pétrolifères du groupe Rashid. Un tiers de la production de tout le Moyen-Orient. Il veut développer de nouvelles exploitations. Le président a fait remarquer qu'il n'appréciait pas cette perspective.

– Pourquoi ? demanda Dillon.

– Parce que von Berger a négocié des ventes d'armes avec l'Irak. Nous ne pouvons pas stopper la production du pétrole – le marché mondial en a besoin –, mais le président a clairement montré au baron qu'il désapprouvait ses activités.

– Comme c'est triste, dit Ferguson. Et quand je pense qu'il doit rencontrer le Premier ministre demain matin à Londres...

– Qu'est-ce que ça va donner ? demanda encore Dillon.

– Il recevra la même réponse qu'à Washington, je présume.

– Le Premier ministre vous a-t-il déjà parlé de ce rendez-vous ?

– Brièvement, au téléphone. Il m'a demandé de venir y assister, dit Ferguson qui haussa les épaules. Mais c'est joué d'avance.

C'est à ce moment-là que le baron et Marco Rossi entrèrent dans le pub. Von Berger embrassa la salle du regard, les aperçut et avança droit sur eux. Il avait une voix au timbre profond, assez agréable, avec seulement une pointe d'accent allemand.

– Ah, monsieur Johnson. Enchanté de vous revoir.

Blake ne se leva pas.

– Monsieur le baron.

– Général Ferguson, dit von Berger, et il inclina la tête. Nous ne nous étions jamais rencontrés.

– Mais nous nous reverrons dès demain à Downing Street.

– Vraiment? fit von Berger en souriant. Je m'en réjouis d'avance. Votre réputation vous précède.

– C'est généralement le cas.

Le baron se tourna vers Dillon.

– Et vous devez être le célèbre Sean Dillon. Un homme remarquable.

– Nom de Dieu, baron, répliqua Dillon. Qu'est-ce que vous cherchez?

– Je veux votre tête, bien sûr. Kate Rashid était une amie très chère. Elle m'a même sauvé la vie, une fois... Oui, je me contenterai de votre tête.

Dillon répondit cette fois en allemand :

– Vous pouvez toujours essayer.

Il y eut un moment de silence glacial que Ferguson rompit le premier :

– À votre place, baron von Berger, je ne me fatiguerais même pas à aller à Downing Street demain.

– Je suis un grand optimiste, général Ferguson. Bonne journée à vous, messieurs.

Rossi dévisageait Dillon d'un air attentif, les mâchoires crispées.

– Va, fiston, dit l'Irlandais. Notre jour viendra bien assez tôt.

Rossi eut un sourire satisfait. Il tourna les talons et suivit le baron.

– Alors, qu'en pensez-vous? demanda Ferguson.

– Kate Rashid était une amie chère, elle lui a même sauvé la vie... Et tout ce qu'il veut c'est ma tête ?

Dillon haussa les épaules.

– Nous allons avoir des ennuis, Charles. De gros ennuis.

– J'ai bien peur d'être aussi de cet avis. Et vous, Blake, votre opinion ?

– Le président a demandé au Premier ministre de me permettre d'assister à la rencontre. Après quoi, je rentre à Washington.

– Excellent. Alors autant retourner dès maintenant à Londres, dit Ferguson. Vous, Dillon, vous avez aussi votre dernier débriefing ce soir.

– Débriefing, mes fesses, répliqua Dillon, puis il sourit à l'adresse de Blake. Il m'a envoyé en psychanalyse, ce coup-ci. Après ma dernière petite prise de bec avec l'amie Rashid. Manifestement, il me prend pour une espèce de psychopathe.

Il souriait, mais on sentait chez lui une certaine nervosité qui n'échappa pas à Blake.

– C'est la routine, Sean. Une procédure habituelle. Tu as subi pas mal de stress et tu as été obligé de tuer. Plus d'une fois d'ailleurs.

– Vraiment ? Je croyais que je tuais tout le monde de toute façon. Enfin bon ! Retour à Londres et à la mère supérieure.

Il se leva et se dirigea vers la porte.

– Mère supérieure ? répéta Blake.

– Une mauvaise plaisanterie à la Dillon, répondit Ferguson. La personne qu'il voit est une de mes amies, une dame qui s'appelle Susan Haden-Taylor. Non seulement elle est psychiatre, mais elle est aussi professeur et prêtre de l'Église anglicane. Elle opère à

Harley Street – ou à l'église St. Paul, au coin de la rue, si vous n'avez pas les moyens de payer les consultations.

– Je vois. C'est ce genre-là, alors ?

– Tout à fait.

– Ah, eh bien..., fit Blake en suivant Ferguson dans la rue. Il en faut pour tous les goûts et les couleurs, je suppose.

À l'arrière de la Rolls Royce, le baron dit à Rossi :

– C'est bien d'avoir pu mettre un visage sur Ferguson et Dillon. Les clichés informatiques manquent de charme.

– Un dur, cet Irlandais. Ce que j'ai déjà dégoté sur l'ordinateur des Rashid à son sujet, c'est très mauvais. Il ne fait aucun doute qu'il a tué les trois frères.

– Oui, mais j'ai l'impression tout de même qu'ils l'avaient bien cherché, dit von Berger en secouant la tête. Cette tentative d'assassinat contre Cazalet, à Nantucket, c'était vraiment maladroit. Il ne faut faire ce genre de chose que si l'on est absolument certain de réussir. L'échec est une source de désastres.

– Les mercenaires irlandais avaient de bonnes recommandations.

– Et Dillon et compagnie leur ont rondement réglé leur compte, répliqua von Berger. Mais nous n'avons pas encore la certitude absolue qu'ils sont responsables de la mort de Kate. Je veux que tu continues à fouiller les dossiers informatiques des Rashid et que tu te penches sur les moindres indices. Là-dedans, il doit forcément y avoir des éléments intéressants.

– Ne t'inquiète pas, je trouverai. En fait, je suis déjà

tombé sur quelque chose. Les noms de deux types qui travaillaient pour la sécurité des Rashid sous les ordres de Rupert Dauncey. Deux anciens SAS qui s'appellent Newton et Cook. Ils participaient sans doute à la surveillance de Dillon.

– Sais-tu où ils sont passés ?

– Ils bossent pour une société de sécurité de troisième zone. Je dois les rencontrer dans l'après-midi.

Le baron fronça les sourcils.

– Sois prudent, Marco. Peut-être que tu devrais y aller accompagné.

– Pas avec ces deux-là, répliqua Rossi avec un sourire froid. Je n'ai pas besoin de chaperon.

Le vieil homme le dévisagea.

– Je tiens beaucoup à toi.

– Je sais.

– Et ce Dillon, c'est un mauvais numéro. As-tu vu ses yeux ? Comme de l'eau dormante sur une pierre. Aucune expression.

– Ça n'a rien d'étonnant, vu son passé. Toutes ces années avec l'IRA, toutes ces tueries, et les Anglais qui n'ont jamais réussi à mettre la main sur lui...

Marco sourit.

– Jusqu'au jour où Ferguson l'a vendu aux Serbes avant, pour ainsi dire, de le ramener à la vie en lui proposant comme chantage de travailler pour lui.

– La rumeur selon laquelle il aurait essayé de faire sauter le Premier ministre et le cabinet de guerre en 91... Tu penses que c'est vrai ?

– Oh oui ! Et ça en a fait un homme riche. Les Irakiens l'ont payé une fortune. L'argent ne compte pas, pour lui.

– C'est un guerrier, un soldat. Tout comme toi, Marco.

– Et vous, monsieur le baron, répondit Rossi avec un sourire.

– Oh, moi, c'était il y a bien longtemps, dit le vieil homme en lui rendant son sourire. Maintenant, donne-moi une cigarette. Et ne me dis pas que je ne devrais pas fumer.

Le Grenadier était un excellent pub, très fréquenté par les officiers de la Garde royale, un établissement à l'opulence toute victorienne avec un impressionnant comptoir en acajou et des box confortables où l'on pouvait déguster de la cuisine anglaise traditionnelle. À cette heure de l'après-midi, quand Marco Rossi y entra, l'endroit était calme. Il s'immobilisa dans son trench-coat dégoulinant de pluie, un attaché-case à la main, et regarda autour de lui. Reconnaissant Newton et Cook d'après les photos qu'il avait trouvées sur l'ordinateur des Rashid, il s'avança à leur rencontre.

– Marco Rossi, dit-il.

Ils étaient tels qu'il s'y attendait : des armoires à glace quadragénaires, autrefois costauds, aujourd'hui plutôt empâtés, vêtus de mauvais complets.

Ils le dévisagèrent avec attention, sans rien laisser paraître.

– Qu'est-ce qu'il y a pour votre service ? demanda Cook. Vous voulez un verre ?

Rossi retira son imperméable et agita la main à l'attention du barman :

– Un grand vodka Martini et deux doubles scotchs !

Il s'assit et dit sans sourire aux deux hommes :

– Faites-moi confiance. Vous allez en avoir besoin.

– Qu'est-ce que c'est que ces salades ? répliqua Newton.

– La ferme. Vous bossiez autrefois pour Rupert Dauncey chez les Rashid. Aujourd'hui vous travaillez pour une société merdique dont je ne me souviens même pas du nom – alors c'est moi qui pose les questions.

Cook eut une grimace maussade, mais resta silencieux.

– Dauncey vous avait donné l'ordre de filer un certain Sean Dillon. J'aimerais savoir, précisément, ce qu'il vous avait demandé de faire à son sujet.

– Dillon est dans le coup, encore une fois ? marmonna Newton.

– Ça a de l'importance ?

– Il flingue les gens, ce fumier, répondit Cook.

– Et ça vous ennuie ?

– Ça ennuierait n'importe quel bonhomme qui a un minimum de jugeote.

Rossi hocha la tête.

– Très bien. Que dites-vous de ça, question jugeote ?

Il poussa l'attaché-case en travers de la table.

– Là-dedans, il y a cinq mille dollars. Vous étiez sur les traces de Dillon quand il est revenu à Londres après son dernier voyage dans le Hazar. Si vous voulez cet argent, dites ce que vous savez.

– Nous avons entendu des rumeurs, dit Newton. Ils prévoyaient de faire sauter un pont ferroviaire dans le Hazar. Les Rashid, je veux dire. Dillon a fait foirer le coup avec l'aide d'un copain à lui.

– De qui s'agit-il ?

– Billy Salter. Un gangster bien connu du milieu londonien. Son oncle, Harry, a été pendant des années un des plus gros parrains de l'East End. Maintenant ses affaires sont légitimes – en théorie, du moins. Il a fait fortune dans l'immobilier sur les bords de la Tamise. Billy et lui sont très copains avec Dillon.

– C'est l'impression que ça donne, acquiesça Marco.

– Le truc, c'est qu'à la fin de l'aventure dans le Hazar les Rashid ont réussi à mettre la main sur Billy. Et Kate Rashid a pété les plombs. Elle a tiré plusieurs fois sur le jeune Salter. Dans le dos, si vous voyez ce que je veux dire.

– Et Dillon n'était pas du tout content...

– Comme vous dites ! Et la comtesse non plus, d'ailleurs. Dauncey nous a prévenus : elle voulait qu'on lui tombe sur le dos, qu'on le balance dans la camionnette et qu'on le conduise jusqu'à Dauncey Place pour qu'elle puisse s'occuper de lui à sa manière.

– Et c'était quand, ça ?

– La veille, dans la soirée, du jour où elle a fait son dernier voyage en avion.

Marco hocha la tête.

– Laissez-moi deviner. C'est Dillon qui vous est tombé sur le dos et pas l'inverse ?

– C'est exact, admit Cook.

– Il s'est fichu de nous, si vous voulez toute la vérité, ajouta Newton. Il nous a dit d'aller prévenir Dauncey qu'ils se verraient bientôt.

– Et vous avez obéi ?

– Ouais, on l'a fait. Pas parce que j'avais beaucoup d'amitié pour Dauncey. Disons plutôt que j'aimais bien l'idée qu'il puisse peut-être régler son compte à Dillon s'il se présentait chez la comtesse.

– Donc... Dillon est probablement arrivé là-bas au petit matin, juste avant qu'elle ne monte en avion.

– C'est ce que je pense aussi.

– Ne vous est-il pas venu à l'esprit d'aller parler de tout ça à la police, quand vous avez appris qu'elle s'était crashée ?

– Vous voulez rire ! Ce qui s'est passé là-bas, c'est sûrement pas le genre d'histoire à laquelle on a envie d'être mêlé.

– D'accord. Autre chose ?

– Non, c'est tout.

Marco poussa l'attaché-case vers les deux hommes.

– Alors, ça c'est à vous, dit-il, puis il se leva pour enfiler son trench-coat. Neuf heures, lundi matin. Présentez-vous au siège du groupe Rashid, à la division sécurité. Demandez à voir Taylor. Je lui dirai de vous attendre.

Newton échangea un regard incertain avec Cook.

– Je ne sais pas trop. Je veux dire... avec Dillon...

– Dillon, c'est moi qui m'en occupe. Maintenant, si vous préférez continuer à bosser comme videurs dans une discothèque bas de gamme, c'est votre vie !

Newton se mit debout, affirma d'un ton empressé :

– Non, monsieur Rossi. Nous sommes avec vous.

Ils étaient maintenant ses obligés. Ce qui lui convenait très bien.

– À vrai dire, vous pourriez vous libérer pour le reste de la journée et me rendre un service. Dillon possède un pavillon dans un quartier qui s'appelle Stable Mews.

Newton regarda Cook.

– Oui, on connaît.

– Allez traîner dans les parages. Voyez où il va. Suivez-le, ordonna Rossi en leur tendant une carte de visite. Là-dessus vous avez mon numéro de portable. S'il se passe quoi que ce soit d'intéressant, appelez-moi.

Un quart d'heure après être arrivés à Stable Mews, Newton et Cook virent Dillon sortir de la maison, par le garage, au volant de sa Mini Cooper. Ils le suivirent. Vingt minutes plus tard, ils débouchèrent dans Harley Street. Dillon se gara, monta les marches d'un perron, ouvrit une porte près de laquelle était fixée une plaque en cuivre et entra.

– Je vais voir, dit Newton.

Il s'approcha, lut la plaque en fronçant les sourcils et retourna à la voiture, où il appela Rossi sur son portable.

– Il s'est rendu chez une certaine professeur et révérende Susan Haden-Taylor, psychiatre clinicienne.

– Il y est encore ?

– Oui.

– J'arrive immédiatement.

Quelques instants plus tard, Dillon ressortit du bâtiment. Il ne retourna pas vers sa voiture. Il longea le trottoir et, au carrefour, traversa la rue en direction d'une église. Newton le vit entrer ; il patienta quelques secondes, puis suivit le même chemin. Il rappela Rossi qui était dans sa voiture.

– Il est allé au coin de la rue, dans une église qui s'appelle St. Paul. Écoutez un peu ça : le nom du prêtre sur le tableau d'affichage est le même que celui de la psy.

– Je serai là dans quelques minutes, répondit Rossi avant de raccrocher.

Bon sang. Qu'est-ce que ce fichu Dillon pouvait bien avoir dans la tête ?

L'église, d'époque et de style victoriens, sentait l'humidité, les cierges en combustion et l'encens. C'était un endroit sombre et secret, dont seul l'autel était éclairé, par deux chandeliers, avec une statue de la Vierge à l'Enfant sur le côté. C'était une bâtisse vieillotte de l'Église anglicane, mais elle rappelait toujours à Dillon son enfance catholique et les jésuites qui avaient joué un rôle important dans son éducation.

– Souviens-toi, Sean, mon petit, dit-il à voix haute. Un peu de corruption, c'est toute la corruption. Et cela se voit à travers les petites choses.

Combien de fois ce savoir l'avait-il aidé au cours de sa vie ? En définitive, bien sûr, cela signifiait qu'on ne pouvait jamais vraiment faire confiance à personne...

La porte de la sacristie était fermée. Il entendit des murmures derrière le battant, soupira et alla s'asseoir sur un banc en songeant à Kate Rashid.

– Deux églises en une seule journée, vieux frère. Ça devient une habitude.

Marco Rossi se glissa avec précaution entre les portes entrouvertes, aperçut Dillon, s'éclipsa dans l'obscurité au fond de l'église et s'assit sur une chaise en paille près d'un pilier. Au bout d'un moment, la porte de la sacristie s'ouvrit sur une jeune fille qui pleurait doucement. Le professeur Susan Haden-Taylor l'accompagnait. C'était une femme plaisante et très calme, vêtue d'une soutane, avec le col d'ecclésiastique. Elle glissa un bras autour des épaules de la jeune fille, qui portait un sac à la main.

– En route, Mary. Ils t'attendent. Hospice St. Paul, dans Sloan Street. Reste là-bas aussi longtemps que tu le voudras. Nous réglerons tout ça ensemble plus tard. Dieu te bénisse.

– Et vous aussi, révérende.

La jeune fille s'éloigna. Le professeur Haden-Taylor ne remarqua pas Dillon dans l'obscurité, de l'autre côté de l'allée centrale. Elle prit un balai qui se trouvait là, s'approcha de l'autel et commença à nettoyer le sol.

– Alors vous, lança Dillon, si ce n'est pas une chose, c'est une autre ! Vous réconfortez les faibles et puis vous frottez ce fichu dallage.

Elle pivota sur elle-même.

– Dix-sept ans, Sean, pas plus, et personne au monde pour lui venir en aide. Mais elle n'est pas faible, détrompez-vous. On vient juste de découvrir qu'elle a un cancer du sein.

– Nom de Dieu, marmonna-t-il. Moi et ma grande gueule.

– C'est dans votre nature.

– Je me sens minable. Est-ce que je peux vous aider ? Vous donner un chèque, par exemple ?

– Un bien petit effort, pour vous, Sean. Car après tout vous êtes riche. Tant d'argent pour une mauvaise action, quand on y pense – essayer de supprimer le Premier ministre...

Elle eut un sourire angélique.

– Mais j'accepte le chèque. Le chauffage central de l'hospice a besoin d'être modernisé et il faut faire des travaux de plomberie dans la cuisine.

– Quelle femme dure vous êtes... Marché conclu.

– Excellent.

Elle vint s'asseoir sur un banc en face de lui.

– Non que ce chèque puisse faire beaucoup de bien à votre âme immortelle, notez bien, ajouta-t-elle avec un sourire. Vous pouvez fumer si vous voulez. Dieu ne vous en tiendra pas rigueur.

– Dieu est un brave type, répondit Dillon avec enthousiasme. Alors ? Et maintenant ? Un dernier débriefing, d'après ce que m'a dit Ferguson. Je croyais avoir déjà tout étalé au grand jour.

– Je veux simplement que vous répétiez tout encore une fois.

– Pourquoi ?

– Ça s'appelle la catharsis, Sean. Une sorte d'épanchement mental qui pourrait vous faire le plus grand bien. Histoire de déverrouiller des choses auxquelles vous tournez le dos depuis trop longtemps.

– Comme toutes les années que j'ai passées avec l'IRA, par exemple ? Les morts que j'ai sur la conscience ? Vous voulez rire !

– D'accord. Limitons-nous à votre conflit avec les Rashid. Vous avez tué les trois frères.

– Qui essayaient d'avoir ma peau.

– Vous avez fait capoter les projets de Kate Rashid et elle a essayé de tuer Billy Salter. Vous êtes rentré à Londres en colère, elle a essayé de vous faire kidnapper...

– Vous m'avez déjà entendu raconter tout ça.

– Et je veux l'entendre encore. Répétez-moi toute l'histoire.

– D'accord. Alors... J'ai dit aux deux gars que j'ai pincés de prévenir Rupert Dauncey que j'arriverais à Dauncey Place avant le lever du jour.

– Comment vous sentiez-vous ?

– Très bien. Je me suis armé jusqu'aux dents et j'ai quitté Londres en voiture. Ferguson ne m'en avait pas donné l'ordre. J'agissais de mon propre chef.

Il alluma une cigarette, laissa ses souvenirs lui revenir en mémoire.

– J'aimais beaucoup Kate Rashid, je l'ai toujours aimée. Mais elle était folle à lier. Responsable de trop de sang versé. Et Billy, ç'a été la dernière goutte, marmonna-t-il, songeur – oubliant presque qu'il avait une interlocutrice. Je me suis toujours dit que les années de l'IRA et toutes ces tueries, c'était parce que mon père avait été abattu à Belfast parce qu'il s'était trouvé au milieu d'une fusillade entre les gars de l'IRA provisoire et les parachutistes anglais. Mais en conduisant cette nuit-là vers Dauncey Place, sous la pluie, je repensais aux paroles d'un de mes philosophes préférés – Heidegger. « Pour vivre vraiment, a-t-il dit, ce qui est nécessaire, c'est une confrontation résolue avec la mort. » En ce cas... si pour moi tout ça n'avait été qu'un jeu de fou, une recherche permanente de la mort ? N'importe quel psychologue digne de ce nom aurait pu m'expliquer ça, non ?

– Est-ce que vous y croyez ?

Il sourit.

– Pas vraiment. Ou bien... seulement comme à un élément de motivation.

– Bon. Et que s'est-il passé à la propriété de Kate Rashid?

– Je vous l'ai déjà dit. J'ai laissé Rupert prendre la main sur moi. Pourquoi? Parce que je crois qu'à ce moment-là j'étais un peu dingue, moi aussi. J'avais comme une envie de mort. J'étais à cran. Mais elle, Kate, elle était carrément passée par-dessus bord. Son Black Eagle était là, sur la piste d'atterrissage privée. Rupert m'a attaché les mains, nous sommes montés dans l'avion et elle a décollé. Elle m'a clairement annoncé qu'elle comptait me jeter dans le vide à mille mètres d'altitude. J'avais un couteau dans ma botte, avec lequel j'ai coupé mes liens.

– Et?

– Rupert a ouvert la porte. J'avais un petit colt dans un étui de cheville. Plein de surprises, l'ami Sean! Je l'ai abattu d'une balle dans la tempe et je l'ai poussé dans le vide.

– Et elle?

– Elle a complètement perdu la tête. Elle a crié que nous allions descendre ensemble en enfer. Le Black Eagle avait une clé de contact. Elle l'a retirée et l'a jetée dehors. J'ai pris les commandes et je me suis posé en planeur à la surface de la mer. Malheureusement, elle avait un pistolet dans son sac à main. Elle a essayé de m'abattre. À la dernière seconde, j'ai réussi à sauter dans l'eau avec le canot de sauvetage. Kate a sombré avec l'avion.

Dillon haussa les épaules.

– Mais vous savez déjà tout ça.

– Est-ce que vous vous sentez mieux, maintenant?

– Absolument pas.

– Quel moment, diriez-vous, a été le pire de tous?

Il fronça les sourcils.

– Il y en a eu deux, je suppose. D'être ramené par les vagues vers la côte du Sussex aussi vite, et puis de tomber sur le cadavre de Rupert Dauncey, qui flottait juste à côté du canot, dans les marais de l'estuaire. Nous avons touché terre à l'ancien quai de Marsham.

– C'est alors que vous avez appelé Ferguson ?

– J'avais mon portable sur moi. Je lui ai tout raconté.

– Et qu'est-ce qu'il a fait ?

– Il est venu de Londres avec l'équipe de nettoyage. Je suis resté à attendre pendant trois heures, sous le quai, en regardant la pluie tomber.

– L'équipe de nettoyage ?

– Celle du crématorium de North London auquel nous faisons souvent appel. Rupert Dauncey s'est transformé en un rien de temps en quatre petits kilos de cendres grises.

– Est-ce que ça vous a... tracassé ?

– Pas vraiment. Il était responsable de beaucoup de mauvaises choses. Et la mort d'une certaine jeune femme, la fille d'un ami à moi, l'a particulièrement condamné.

– Et Kate Rashid ?

– J'avais lu le GPS juste après que nous nous sommes posés en mer, donc je savais où elle était. Ferguson a confié le boulot au Special Boat Squadron de la marine nationale. Nous y sommes allés à bord d'un vieux chalutier.

– Vous avez choisi de les accompagner ?

– C'est bien ça. J'ai trouvé Kate dans le cockpit, à une trentaine de mètres de profondeur.

– Vous l'avez vue ?

– C'est moi qui l'ai sortie de l'avion. Je l'ai remontée le long du filin. À trente mètres de profondeur, il faut faire ça lentement.

– Ça a dû être une expéricnce plutôt... intense.

– On peut dire ça, répondit Dillon, et il s'alluma une nouvelle cigarette. Mais est-ce que ça m'a aidé de ressasser tout ça une fois de plus avec vous ? Je n'ai pas vraiment l'impression d'une catharsis, là. Qu'est-ce que ça dit à mon sujet ? Que je suis un grand malade ?

– J'ai une citation pour vous, dit le professeur Haden-Taylor calmement. Il existe des hommes, souvent durs, qui sont prêts à affronter les situations dont les gens ordinaires ne veulent pas. On les appelle des soldats.

– Je la connais, celle-là. Vous ne pourriez m'avoir fait plus beau compliment. Maintenant... si nous avons tout dit, je vais me remettre en route. Merci, ma douce.

– Prenez soin de vous, Dillon.

Il commença à s'éloigner entre les travées, s'immobilisa et se retourna.

– Écoutez... Certaines nuits je fais un rêve bizarre. Je descends en plongée vers l'avion, j'y arrive, j'entre dans le cockpit pour chercher Kate et elle n'y est pas ! Est-ce que ça vous paraît avoir le moindre sens ?

– Absolument, dit-elle, en secouant la tête. Mon pauvre Dillon, vous êtes un homme tellement bon, en dépit de tout. Et pourtant vous êtes ce que vous êtes.

– Vos paroles me font chaud au cœur.

– Surveillez vos arrières, mon ami. N'est-ce pas ce qu'on dit à Belfast ?

Il sortit de l'église. Elle se leva, s'approcha de l'autel et s'agenouilla pour prier. Marco Rossi sortit à son tour sur la pointe des pieds.

Le baron logeait dans la villa des Rashid, dans South Audley Street, près de Park Lane. Assis près du feu dans le salon géorgien, il écoutait attentivement Marco. Quand son fils eut terminé son récit, il inspira profondément.

– Sers-moi un cognac. Nous nous doutions de ce qui s'était passé, mais c'est tout de même un sacré choc.

Marco alla au bar, revint avec le verre demandé, le lui tendit et lui offrit ensuite une cigarette qu'il prit dans son étui en argent.

– Alors, qu'est-ce que tu veux que je fasse ?

– Rien pour le moment. Nous verrons demain ce que le Premier ministre a à nous dire.

– Et ensuite ?

– Marco, tu n'as pas connu Kate Rashid. C'était avant que tu n'entres dans ma vie. Et puis, nos rapports, par leur nature même, devaient rester confidentiels. Mais une chose est indéniable : c'est uniquement grâce à elle que je suis assis ici. Et il n'y a qu'une façon pour moi de lui rendre ce qu'elle m'a donné. Ce qu'elle n'a pas réussi à accomplir, je le ferai pour elle.

Marco semblait décontenancé.

– Quoi donc ? Tu veux dire... Cazalet ?

– Oh, j'ai bel et bien quelque chose à l'esprit pour le président, certes, mais nous allons avancer pas à pas. Ferguson et Dillon d'abord. Oui ! En premier lieu, nous allons nous occuper de ces deux-là. Je suis sûr que tu es prêt à participer, Marco, n'est-ce pas ?

Downing Street le lendemain matin. Le baron et Marco Rossi furent conduits dans la salle du Conseil ministériel, où ils trouvèrent Ferguson et Blake Johnson debout de part et d'autre du Premier ministre, qui lui était installé dans son fauteuil habituel.

– Monsieur le baron, dit-il. Ayez l'obligeance de vous asseoir. Nous n'en aurons pas pour longtemps.

Von Berger prit place sur le siège désigné, Rossi se posta derrière lui.

– J'apprécie votre franchise. Quel est le problème, monsieur le premier ministre ?

– Berger International nous pose pas mal de problèmes, et depuis trop longtemps. Votre commerce avec l'Irak, par exemple, est inadmissible.

– Je joue le jeu de l'économie de marché.

– Piètre excuse quand il s'agit de vente d'armes. Et aujourd'hui, nous découvrons vos liens avec le groupe Rashid et le contrôle que vous avez réussi à prendre sur le marché pétrolier. Ça n'est pas acceptable, pas dans le contexte actuel du terrorisme, du Moyen-Orient et du sud de l'Arabie. Pour être franc, je dois vous prévenir que mon gouvernement dressera tous les obstacles qu'il pourra en travers de votre chemin.

– Excellent, dit le baron, et il se leva. Maintenant nous savons donc à quoi nous en tenir les uns par rapport aux autres. Bonne journée, monsieur le Premier ministre.

Il sortit de la pièce, suivi par Rossi.

Le Premier ministre se tourna vers Ferguson.

– Tenez-le à l'œil, général. Cet homme ne m'inspire pas du tout confiance.

Devant le numéro 10, le baron était assis dans sa Rolls Royce, portière ouverte, et Rossi se tenait debout près de la voiture. Ferguson sortit dans la rue et s'approcha.

– Y avait-il autre chose que vous vouliez me dire, baron ?

– Ne vous fatiguez pas à appeler votre équipe de nettoyeurs, général, je ne suis pas Rupert Dauncey.

– Seigneur, j'ai bien peur de ne pas savoir de quoi vous voulez parler.

– Ne vous fatiguez pas. Je sais tout.

– Ce qui signifie ?

– Cela signifie que je déclare le *djihad* contre vous en mémoire de ma chère amie Kate Rashid. Dites-le à Dillon et à tous vos autres amis.

Rossi le rejoignit dans la voiture et ils s'éloignèrent.

– Eh bien ! Pour citer notre ennemi intime, Charles, au moins nous savons maintenant à quoi nous en tenir, dit Blake, et il serra la main du général. On se revoit bientôt.

Ferguson se dirigea vers la Daimler, près de laquelle patientait le chauffeur. Dillon était installé à l'arrière. Dès qu'ils démarrèrent, le général composa un numéro sur son téléphone portable. On lui répondit aussitôt :

– Qui est-ce ?

– Roper, Ferguson à l'appareil. Venez tout de suite au Dark Man et apportez le dossier que vous avez préparé sur von Berger. Nous avons des ennuis.

– Sean est-il avec vous ?

– Oui.

– J'arrive.

Ferguson raccrocha. Dillon demanda :

– Alors ?

– Le Premier ministre lui est durement rentré dans

le chou. Aucune espèce de coopération de la part du gouvernement. Il va dresser tous les obstacles possibles en travers du chemin du baron.

– Et comment von Berger a-t-il pris la chose ?

– Il vient tout juste de déclarer le *djihad* contre nous en mémoire de Kate Rashid. Et il m'a dit qu'il n'était pas candidat aux bons offices de notre équipe de nettoyage.

– C'est intéressant.

– Il est au courant, Dillon, Dieu seul sait comment. Je crois qu'il est temps que nous ayons un conseil de guerre.

– Ça me paraît raisonnable, répondit Dillon en allumant une cigarette. C'est reparti pour un tour, comme au bon vieux temps.

Tandis qu'ils progressaient à travers Londres, où la circulation était aussi infernale que d'habitude, Dillon réfléchit à Max von Berger et à ce qu'il comptait déclencher comme hostilités contre eux. La Daimler tourna dans une ruelle étroite, entre des entrepôts réaménagés, pour aboutir sur un quai des bords de la Tamise. Ils se garèrent devant le Dark Man, le pub de Salter, dont l'enseigne peinte représentait un sinistre individu vêtu d'un manteau noir.

Le bar principal était cent pour cent victorien : miroirs, comptoir en acajou, pompes à bière en porcelaine. Dora, la barmaid, lisait l'*Evening Standard*, assise sur un tabouret.

À cette heure de l'après-midi, il n'y avait quasiment aucun client. Dans un box d'angle étaient assis quatre hommes, un cinquième se trouvait au bout de la table : Harry Salter, son neveu Billy, ses gardes du corps Joe

Baxter et Sam Hall, et puis le commandant Roper dans son fauteuil roulant ultramoderne.

Harry leva les yeux et vit Dillon.

– Petit fumier d'Irlandais ! Et vous aussi, général. Qu'est-ce qui se passe ?

– Oh, des tas de choses, Harry, répondit Ferguson en s'asseyant en face de lui à la place de Baxter et Hall. Nous avons des ennuis, qui nous concernent tous. Comment allez-vous, Roper ?

L'homme au fauteuil roulant hocha la tête. Il portait un caban, ses cheveux lui tombaient jusque sur les épaules et son visage était un masque tendu de tissus cicatriciels comme il en résulte de brûlures profondes. Expert en déminage dans le corps des Royal Engineers, décoré de la George Cross, son extraordinaire carrière avait brutalement été interrompue, à Belfast, par ce qu'il appelait une « stupide petite bombe » cachée dans une berline familiale.

Il avait survécu et s'était découvert une nouvelle vocation : l'informatique. Aujourd'hui, pour trouver quoi que ce soit dans le cyberespace, c'était Roper qu'il fallait appeler.

– Je vais bien, général.

– Et vous avez le dossier ?

– Oui.

– Excellent.

– Hé ! Qu'est-ce qui se passe ? demanda Harry Salter.

– Occupez-vous de nous trouver à boire, Dillon, dit Ferguson. Pendant ce temps je vais les mettre au courant de toute l'affaire.

Quand ce fut fait, Harry Salter dit :

– On en revient une fois de plus à Kate Rashid. Elle avait l'intention de nous liquider l'un après l'autre, et maintenant c'est ce bonhomme qui prend le relais.

Dillon se tenait au comptoir. Billy le rejoignit.

– Qu'est-ce que tu penses de tout ça, Dillon ?

– Je crois que ce type, le baron, va nous poser de sérieux problèmes.

– Ouais, bon, on en a déjà eu d'autres, des sérieux problèmes !

– Oui, et ça t'a valu une balle dans le cou, dix-huit points de suture sur le visage et deux balles dans le bassin.

– Je suis en pleine forme, maintenant. Je travaille tous les jours avec un entraîneur particulier.

– Billy... Pour moi tu as sauté deux fois en parachute à cent mètres d'altitude. C'est terminé, ce genre de chose.

– Et alors ? Sur la terre ferme, je suis toujours aussi bon.

– Nous verrons ça, petit frère.

Derrière eux, Ferguson avait terminé son explication.

– Un authentique salopard, ce type, observa Harry Salter. Aussi mauvais que la comtesse.

– C'est l'impression que nous avons aussi. Qu'en pensez-vous, Roper ?

– Eh bien... La fusion des groupes Rashid et Berger fait d'eux une des plus puissantes corporations du monde. C'est l'apothéose du capitalisme, en quelque sorte... Si ça ne fait pas trop marxiste, comme commentaire.

Ferguson hocha la tête.

– Toute cette affaire, marmonna-t-il, c'est comme un mauvais roman.

Il soupira et regarda Salter.

– J'ai eu une matinée difficile, Harry. Pourrais-je avoir maintenant une assiette de votre fameux hachis Parmentier, avec un verre d'un quelconque vin rouge ? J'ai besoin de réconfort.

6

À la propriété Rashid de South Audley Street, le baron était assis dans le salon avec Marco.

– Alors, comment allons-nous nous organiser? demanda ce dernier.

– Commençons par prendre certaines mesures contre le menu fretin. Ces truands – les Salter.

– Je vais mettre quelque chose au point. J'ai déjà chargé Newton et Cook de surveiller la maison de Dillon.

– Y a-t-il une raison particulière à cela?

– C'est juste histoire de le tenir à l'œil, de voir où il va, avec qui il entre en contact. J'ai donné à Newton les adresses de tous ceux qu'il rencontre de façon régulière, avec des photos.

– Des photos? Que tu as trouvées où?

– Dans l'ordinateur qui est ici même, dans le bureau. Il y a là-dedans une énorme masse de renseignements. Dont les détails complets des divers projets et opérations que Kate Rashid avait mis sur pied.

– Des affaires commerciales?

– Plus ou moins.

– Je te laisse gérer ça tout seul pour le moment,

Marco. J'en ai bien assez sur les bras avec la fusion des deux compagnies. Mais tiens-moi au courant.

– Bien sûr, papa, répondit Marco, et il sortit du salon.

Le lendemain matin, le « conseil de guerre » se tint à l'appartement de Roper à Regency Square. Il habitait un rez-de-chaussée, avec une porte d'entrée privative précédée d'une rampe inclinée pour le passage de son fauteuil roulant. Comme il tenait par-dessus tout à rester autonome, il avait fait spécialement aménager le logement, de la salle de bains jusqu'à la cuisine, pour pallier son handicap.

Le salon, transformé en laboratoire informatique dernier cri, comprenait quelques équipements top secret qui avaient été confiés à Roper sur les ordres de Charles Ferguson. Au fil des années, depuis le désastre de Belfast, Roper était devenu une légende dans le monde des ordinateurs. Il avait brisé tous les systèmes informatiques imaginables, de Moscou au Pentagone, et prouvé sa valeur, à plus d'une occasion, à Ferguson et au Premier ministre.

Ce matin-là, Sean Dillon arriva le premier au volant de sa Mini Cooper. Il se gara et alla sonner à la porte. L'interphone crépita.

– Qui est-ce ? demanda Roper.

– Sean, idiot, ouvrez-moi.

La serrure se débloqua, Dillon entra et se dirigea vers le salon. Il trouva Roper assis dans son fauteuil roulant devant la rangée d'ordinateurs. Il alla jusqu'au buffet, y dénicha une bouteille de whiskey irlandais, s'en servit un verre.

– Du Paddy ? Bon, ce n'est pas du Bushmills, mais vous faites des progrès.

– Je touche une pension d'invalidité, Dillon. La générosité du ministère de la Défense étant ce qu'elle est, je dois surveiller mes dépenses.

– Vous pourriez toujours vendre vos médailles. La Military Cross ne vaut pas bézef, mais la George Cross vous rapporterait une petite fortune.

– Vous êtes vraiment drôle, comme d'habitude.

Roper essaya de sourire, ce qui lui était difficile à cause des cicatrices qui lui ravageaient le visage.

– Ne commencez pas à vous apitoyer sur vous-même, répondit Dillon. Ferguson dit que vous avez trouvé quelque chose ?

– Oui, mais attendons que les autres arrivent.

À ce moment-là la sonnette de l'entrée retentit ; Roper appuya sur le bouton d'une télécommande.

– Les voilà.

Ferguson apparut dans le salon quelques instants plus tard. Avec lui, une femme d'une trentaine d'années, aux cheveux roux, vêtue d'un tailleur-pantalon Armani. Elle avait l'allure d'un cadre supérieur de haute volée, mais elle n'était autre que la commissaire Hannah Bernstein, détachée auprès de Ferguson par la Special Branch[1] en tant qu'assistante personnelle. Et si elle avait une maîtrise de psychologie de l'université d'Oxford, elle n'en avait pas moins tué à plusieurs occasions dans l'exercice de ses fonctions.

– Ah, Dillon, dit le général. Bien, nous pouvons

1. Service de contre-espionnage spécialisé dans la lutte contre le terrorisme. Les policiers de la Special Branch travaillent en étroite collaboration avec les services secrets (MI5 et MI6), pour lesquels ils procèdent aux arrestations des suspects. *(N.d.T.)*

nous y mettre tout de suite. Commandant, qu'est-ce que vous avez pour nous ?

– Vous vouliez que je jette un coup d'œil d'ensemble sur von Berger et sur la façon dont il a pu prendre le contrôle du groupe Rashid ? Eh bien, à ce sujet j'ai découvert quelque chose d'intéressant. Il y a quelques années, il a versé deux milliards au capital des Rashid pour leurs explorations pétrolières dans le Hazar et le Quartier Vide.

Il y eut un silence stupéfait qu'Hannah rompit la première :

– Mais bon sang, où a-t-il pu trouver une somme pareille ?

– Dans les banques suisses. Et ça m'a mis sur la piste d'un truc encore plus louche.

Dillon intervint :

– Laissez-moi deviner. Nous allons maintenant parler de l'or des nazis, c'est ça ?

– Tout juste. Et il y a mieux, renchérit Roper. Un de mes contacts dans le renseignement israélien m'a raconté une histoire intéressante. Von Berger se trouvait à Bagdad, pour rencontrer Saddam au sujet d'une vente d'armes, quand il a été attaqué par un gang dans la vieille ville. Alors que les gars s'apprêtaient à le lyncher, Kate Rashid a débarqué avec une poignée de Bédouins, armée jusqu'aux dents, et lui a sauvé la vie.

– Je vois le tableau, dit Dillon.

– Incapable de trouver le sommeil à deux heures et demie du matin comme ça m'arrive souvent, continua Roper, j'ai décidé de remonter encore plus loin sur les traces de von Berger. Vous connaissez cette histoire selon laquelle il aurait quitté Berlin à bord d'un Storch qui se trouvait là-bas comme avion de secours au cas où l'Arado de von Greim aurait eu des problèmes ? Il a raconté aux gens du renseignement américain et britannique qu'il avait simplement saisi sa chance. Il avait appris que l'avion patientait dans le hangar de Goebbels et il l'avait réquisitionné.

– Sauf que vous n'avez pas gobé cette histoire, dit Dillon.

– Pas une seconde. C'est trop commode. Alors, j'ai décidé d'accéder, via mon ordinateur, à diverses archives sur le bunker du Führer. J'ai fouillé dans les données de nos services secrets pour retrouver les comptes rendus des interrogatoires, puis j'ai ramassé tout ce que j'ai pu sur le bunker à l'université de Berlin : les gens qui étaient là-bas, ceux qui sont morts, ceux qui ont disparu de la circulation, ceux qui se sont échappés dans la nuit pour tenter, sans succès pour la plupart d'entre eux, de fuir les Russes. Le vol de von Berger devait forcément y être consigné.

– Où cela nous mène-t-il ? demanda Hannah.

– L'université de Berlin met régulièrement ses fichiers à jour. Aimeriez-vous savoir combien de gens qui étaient dans le bunker du Führer en 1945 sont encore de ce monde aujourd'hui ?

– À part un certain bonhomme de quatre-vingts ans qui s'appelle Max von Berger ? dit Ferguson.

– À part lui, en effet. Et si je vous parlais de Sara Hesser, jeune auxiliaire SS que le Führer a utilisée comme secrétaire suppléante pendant les six derniers mois de sa vie ? En avril 1945, elle avait vingt-deux ans. Elle en a aujourd'hui soixante-dix-neuf.

– Seigneur, fit Dillon.

– Manifestement, dit Ferguson, vous ne nous parlez pas d'elle par hasard.

– On peut dire ça. Pendant le sauve-qui-peut général, quand tout le monde est sorti du bunker, elle a compté par miracle parmi ceux qui sont partis par les tunnels souterrains et ont réussi à passer à l'Ouest. Elle est tombée entre les mains du renseignement britannique à Munich, elle a été interrogée et finalement libérée. En 1945 toujours, elle a fait la connaissance d'un capitaine anglais, George Grant, qui servait dans l'armée d'occupation. Ils se sont mariés deux ans plus tard.

– Et ensuite ? demanda Hannah avec intérêt. Que s'est-il passé ?

– Elle est venue avec lui en Angleterre. Il était avocat. Ils n'ont jamais eu d'enfant. D'après le compte rendu de son interrogatoire, elle avait été violée par une bande de soldats russes.

– Mon Dieu ! Et aujourd'hui ?

– Son mari est mort d'un cancer il y a cinq ans. Elle habite une maison de Brickfield Lane, au numéro 23. C'est dans le quartier de Wapping, au bord de la Tamise. On trouve absolument tout, dans ces engins, précisa Roper en tapotant l'un de ses ordinateurs. C'est une maison mitoyenne, à deux étages, que son mari et elle possèdent depuis quarante ans. Avec la flambée des prix de l'immobilier londonien, elle vaut aujourd'hui dans les neuf cent mille livres sterling.

– Je crois que ça mérite un autre verre, dit Dillon en allant chercher la bouteille de Paddy.

– Vous êtes en train de nous raconter, dit Ferguson, que nous avons à Londres une femme qui était la secrétaire d'Hitler pendant les tout derniers mois de la guerre ?

– Eh oui ! Mais en épousant un officier anglais, et

avec tout ce qui a suivi, je suppose qu'elle s'est perdue dans la mêlée.

– Elle a sûrement connu von Berger, observa Dillon. Elle l'a *forcément* connu.

– J'imagine.

– Mais qu'est-ce qu'elle pourrait bien nous apprendre ? demanda Hannah.

– Dieu seul le sait, dit Ferguson. Mais je crois que ça vaut la peine de lui rendre visite, vous ne pensez pas ?

La Daimler partit la première, avec Hannah et Ferguson, suivi de Dillon dans la Mini Cooper.

– Prends-les en chasse, ordonna Newton à Cook.

– Quelle voiture ?

– Dillon. On va voir où il nous emmène.

Il sortit son portable pour appeler Marco Rossi :

– Dillon est allé chez Roper à Regency Square, et Ferguson s'est pointé à son tour avec Bernstein. Ils viennent tous de ressortir. Nous les suivons.

– Bien, continuez comme ça. Dès qu'ils arrivent à destination, où qu'ils aillent, contactez-moi.

Brickfield Lane descendait jusqu'à la Tamise, bordée par une rangée de maisons bâties au dix-neuvième siècle et pour la plupart rénovées. Les portes d'entrée donnaient sur la rue, où il était possible de se garer le long du trottoir. De l'autre côté, il y avait une église, St. Mary, et un cimetière. Au bord du fleuve courait un sentier bordé par un muret, avec un ancien ponton d'embarquement qui s'avançait assez loin au-dessus de l'eau, relique de l'époque où les péniches accostaient à cet endroit. Il y avait une boutique, au coin de la rue, qui portait le nom de Patel – une de ces épiceries de quartier prospères tenues par une famille d'origine indienne.

À cette heure de la journée, de nombreuses places de stationnement étaient disponibles, notamment devant le numéro 23. La Daimler se gara, Dillon se rangea juste derrière. Il fut le premier à la porte de la maison. Il y avait un bouton de sonnette et, dessous, une petite plaque en cuivre.

– George et Sara Grant, lut-il quand Ferguson le rejoignit.

Il sonna. Un chien se mit à aboyer dans la maison. Ils entendirent un bruit de pas, puis une serrure qui jouait. La porte s'entrouvrit, retenue par une chaîne de sécurité.

– Sage, Benny, dit une voix.

Un visage apparut dans l'entrebâillement. Un visage âgé, strié de rides, avec des cheveux gris tirés en arrière au-dessus d'yeux bleus délavés.

– Qu'est-ce que c'est? demanda la vieille dame dans un quasi-murmure.

– Madame Grant? répondit Hannah.

– Oui.

– Je suis la commissaire Bernstein, dit-elle en montrant sa carte de police. Special Branch, Scotland Yard. Et voici le général Charles Ferguson.

– Nous aimerions discuter un moment avec vous, chère madame, dit-il.

L'inquiétude se peignit aussitôt sur les traits de la vieille dame.

– La police ! Qu'est-ce que j'ai fait?

Dillon intervint dans un allemand presque parfait :

– Ne vous inquiétez pas, *Liebling*. Nous ne sommes pas la Gestapo. Des renseignements, voilà ce que nous voulons.

– Mais à quel sujet ?

Dillon sut d'instinct qu'il avait intérêt à se montrer franc.

– Au sujet du bunker du Führer. Au sujet des derniers mois que vous avez passés là-bas et, en particulier, au sujet de ce qui s'est passé avec le *Sturmbahnführer* Max von Berger le 30 avril 1945.

– Oh, mon Dieu, marmonna-t-elle en allemand. Vous êtes venus me chercher, moi, après toutes ces années ?

Elle tira la chaîne et ouvrit la porte. Un petit scotch-terrier courait en tous sens entre ses jambes en jappant.

Dillon le prit dans ses bras et le caressa. Le chien cessa aussitôt d'aboyer ; il essaya même de lui lécher le visage.

– Je ne comprends pas, dit la vieille dame. D'habitude, il est plutôt agressif avec les inconnus.

– Oh, j'ai un truc avec les chiens. Depuis que je suis tout gosse. Benny, c'est bien ça ? dit-il en lui rendant l'animal. Nous voulons juste parler un moment avec vous. Nous n'avons aucune mauvaise intention à votre égard, je vous en donne ma parole.

Serrant le chien contre sa poitrine, elle dévisagea Dillon. De sa main libre, elle lui toucha la joue pendant quelques instants. Puis elle dit en repassant à l'anglais :

– Comment vous appelez-vous ?

– Dillon, madame.

Sara Grant plissa les yeux.

– Oui, je vous crois. Vous êtes un homme bon, monsieur Dillon, en dépit de vous-même.

Décontenancé, il prit une profonde inspiration.

– Faites-moi confiance. Aucun mal ne vous sera fait sur cette terre. Je le jure.

– Alors entrez donc, dit-elle, et elle se tourna pour les guider dans le couloir.

Newton et Cook se garèrent un peu plus loin dans Brickfield Lane, près de l'épicerie.

– Reste ici, dit Newton. Je vais jeter un coup d'œil.

Il marcha jusqu'à la maison. Le chauffeur de Ferguson était de l'autre côté de la rue, la cigarette au bec, en train de déambuler en direction du fleuve. Newton lut rapidement le nom sur la plaque en cuivre, puis revint à la voiture.

– Sara et George Grant. Je vais essayer de voir ça avec l'épicier du coin.

Un Indien entre deux âges était accoudé au comptoir, penché sur l'*Evening Standard*. Il leva les yeux. La boutique était déserte et tranquille.

– J'ai l'impression que je perds mon temps, une fois de plus, marmonna Newton. Peut-être que vous pourrez m'aider ? Je représente une société de recouvrement de créances. Je suis à la recherche d'un certain Anthony Smith, qui est en retard sur les traites de sa voiture. Mais à l'adresse qu'on m'a donnée à son nom, au 23 Brickfield Lane, je ne vois que M. et Mme Sara et George Grant.

– On vous a berné, dit Patel. C'est une fausse adresse. Les Grant sont ici depuis toujours. M. Grant est mort il y a cinq ans, et sa femme est encore dans la maison. Elle vit seule. Une gentille vieille dame. D'origine allemande, en réalité.

– Ah oui ?

– Et elle ne possède pas de voiture.

– Vraiment. Allemande, dites-vous ?

– Sans le moindre doute. Elle m'a dit son nom de jeune fille, un jour... Hesser – Sara Hesser ! Mais ça fait plus de quarante ans qu'elle vit ici.

– Je me suis encore déplacé pour rien, alors. Mais merci tout de même.

Newton retourna à la voiture, téléphona à Marco Rossi et lui raconta tout.

– Ne bougez pas, dit Rossi. Je vous rappelle.

Dans le salon de South Audley Street, le baron était en train d'examiner des papiers lorsque Marco entra et s'approcha de lui.

– Quand tu m'as parlé de ta dernière entrevue avec le Führer, tu as bien mentionné une secrétaire, une auxiliaire SS, qui s'appelait Sara Hesser ?

– Oui. Cela a-t-il la moindre importance ?

– Ça en a si cette femme est encore de ce monde et habite une maison de Brickfield Lane, à Wapping, au numéro 23.

– Tu en es sûr ?

– Certain.

Rossi relata à son père la série d'événements qui venaient de se produire.

– Le fait qu'ils soient allés droit chez cette femme est assez révélateur. Heureusement que ce commerçant indien la connaît bien, sinon nous serions restés dans le noir. Qu'est-ce que nous devons faire ?

– Rien, dit le baron. Si cette femme raconte ce qu'elle sait à Ferguson, il viendra aussitôt me voir.

– Que veux-tu dire ?

Von Berger soutint son regard.

– Il est temps que je t'explique quelque chose, Marco. Tu es au courant de l'existence du journal d'Hitler, mais seulement pour ce que je t'en ai dit. Tu ne l'as jamais lu.

– Oui, et je me suis souvent demandé pourquoi.

– Parce qu'il contient un secret. En 1945, le Führer a engagé des négociations avec le président Roosevelt, dans le but de parvenir à une paix négociée. L'idée, c'était que les Allemands et les Américains se retournent ensemble contre les Russes, qu'ils terrassent leur ennemi commun. Roosevelt n'a pas voulu d'un tel accord, mais il a bel et bien accepté d'en discuter. Hitler a envoyé le général SS Walter Schellenberg en Suède. Et Roosevelt a envoyé un sénateur et multimillionnaire américain qui s'appelait Jake Cazalet.

Un instant de silence, puis Marco s'exclama :

– Mais c'est le nom du président des États-Unis !

– Et celui de son père. Il faisait partie des proches conseillers de Roosevelt. As-tu idée de l'effet que cette révélation pourrait avoir ? Roosevelt, en envoyant Cazalet comme agent, a eu de fait des relations diplomatiques avec Hitler ! Certes, ça n'a abouti à rien – mais quel profit les ennemis de l'Amérique, aux quatre coins du monde, seraient capables d'en tirer ! Pour Cazalet ce serait la fin.

Von Berger sourit.

– Ça fait des années que je garde précieusement le secret. J'ai toujours eu la certitude qu'un jour, enfin, il aurait une importance capitale.

– C'est incroyable !

– Donc, nous attendons Ferguson, reprit le baron, souriant derechef. Mais ça ne veut pas dire que nous ne pouvons pas fêter ça avec un bon verre.

Le salon était très encombré. Non seulement de meubles, mais de tout le bric-à-brac qui s'accumule au cours d'une longue vie. Un vieux piano à queue occupait un angle de la pièce, chargé de dizaines de photos, certaines dans des cadres en argent, dont les plus grandes montraient un séduisant jeune homme en uniforme de capitaine de l'armée de terre.

Ferguson en désigna une.

– Votre mari ?

– Oui, c'est George. Il appartenait à la police militaire. Moi, j'étais interprète. C'est comme ça que nous nous sommes connus.

La vieille dame s'assit en gardant Benny sur les genoux.

– J'ai été interrogée, vous savez, par les gens du renseignement, au sujet de ma présence dans l'équipe du bunker.

Ferguson fit un signe de tête à Hannah, qui dit :

– Parlez-nous du bunker, madame Grant. De votre travail.

– Il n'y a pas grand-chose à dire, en réalité. J'étais une simple auxiliaire SS. Secrétaire-dactylo. J'avais vingt-deux ans. On m'avait transférée du quartier général du SD, à Berlin. SD désigne le renseignement SS. Mais, comme je vous l'ai dit, je n'étais qu'une jeune employée de bureau parmi les autres.

– Et vous avez passé six mois là-bas ? Jusqu'en

avril 1945, jusqu'à la catastrophe finale? insista Hannah.

– C'est exact. J'étais une sorte de sous-secrétaire, au plus bas échelon. Je préparais le café, ce genre de choses.

Dillon éprouvait une immense compassion pour cette vieille femme, âgée au-delà du nombre de ses années puisqu'elle avait connu une des époques les plus graves de l'Histoire.

Sauf qu'elle mentait.

– Donc vous connaissiez le Führer? demanda encore Hannah.

– Bien sûr. Mais les autres étaient beaucoup plus importants que moi. Les autres secrétaires, je veux dire.

Hannah hocha la tête.

– Et le *Sturmbahnführer* von Berger? Le baron von Berger, le connaissiez-vous?

– Oh, oui, dit la vieille dame en caressant la tête de Benny. Nous l'avons eu dans le bunker pendant... les trois derniers mois, je crois. Il avait été blessé en Russie. Il est venu pour recevoir une décoration, le Führer l'a bien apprécié et a décidé d'en faire un de ses conseillers.

– Je vois. Y a-t-il quelque chose de particulier dont vous ayez le souvenir, à son sujet?

– Non. Je ne sais pas ce qu'il est devenu. Mais les tout derniers jours ont été terribles, voyez-vous. C'était la pagaille la plus complète. Puis le Führer et sa femme se sont suicidés et nous nous sommes tous dispersés. Nous avons pris la fuite en espérant sauver notre vie. Beaucoup d'entre nous sont passés par les tunnels souterrains. Certains ont réussi, d'autres pas.

Moi, j'ai pu passer à l'Ouest, et atteindre les Américains environ deux semaines plus tard.

Elle secoua la tête comme si elle évoquait un passé auquel elle ne voulait plus penser.

– Mais j'ai déjà tout raconté, autrefois, aux gens du renseignement...

– Vers la fin, l'interrompit Ferguson, vous n'avez pas revu von Berger ?

Elle haussa les épaules.

– Il était là-bas et puis il a disparu. Mais ce fut le cas d'un tas d'autres gens.

– Pourtant, enchaîna Hannah, nous savons que von Berger s'est échappé de Berlin à bord d'un avion. Un Storch. Il a été prisonnier de guerre pendant près de deux ans, et puis il est devenu un homme d'affaires très important.

– Je ne sais rien du tout à ce sujet. Je vous en prie, croyez-moi. Je n'étais qu'une secrétaire auxiliaire, je n'avais aucune importance, dit la vieille dame d'un air presque absent. Je faisais le café...

Et puis soudain, peut-être parce qu'elle était très âgée, fatiguée, et parce qu'elle avait baissé sa garde, elle ajouta :

– Le Führer le buvait noir, pas trop fort. Sa seconde tasse, il la prenait avec un peu de sucre roux. Bien sûr, vers la fin, il avait des tremblements. Ses mains étaient très agitées et je devais verser moi-même le café dans la tasse. Il était obligé de la saisir à deux mains. C'était parfois très embarrassant, pour moi, quand il me dictait ses notes...

Un silence stupéfait tomba sur le salon. Hannah reprit d'une voix douce :

– Le Führer vous dictait ses notes ? Mais vous nous avez dit que vous n'étiez personne !

La vieille femme la regarda d'un air hagard ; elle porta une main à sa joue avec des yeux horrifiés.

Alors Dillon commit un des actes les plus cruels de sa vie. Il cria en allemand :

– *Fräulein* Hesser, vous vous comportez de façon malhonnête ! Vous allez parler !

– Pour l'amour du ciel, Sean..., protesta Hannah.

Il la fit taire d'un geste autoritaire, lui signifia de reculer et se pencha d'un air menaçant au-dessus de la vieille dame.

– Vous preniez les notes que vous dictait le Führer, c'est bien ça ?

– Oui, balbutia-t-elle, terrifiée.

– Quel genre de notes ? Expliquez-vous !

Elle secoua frénétiquement la tête.

– Non, je n'ose pas. J'ai prêté serment, sur mon honneur, de servir le Führer.

Il se détestait d'agir de la sorte, mais il n'avait pas le choix. Il haussa encore la voix, rugissant presque :

– Qu'avaient-elles de si particulier, ces notes ? Vous *allez* parler !

C'est alors qu'elle craqua. Elle répondit en allemand :

– Chaque jour, pendant six mois, il m'a dicté son journal.

Hannah parlait couramment l'allemand ; Ferguson le maîtrisait assez pour comprendre la vieille dame.

– Seigneur tout-puissant, marmonna-t-il. Le journal d'Hitler !

Dillon s'agenouilla et posa une bise sur le front de Sara Hesser.

– Je m'excuse de vous avoir fait peur. Tout va bien, maintenant, dit-il, et il la serra gentiment entre ses bras. Encore une chose, simplement. Ce que vous avez dit au sujet de Max von Berger... Ce n'était pas vrai, n'est-ce pas ?

Les yeux de la vieille dame débordaient de larmes.

– Non. Il est venu. Dans le bureau du Führer. Le 30. J'y étais aussi. Hitler avait une mission à lui confier. Quitter Berlin avec un avion qui était caché dans le garage de Goebbels.

– Pour quoi faire ? demanda Hannah.

– Eh bien... pour sauver le journal ! Un livre saint, comme disait le Führer. Il lui a interdit de jamais en faire la moindre copie.

– Ce journal était-il détaillé ? Et à jour ? demanda Ferguson.

– Oh, oui ! J'avais pris des notes jusqu'à la veille. J'ai couvert avec le Führer les six derniers mois de la guerre. Tous les traîtres, tous ceux qui l'ont laissé tomber... Et les récits, oui, détaillés, de tout le reste. Comment il a essayé de négocier la paix avec le président Roosevelt. Les rencontres secrètes en Suède...

– Comment ? Il a *quoi ?* murmura Charles Ferguson.

– Oh, oui, reprit la vieille dame. J'ai pris note de chacun de ses mots, général. Et malgré les années, je me souviens de tout ce que j'ai écrit.

Et elle entreprit de le leur raconter dans les moindres détails.

Une heure plus tard, ils sortirent de la maison et se rassemblèrent près de la Daimler.

– Tu t'es comporté comme un beau salaud, dit Hannah à Dillon. Seigneur !

– Sans aucun doute, dit Ferguson. Mais ça a marché.

– Ça remonte à loin, pour cette petite dame, mais le conditionnement SS ne s'oublie jamais tout à fait, expliqua Dillon. Un ordre donné en hurlant, une voix agressive, et la réaction est presque automatique.

– Quoi qu'il en soit, maintenant nous savons où Max von Berger a trouvé ses millions, dit Ferguson.

– Et nous n'y pouvons absolument rien, précisa Hannah.

– Nous sommes aussi en possession de l'information assez troublante selon laquelle Hitler a fait des propositions de paix à Roosevelt. Et surtout, que Roosevelt les a prises assez au sérieux pour envoyer le père de Jake Cazalet en Suède en discuter avec l'envoyé d'Hitler.

– Mais monsieur... Puisqu'il n'est rien ressorti de ces discussions, quelle importance l'épisode peut-il avoir aujourd'hui ? objecta Hannah.

– Oh, ma chère, il pourrait avoir des conséquences considérables. Et le fait que le père du président en exercice ait participé à ces discussions ne fait qu'aggraver les choses. Les médias s'en donneraient à cœur joie. Roosevelt, Cazalet et Hitler... Ça pourrait faire énormément de tort au président !

– Au pire, l'achever, ajouta Dillon.

– Oui. Venez. Allons voir von Berger.

– Je suis votre homme, dit Dillon, et il se dirigea vers sa voiture.

Tandis que la Daimler démarrait, Hannah se tourna vers Ferguson.

– J'espère que la vieille dame va s'en remettre.

– Oui. Je regrette ce qui lui est arrivé. Mais il fallait que ce soit fait.

– Qu'avez-vous l'intention de dire au baron ?

Ferguson sourit.

– Je n'en ai pas la moindre idée, commissaire.

Newton et Cook les regardèrent s'éloigner, puis les suivirent. Vingt minutes plus tard, Newton reprit son portable.

– Nous venons de passer devant le Dorchester. Ils s'engagent dans South Audley Street.

– Parfait. Restez dans les parages au cas où j'aurais besoin de vous.

Rossi coupa la communication et se tourna vers son père.

– On dirait qu'ils viennent nous rendre visite.

Max von Berger sourit.

– Eh bien... ça devrait être assez intéressant.

À la propriété Rashid, une domestique en robe noire et tablier blanc ouvrit la porte.

– Le baron von Berger est-il chez lui ? demanda Hannah. Le général Ferguson aimerait lui parler.

– Oui, madame. Vous êtes attendus. Veuillez me suivre.

Elle les guida dans l'escalier, jusqu'au premier étage, et ouvrit la porte du salon. Le baron était assis près du feu, Marco se tenait debout près de la fenêtre.

– Général, quelle surprise ! Qu'y a-t-il pour votre service ?

Ferguson regarda Hannah.

– Dites-lui, commissaire.

Après avoir écouté Hannah, le baron secoua lentement la tête.

– Une histoire proprement étonnante. Ridicule, bien sûr ! Que pouvez-vous attendre de la part d'une vieille dame qui a manifestement beaucoup souffert du traumatisme de la guerre ? Elle a certainement des hallucinations, elle fantasme qu'elle a connu le Führer. J'ai servi dans le bunker pendant trois mois. Je connaissais le personnel. Je ne me souviens pas de la moindre Sara Hesser.

– De votre part, vieux frère, on ne s'attendrait guère à entendre un autre son de cloche, n'est-ce pas ? répliqua Dillon.

– Ceci dit, tout de même, les idées évoquées par cette femme ont de quoi intriguer, poursuivit le baron. Peut-être la commissaire pourrait-elle me donner le point de vue de Scotland Yard. Si, par exemple, j'avais *effectivement* le contrôle de certains comptes privés en Suisse, est-ce que cela constituerait un délit au Royaume-Uni ?

Hannah jeta un coup d'œil vers Ferguson.

– Non, monsieur.

– Et si quelqu'un vous confiait son journal pour que vous le gardiez en lieu sûr, est-ce que vous seriez dans l'illégalité ?

– Bien sûr que non, mais...

– Pour l'amour du ciel, arrêtons ces bêtises et venons-en au fait, intervint Ferguson. Nous savons maintenant la vérité sur la façon dont vous avez quitté Berlin, et la raison réelle de votre départ. Nous connaissons aussi l'origine de votre fortune – la fortune qui vous a permis de redémarrer après la guerre. Et puis il y a le journal : un livre saint, d'après Sara Hesser.

En voilà une idée fantaisiste !

– Surtout si ce journal fait le récit des rencontres en Suède entre l'intermédiaire d'Hitler et le père du président Cazalet.

– Comme je disais, une hypothèse tout à fait abracadabrante, insista le baron, puis il eut un sourire plein d'ironie. Sauf que ce journal, s'il existait, ne ferait sûrement pas de bien à la carrière politique de Jake Cazalet, n'est-ce pas ? Mais ce ne sont que des absurdités. Les légendes sur le prétendu journal du Führer ont toujours abondé depuis la fin de la guerre. Charlatans et faussaires de tout poil ont essayé d'en produire. Et aujourd'hui nous avons les délires d'une vieille dame. Non, je ne marche pas !

– Même si les archives anglaises et allemandes prouvent qu'elle se trouvait bel et bien dans le bunker ? objecta Hannah.

– Ah ? Vraiment ? Humm... Voilà donc où vous en êtes, mes amis. Général, je crains de n'avoir plus rien à ajouter. Sauf que si toute cette histoire *était* vraie, la perspective qu'elle soit révélée au monde déplairait sans doute beaucoup au président des États-Unis. Vous voyez où je veux en venir ?

– Je vois tout à fait, répondit Ferguson. Il fit signe à Hannah et à Dillon. Allons-y.

Marco servit un whiskey à son père.

– Bravo, tu le mérites. Le général n'a pas compris ce qui lui arrivait.

– Ferguson est un homme très astucieux, Marco. Il ne lâchera pas le morceau. Et cette histoire pourrait facilement s'ébruiter.

– Mais est-ce que c'est ton but ? De faire du mal au président, je veux dire ?

– Pas vraiment. En tout cas, je ne veux pas que ça se produise *tout de suite*. Cela se fera où et quand je le souhaiterai.

Von Berger sirota son whiskey.

– Les dés sont lancés, maintenant. Ou, comme on dit, la balle est dans le camp de Ferguson.

Il soupira.

– Hitler avait proposé à Sara de partir avec moi en avion. Elle aurait été sauvée. Mais elle a refusé en répondant que c'était son devoir de rester auprès de lui. Il aurait peut-être mieux valu qu'elle meure avec les autres, en définitive.

Marco alluma une cigarette, s'approcha de la fenêtre et observa South Audley Street.

– Oui, murmura-t-il. Quand on y songe, il aurait mieux valu qu'elle meure.

7

Un temps typique du mois de mars, la nuit qui tombe de bonne heure, une pluie battante sur la Tamise et, dans l'obscurité du porche de l'église de Brickfield Lane, Marco Rossi enveloppé dans un trench-coat noir, un chapeau sur la tête.

Rossi ne savait pas très bien quelles étaient ses intentions et n'avait pas parlé au baron de ce qu'il était en train de faire. Pourtant, il lui semblait que quelque chose d'inévitable allait se produire. Il n'avait pas pris sa voiture ; il était venu en taxi jusqu'à Wapping, puis il avait marché de High Street jusqu'ici – ce qui avait peut-être une signification cachée.

Voilà une heure qu'il était dans la rue, à guetter la maison du numéro 23, sans trop savoir ce qu'il attendait. C'est alors qu'une lumière s'alluma au-dessus de la porte ; la vieille dame apparut sur le perron, vêtue d'un imperméable, une écharpe nouée autour du cou. Elle ouvrit un parapluie avant de descendre les marches.

– Gentil, Benny, dit-elle au scotch-terrier qu'elle tenait en laisse, et elle prit la direction de l'épicerie, au coin de la rue, qui était encore ouverte.

Rossi traversa le cimetière à grands pas, pour

déboucher près de la Tamise, juste en face de la boutique, là où l'ancien ponton s'avançait au-dessus des eaux. Il n'y avait aucune rambarde le long du fleuve. Un unique lampadaire diffusait un halo pâle à l'entrée du ponton. La vieille dame s'en approcha et s'engagea d'un pas prudent sur les vieilles lattes de bois. Elle marcha jusqu'au bout, accompagnée de Benny. Rossi saisit l'occasion qui se présentait. Pendant qu'elle contemplait les feux brillants d'un bateau-mouche qui passait sur le fleuve, il s'approcha d'elle sans faire de bruit, posa les deux mains sur son dos et la poussa dans l'eau.

Elle bascula en lâchant la laisse du chien, qui se mit à aboyer et à courir en tous sens sur le ponton. Rossi regarda dans l'eau, la vit gesticuler quelques instants et puis couler. Il retourna aussi vite qu'il était venu jusqu'au cimetière et, de là, marcha d'un pas plus calme en direction de High Street.

Ce n'est qu'une vingtaine de minutes plus tard que M. Patel, affolé par les aboiements incessants de Benny, sortit de la boutique ; il trouva le petit chien, avec sa laisse, au bout du ponton.

– Qu'est-ce qui t'arrive, Benny ? demanda-t-il d'un ton autoritaire en se penchant pour saisir le bout de la laisse.

Alors il leva les yeux et aperçut le corps frêle de la vieille dame ballotté par les eaux contre le dernier pilier du ponton.

Le lendemain matin, Charles Ferguson était en train de prendre son petit déjeuner lorsque le téléphone sonna.

– Hannah Bernstein à l'appareil, monsieur.

– N'est-il pas un peu tôt, même pour vous, commissaire ?

– Écoutez-moi. J'avais mis Mme Sara Grant sur la liste prioritaire de la Special Branch, histoire de garder un œil sur elle.

– Et ?

– Elle a été retrouvée dans la Tamise, hier soir, à côté de ce ponton qui est au bout de Brickfield Lane. M. Patel, l'Indien qui tient l'épicerie du coin de la rue, a entendu le chien aboyer et est sorti pour voir ce qui se passait. Il l'a trouvé à l'extrémité du ponton, au bout de sa laisse, et c'est là qu'il a vu Mme Grant dans l'eau.

– Seigneur ! Où est-elle, maintenant ?

– À la morgue de Wapping.

– Oh, que nous avons été stupides, commissaire ! Écoutez, pour l'autopsie, il va falloir accélérer la procédure. Je vais téléphoner au professeur George Langley pour lui demander de s'en charger lui-même. Dès ce matin.

– Ça, c'est *extrêmement* rapide, monsieur.

– Pour moi, il le fera. Vous userez de votre autorité pour reprendre le dossier à la police de Wapping. À partir de maintenant, c'est une affaire Code 1. Je signerai le mandat. Ne tolérez aucune ingérence de la part de quiconque. Et prévenez Dillon.

Dillon était en train de faire son jogging matinal près de Stable Mews, la capuche de son survêtement relevée sur la tête pour se protéger du crachin, quand son portable sonna.

– C'est moi, Sean.

– Si tôt le matin ? Bon sang, Hannah, ça y est ? Tu te mets enfin à me draguer pour de bon ?

– La ferme, Sean, j'ai de mauvaises nouvelles.

Elle lui expliqua tout. Dillon, stupéfait, s'immobilisa sous le porche d'un immeuble.

– Tu es encore là, Sean ?

– Oui, je suis là.

– Qu'est-ce que tu en penses ?

– Ça pue, voilà ce que je pense, répliqua-t-il d'une voix vibrante de fureur.

– Sean, ne va pas faire de bêtises. Nous devons attendre d'en savoir plus. George Langley va se charger de l'autopsie dans la matinée. C'est le meilleur spécialiste de Londres. Il a mis davantage de meurtriers derrière les barreaux que tu ne peux te l'imaginer. S'il y a le moindre truc louche, il le trouvera.

– Il a intérêt, marmonna Dillon. Par Dieu, il a intérêt !

Elle coupa la communication. Il resta un moment immobile sous le porche, songeur, avant de se remettre en route.

Il rentra chez lui et se changea, puis se rendit en voiture chez Roper, qu'il trouva dans son salon devant les ordinateurs.

– Vous êtes matinal, observa le commandant. Ça veut dire qu'il se passe quelque chose.

Dillon lui raconta ce qui était arrivé, puis alla prendre la bouteille de Paddy pour s'en servir un grand verre.

– Il est tôt, même pour moi, mais j'en ai besoin,

dit-il, et il avala le whiskey d'un trait. Qu'est-ce que vous pensez de cette histoire ?

– Cette petite dame était une véritable mine d'informations.

– Que von Berger a réfutées en les qualifiant de délires de vieille femme.

– Laquelle a aussitôt un accident qui l'envoie dans la Tamise. Très pratique, comme accident.

– Oui. Tout est vrai. Tout ce qu'elle nous a dit. La mission de von Berger pour Hitler, son dernier vol à partir de Berlin, le journal – tout est authentique.

– Et maintenant la source de ces renseignements est éliminée, marmonna Roper.

Dillon grimaçait, l'air abattu.

– Je lui ai dit de me faire confiance. J'ai juré qu'il ne lui arriverait aucun mal. Vous savez ce qu'elle m'a répondu ? « Vous êtes un homme bon, monsieur Dillon, en dépit de vous-même. »

– Je suis désolé, Sean.

– Je connais quelqu'un qui sera beaucoup plus désolé encore quand j'en aurai terminé avec lui.

– Attendez le résultat de l'autopsie.

– Bien entendu, dit Dillon avec une expression diabolique, et il sortit du salon.

Ce fut au milieu de l'après-midi que Ferguson, Hannah et Dillon se rendirent à la morgue de Wapping, suite à un coup de téléphone du professeur Langley. La salle d'accueil de la morgue était plutôt agréable ; Hannah s'approcha du bureau pour parler à la réceptionniste, qui décrocha un téléphone.

– Je suis désolée, dit-elle, le professeur Langley est

en train de nettoyer son matériel. Il vous rejoint dans un petit moment.

Ferguson et Hannah s'assirent, Dillon alluma une cigarette et resta près de la fenêtre à regarder dehors.

– Vous avez l'air nerveux, Dillon.

– Non. Je suis en colère.

– Calmez-vous, nous aurons bientôt un résultat...

– Il est déjà là, le résultat ! Elle est morte, et n'allez pas me dire que c'est une coïncidence. Ni vous ni moi nous ne faisons confiance à ces gens. Pas dans notre monde.

Avant que Ferguson ait pu répondre, un petit homme aux cheveux gris entra dans la pièce d'un pas énergique.

– Bonjour, Charles.

Ils se serrèrent la main.

– Merci d'avoir accéléré la procédure, George. C'est la commissaire Bernstein, ici présente, qui est responsable du dossier. Sean Dillon est un collègue.

– Je m'excuse de vous avoir fait attendre. Aimeriez-vous voir le corps ?

Dillon répondit le premier :

– Oui ! Absolument.

Ferguson acquiesça d'un mouvement de tête.

– Par ici, dit Langley.

Il les emmena dans une vaste salle carrelée de blanc, éclairée d'un néon étrangement agressif, où plusieurs tables d'opération métalliques étaient alignées les unes à côté des autres. Un cadavre reposait sur la première, dissimulé sous un drap blanc.

– Mme Sara Grant. Connaissez-vous personnellement cette femme, Charles ?

– Nous la connaissons tous.

– Alors, je vous montre seulement son visage. Le reste est plutôt désagréable à voir, comme c'est habituellement le cas après une autopsie.

La vieille dame avait l'air étonnamment paisible dans la mort. Même ses rides semblaient adoucies.

– Pas la moindre marque sur son visage, observa Ferguson.

– Et nulle part ailleurs sur le corps, ajouta Langley. Elle ne s'est pas battue, elle n'a reçu aucun coup, elle n'a pas été blessée. Seule cause du décès, la noyade.

– Vous en êtes certain ? demanda Dillon.

– Absolument. J'ai lu dans le rapport de police que l'épicier de quartier qui l'a trouvée la voyait régulièrement le soir promener son chien sur le ponton. Elle aimait marcher jusqu'au bout et observer les bateaux sur le fleuve. Je me suis rendu sur place. Il n'y a pas de rambarde et le ponton est à près de dix mètres au-dessus de l'eau.

– Vous êtes certain, professeur, qu'il n'y a aucune marque d'aucune sorte ? insista Hannah. Rien qui indique qu'elle se soit au moins... débattue ?

– Pas la moindre ecchymose, même pas à cause de la chute dans l'eau. Certes, elle portait un pantalon, une veste et un imperméable épais...

– Y a-t-il autre chose que vous vouliez nous dire ?

– Rien sur la cause du décès. Mais elle avait un cancer des poumons. De toute façon, elle n'aurait pas vécu plus de quelques mois. Mort par noyade, Charles, c'est le mieux que je puisse faire.

– Nom de Dieu, grogna Dillon. Il doit y avoir autre chose !

– Non, monsieur Dillon. Elle est tombée du ponton et elle s'est noyée. Quant à savoir si on l'a aidée, de quelque façon que ce soit, à tomber – car je sais que c'est ce que vous vous demandez –, là-dessus je ne peux émettre le moindre commentaire. Je peux juste vous dire qu'elle n'a aucune contusion, ce qui pour une femme aussi âgée et fragile signifie qu'elle n'a absolument pas été brutalisée.

Langley se tourna vers Ferguson.

– Charles, je me rends compte qu'il s'agit d'une affaire touchant aux services secrets, et qu'elle est sans doute classée. Je suis heureux de ne pas en savoir davantage.

– Avec mes plus vifs remerciements, George, dit Ferguson en lui serrant la main.

– C'est tout, alors ? fit Dillon. Nous n'avons *rien* ?

– Je regrette, monsieur Dillon, dit Langley en les raccompagnant jusqu'à la porte. Oh, mais attendez une minute ! Il y avait quand même quelque chose...

– Quoi donc ? demanda Ferguson avec autorité.

– J'ai pratiqué des milliers d'autopsies, mais là c'était une première pour moi. Le numéro tatoué sous son aisselle gauche. Pas sur le bras, comme dans les camps de concentration, mais *sous l'aisselle*. Cela signifie qu'elle a servi autrefois dans les SS.

Langley esquissa un sourire.

– Mais bien sûr, Charles, vous en savez sans doute beaucoup plus que moi sur le sujet.

À l'arrière de la Daimler, Dillon remonta la vitre de séparation d'avec le chauffeur.

– Ce sont eux qui ont fait le coup, général. Ces fumiers l'ont supprimée.

– Mais comment ? dit Hannah. À aucun moment nous n'avons mentionné son adresse.

– Allons, Hannah ! Une fois qu'ils ont su qu'elle était en vie, combien de temps tu crois qu'il a fallu à Rossi pour retrouver sa trace ?

– Mais...

– Ça suffit, dit Ferguson. Ça ne la ramènera pas de se chamailler. Commissaire, mettez-moi en ligne avec von Berger.

Ce fut Marco qui répondit au téléphone ; il passa le combiné à son père.

– Général, dit le baron. Qu'y a-t-il, cette fois... ?

– *Fräulein* Sara Hesser a été retrouvée noyée dans la Tamise. Il est temps que nous ayons une discussion sérieuse.

– Pourquoi ?

– Préférez-vous que je vous présente un mandat et que j'officialise la chose ?

– Ce genre de trivialité est tout à fait inutile, général. Je vais vous dire : faisons ça de manière civilisée. Au piano-bar du Dorchester. Disons... dix-neuf heures ?

– Très bien. Et venez accompagné de votre voyou.

Ferguson raccrocha. Le baron rendit le téléphone à Rossi.

– Il n'a pas l'air de beaucoup t'apprécier, Marco. Sara Hesser a été retrouvée dans la Tamise.

– Mon Dieu ! fit Rossi, feignant d'être horrifié.

– Est-ce que tu sais quelque chose à ce sujet ?

– Papa, sur ma vie, je te jure...

Le baron leva une main.

– Ferguson, lui, a l'air de penser que nous savons ce qui s'est passé. La soirée devrait être intéressante. Par précaution, souviens-toi de ceci : Newton et Cook n'existent pas et nous n'avons jamais entendu parler de Brickfield Lane.

Il n'y avait qu'une poignée de clients au piano-bar quand Ferguson y arriva en compagnie de Dillon et d'Hannah. Dillon laissa ses pas le porter jusqu'au piano, comme il le faisait souvent, et se mit à jouer « A Foggy Day In London Town ». Hannah s'accouda au piano.

– Je n'ai jamais compris ça chez toi, Sean, ce don pour le piano. Tu as du talent pour tellement de choses...

– Tu veux dire, comme de tuer des gens ?

Il sourit.

– Ne te laisse pas impressionner, Hannah. Je bastringue un peu sur le clavier, pour m'amuser, mais rien de plus.

– Tu es en colère. Ça m'inquiète toujours quand je te vois dans cet état.

– Oui. Je suis sacrément en colère. Et je suis amer, aussi. J'ai marché sur des tas de cadavres, mais il y a quelque chose dans la mort de Sara Hesser qui me démonte. Elle méritait mieux que ça.

Le serveur était en train de remplir leurs flûtes à champagne quand Max von Berger et Rossi apparurent en haut de l'escalier.

Le baron vint s'asseoir en face de Ferguson et Hannah. Rossi et Dillon restèrent debout, silencieux, à se dévisager avec agressivité.

– Alors, général, de quoi s'agit-il ?

– Dites-lui, commissaire.

Quand elle eut terminé de parler, von Berger soupira.

– Donc... cette pauvre vieille dame est tombée du ponton et votre professeur Langley a confirmé qu'elle est morte par noyade, sans la moindre circonstance douteuse. En quoi cette histoire me concerne-t-elle ?

– Le seul fait qu'elle soit morte est une circonstance douteuse, répliqua Dillon.

Marco Rossi renifla.

– Vous n'avez aucun argument qui tienne, Dillon. Cette rencontre est non seulement futile, elle est insultante.

– Assez ! dit Ferguson. Nous ne parlons pas des aspects légaux de l'affaire, mais de sa vérité intrinsèque. Nous ne sommes peut-être pas en mesure de vous arrêter, mais vous savez et nous savons ce qui s'est passé.

– Je ne sais rien du tout, dit le baron. Marco a raison. C'est extrêmement choquant d'être traité de la sorte.

Il se leva.

– Qu'est-ce que vous lui avez fait, à cette pauvre femme ? demanda Dillon à Rossi. Vous l'avez poussée ?

Rossi fit un pas dans sa direction, Hannah agrippa Sean par le bras.

– Laisse tomber.

Le baron affichait une expression sévère.

– Je crois qu'il est temps que nous partions, dit-il, et il s'éloigna, suivi de son fils.

Dehors, en montant dans la voiture, il demanda d'une voix calme :

– Tu n'as rien à voir dans cette affaire ? Jure-le-moi.

– Sur ma vie. Cette vieille dame a eu un accident tragique. Voilà tout.

– Mais comme Ferguson l'a dit, un accident qui tombe à pic pour nous.

Bien entendu, von Berger gardait à l'esprit que son fils lui mentait peut-être, mais... Il se renversa contre le dossier du siège en refoulant cette pensée.

Dans sa voiture, Ferguson coupa la communication qu'il avait en train et composa un autre numéro. Via la ligne Codex 4, il fut mis en relation avec le Sous-Sol, à la Maison-Blanche. Johnson, qui était au travail, répondit aussitôt.

– Oui ?

– Ferguson.

– Charles, comment ça va ?

– Plutôt mal. Je viens juste de m'entretenir avec le Premier ministre. Il veut que j'aille tout de suite à Washington pour discuter avec le président. Je serai accompagné de Dillon.

– Je regrette, Charles, mais le président est parti pour le week-end dans sa maison de Nantucket. Est-ce que je peux faire quelque chose pour vous ?

– Il s'agit d'une affaire très grave. Et qui le touche personnellement.

Il y eut un silence, puis Johnson dit :

– D'accord. Allez directement vous poser à la base militaire d'Andrews. On vous emmènera en hélicoptère jusqu'à l'île, avec un atterrissage sur la plage. Je vais tout organiser.

Il marqua une pause, hésitant.

– C'est vraiment mauvais, Charles ?

– Tout ce qu'il y a de plus mauvais.

– Alors je me joindrai à vous.

– Je crois que ce serait très sage, vieux frère. Vous allez repartir en guerre, je peux vous l'assurer, dit Ferguson avant de raccrocher.

Johnson resta assis un petit moment, songeur, puis reprit le téléphone pour appeler le président sur sa ligne directe.

Nantucket

8

Quand la Daimler arriva à Farley Field, elle fut aussitôt autorisée par la police militaire à s'engager sur la piste ; elle s'arrêta devant l'avion qui les attendait, un Citation X dont la porte-escalier était abaissée.

Le commandant Lacey et le capitaine Parry patientaient à côté de l'appareil. Tous deux s'étaient vu décerner l'Air Force Cross en reconnaissance des nombreuses missions délicates qu'ils avaient accomplies au nom de Ferguson. Plus d'une fois, ils avaient largué Sean Dillon en parachute au-dessus de zones dangereuses. Ils étaient des éléments essentiels du groupe très soudé, et hautement secret, que dirigeait le général. Tous deux portaient aujourd'hui l'uniforme de la RAF.

– Je vois que vous êtes correctement habillés, pour une fois, observa Ferguson.

– À la base aérienne d'Andrews, nous avons certains de nos meilleurs amis, monsieur.

– En effet.

Un sergent de la RAF, une femme menue et très énergique, descendit de l'appareil.

– June Walters. C'est moi qui m'occuperai de vous pendant le vol. Suivez-moi, je vous prie.

Elle remonta dans l'appareil, suivie par Ferguson.

– Bonjour, les garçons, dit Dillon. Ça y est, on est repartis pour un tour !

– Une affaire sérieuse, cette fois, Sean ? demanda Lacey.

– Eh bien, disons qu'à votre place je n'envisagerais pas de vacances exceptionnelles pour les prochaines semaines.

– Formidable, dit Parry. C'est toujours tellement intéressant quand vous débarquez par ici.

– Bel avion, observa Dillon.

– Oui. Flambant neuf, précisa Lacey. Il vous plaît ? L'avion commercial le plus rapide du monde après le Concorde.

– Impressionnant. Mettons-nous en route, alors, dit Dillon, et il grimpa dans l'appareil.

Ils décollèrent peu de temps après, classés par le contrôle aérien comme vol prioritaire, et grimpèrent rapidement en direction de l'ouest ; ils avaient déjà atteint les quinze mille mètres d'altitude en arrivant au-dessus de l'Atlantique. Le sergent Walters reparut dans la cabine.

– J'ai du minestrone, du melon, du steak, des pommes de terre nouvelles et des légumes, dit-elle, puis elle se tourna vers Dillon. Je crois savoir que vous appréciez les mets simples, monsieur. Nous avons aussi un plat qui s'appelle de la tourte irlandaise aux pommes de terre. Avec de l'agneau, des oignons et des boulettes...

– Seigneur, dit Dillon, c'est ça que vous appelez des mets simples, ma jolie ?

Elle sourit.

– J'ai l'impression. Je vous sers un verre, messieurs ?

– Apportez-moi un whiskey. Du Bushmills. Et puis ouvrez une bouteille de champagne un tant soit peu correct, et nous pourrons la partager.

Elle se retint de rire, jeta un coup d'œil vers Ferguson qui hocha la tête et s'éloigna.

– Alors, reprit Dillon en allumant une cigarette. Qu'est-ce que vous allez dire à Cazalet ?

– La vérité sur toute l'affaire telle que nous la connaissons.

– Et qu'est-ce qu'il dira, lui ?

– Dieu seul le sait. C'est un homme admirable, et extrêmement honnête, qui a déjà encaissé beaucoup de coups durs au cours de sa vie. Sa femme est morte d'une leucémie. Son père, le premier Jake Cazalet, qui figure de façon si manifeste dans le journal d'Hitler, a été tué dans un accident de voiture il y a plusieurs années. Quant à l'enlèvement de sa fille, personne ne connaît cette histoire mieux que vous, puisque c'est vous-même et Blake qui l'avez sauvée.

Dillon tendit la main pour prendre le whiskey que le sergent Walters lui apportait. Il le but d'un trait.

– Mais si cette histoire, celle du journal détenu par von Berger, devait être révélée, le grand et noble public américain se ficherait pas mal de ce qui s'est passé à l'époque, n'est-ce pas ?

Le sergent Walters leur donna à chacun une coupe de champagne.

– Vous êtes cynique, Sean, dit Ferguson.

– Réaliste. Voilà que c'est reparti, vous vous remettez à m'appeler par mon prénom !

– Ce qui signifie ?
– Que vous voulez que je règle ça à la dure.
Il leva son verre.
– Santé, Charlie.
– Santé, Sean. Vous êtes toujours tellement fiable !

Sur la plage de l'île de Nantucket, près de sa vieille propriété de famille, le président marchait en compagnie de Blake Johnson et de son agent des services secrets préféré, un gigantesque Noir, ancien marine, qui s'appelait Clancy Smith. Son chien Murchison, un labrador à poil court, courait à côté d'eux en se jetant de temps en temps dans l'eau.

Cazalet se tourna vers Clancy pour lui demander une cigarette. L'agent alluma une Marlboro en protégeant la flamme du briquet sous le col de son manteau, et la lui passa.

– Je sais que je vous l'ai déjà dit, monsieur, observa Blake, mais il y a des électeurs qui vous en tiendraient rigueur.

– Nous avons tous droit à certaines faiblesses, Blake. Et vous savez comme moi que ce sont ces trucs-là qui nous ont permis de tenir pendant la guerre du Viêtnam.

Murchison s'approcha en sautillant ; Cazalet lui tapota la tête.

– Par contre, si je devais frapper ce merveilleux chien, *là* je perdrais des votes par milliers.

Blake s'alluma une cigarette sous son imperméable.

– J'abandonne, monsieur le président.

– Alors ? Ferguson ne vous a donné aucun indice sur ce dont il veut me parler ?

– Il a juste dit que c'était très grave.

– Humm... Donc, c'est vraiment sérieux.

Ils entendirent un rugissement au loin, se tournèrent pour voir un hélicoptère approcher de l'île. L'appareil se posa sur la plage, devant la maison.

– Le bruit de ces engins, Seigneur... Ça me rappelle chaque fois la guerre, dit Cazalet. Allons accueillir nos invités et découvrir ce qui ne va pas.

Cazalet avait toujours adoré, et jalousement protégé, ses week-ends de retraite à Nantucket. Il préférait n'avoir avec lui que Mme Boulder, la gouvernante et cuisinière, qui réglait l'intendance et faisait venir ceux dont elle avait besoin pour s'occuper de la maison dès qu'il était reparti. Quand ils prirent place dans le grand salon, ils étaient assurés de ne pas être dérangés : Cazalet, Blake et Smith d'un côté, Ferguson et Dillon assis en face d'eux.

Le général raconta toute l'histoire. Puis il y eut un long silence.

– Bien sûr, dit enfin Cazalet, Blake m'avait informé de ce qui s'était passé aux obsèques de Kate Rashid. Mais *ça*... Jamais je ne me serais attendu à une chose pareille.

Il y eut de nouveau une pause dans la conversation. Puis Blake demanda :

– Est-ce vraiment si grave, monsieur le président ? Ce n'est pas comme s'il s'était *réellement* passé quoi que ce soit.

– Puis-je prendre la parole, monsieur ? demanda Dillon.

– Bien sûr.

– Pour votre père, le sénateur Jake Cazalet – sa position dans cette histoire est très claire. Il a agi sur ordre et en toute bonne foi, comme représentant du président Roosevelt pour régler une situation des plus délicates. Dans le secret absolu, qui plus est.

– En effet.

– De façon étrange, l'émissaire d'Hitler, le général SS Walter Schellenberg, était dans une position similaire. Il n'était pas membre du parti nazi. Après la guerre, il a été jugé et déclaré coupable du seul fait d'avoir appartenu à une organisation illégale, la SS.

– Et ?

– On pourrait me juger coupable d'avoir été membre de l'IRA pendant plus d'années que je ne peux m'en souvenir, mais ça ne changerait rien aux sentiments personnels de Schellenberg. Il n'était que le porte-parole d'Hitler, et votre père n'était que la voix de Roosevelt.

– Dillon, surveillez vos propos, dit Ferguson.

– Non, fit Cazalet en levant une main. Il a raison.

Dillon hocha la tête.

– N'empêche, il faut que vous plongiez plus profond que ça. Parce qu'il est évident, nom de Dieu, que la presse ne va pas manquer de le faire.

– Qu'est-ce que tu veux dire ? demanda Blake.

– De nombreux experts diraient sans doute que Roosevelt a peut-être *effectivement* été intéressé par la négociation, parce que les avances d'Hitler allaient dans le sens d'arrêter la menace rouge qui balaierait bientôt l'Europe occidentale. Alors, disons que Roosevelt a pour le moins *joué* avec cette idée, sinon pourquoi se serait-il donné la peine d'envoyer Cazalet ?

Le président opina.

– Continuez.

– Mais Roosevelt réfléchit à tous les aspects de la question et change d'avis. Ce revirement, c'est là-dessus que tous les experts, et les médias, se focaliseraient.

– Mais où diable voulez-vous en venir, Dillon ? grogna Ferguson.

– Je veux dire que vers la toute fin de la guerre, l'armée américaine a traversé l'Elbe. Les chars du général George Patton auraient pu prendre l'*Autobahn* et atteindre Berlin en vingt-quatre heures. Seulement, ils ne l'ont pas fait ! Ils ont reçu l'ordre de rester où ils étaient – l'ordre d'Eisenhower – parce que Roosevelt avait décidé, après avoir parlé à Staline, que les Russes avaient le droit de prendre Berlin. Et c'est comme ça qu'ont commencé quarante-cinq années de guerre froide. Sans parler des cent mille femmes allemandes qui ont été violées.

Un silence plombé tomba sur le salon.

– Vous avez raison, convint enfin Jake Cazalet. Tout ce que vous dites est vrai.

– Au fond, je veux mettre le doigt sur ce sur quoi le monde se focalisera. Parce que le président l'a envoyé là-bas, votre père fera partie de l'Histoire, et parce que c'était votre père, vous, monsieur, vous en ferez aussi partie. À mon avis, c'est ce que le baron Max von Berger a lui-même déjà compris.

Les cinq hommes se regardèrent nerveusement.

– Alors comment faire pour le combattre ? demanda Blake. Est-ce que nous devons essayer d'anticiper ? On révèle toute l'histoire les premiers ?

Ce fut Ferguson qui répondit :

– C'est l'histoire elle-même qui pose problème.

– Je suis d'accord, dit le président. Et le problème, aussi, messieurs, c'est que je suis engagé dans des affaires internationales d'une importance considérable. La querelle avec les Nations unies au sujet de l'Irak, et maintenant la menace d'un pareil scandale qui plane au-dessus de nous – ce serait la catastrophe. Mes adversaires dans le pays me mettraient en pièces. Nos ennemis à l'étranger prendraient immédiatement l'avantage.

– Ce qui signifie... ? demanda Ferguson, soutenant le regard du président.

Un sourire sans humour plissa les lèvres de Cazalet.

– Monsieur Dillon ? Si nous avions ce journal...

Dillon hocha la tête.

– Je vais voir ce que nous pouvons faire, monsieur, répondit-il, et il regarda Johnson. Tu es de la partie, Blake ?

Le patron du Sous-Sol sourit.

– Je suis ton homme, Sean.

Londres
Écosse
Irlande

9

Entre-temps Marco Rossi, en fouillant dans les fichiers informatiques des Rashid, avait découvert l'étendue des activités de Kate, non seulement dans le sud de la péninsule Arabique, mais aussi beaucoup plus près de chez elle : en Irlande. De fait, elle avait de très importants contrats de vente d'armes en préparation, et ce aussi bien avec les dissidents de l'IRA qu'avec divers groupes protestants loyalistes. Kate s'était montrée d'une impartialité totale.

Il y avait un nom, en particulier, qu'il connaissait : celui d'un homme autrefois très important au sein de l'Association pour la défense de l'Ulster, et qui, après une dispute très médiatisée avec ce groupe, s'était lié à la Main rouge de l'Ulster – sans doute l'organisation loyaliste la plus extrémiste de toutes.

Les sommes engagées étaient énormes. Il aurait été insensé, considérait Marco, de laisser tout ça partir en fumée.

Voilà pourquoi il marchait en ce moment même, par une nuit sans lune, à travers Kilburn, l'un des quartiers les plus « irlandais » de Londres. Vêtu d'un blouson d'aviateur noir, un Walther PKK glissé dans le dos, sous la ceinture de son pantalon, il s'apprêtait à faire la connaissance d'un certain Patrick Murphy. M. Murphy était le patron d'un pub appelé l'Orange George dont la façade était peinte comme dans les quartiers protestants de Belfast.

Marco écouta quelques instants la musique irlandaise qui filtrait du pub, puis poussa la porte. La salle était pleine de monde ; le groupe jouait sur une estrade. Il s'approcha du bout du bar ; une femme mûre, mais encore très séduisante, vint vers lui.

– J'ai rendez-vous avec Patrick Murphy.

– Tiens donc !

Elle le dévisagea des pieds à la tête et sourit.

– Tout de suite ? reprit-elle. Pas une minute pour moi ?

Il tendit la main et lui caressa la joue.

– J'aimerais beaucoup. Peut-être plus tard, mais Pat Murphy m'attend. Dites juste que c'est Marco. Comment vous vous appelez ?

– Janet.

– Eh bien... qui sait, Janet ?

Elle rougit et s'éloigna, plus excitée qu'elle ne l'avait été depuis longtemps.

Murphy, un type proche de la cinquantaine, plutôt ventru, était assis dans son bureau, penché sur un livre de comptabilité, quand Janet fit entrer Marco dans la pièce.

– Ah, monsieur Rossi. Asseyez-vous donc.

Il fit un signe à Janet qui sortit. Il attrapa une bouteille de whiskey, deux verres et fit le service.

– À votre santé, dit-il – et il but.

Marco ne toucha pas à son verre. Il alluma une cigarette.

– Alors, où en sommes-nous ?

– Votre coup de fil m'a plutôt étonné. Je veux dire... Derry Gibson ! Comment diable pourrais-je connaître un personnage aussi épouvantable ?

Marco voyait Murphy pour ce qu'il était : un homme sans envergure, un intermédiaire ; utile à sa façon, et sans doute amoureux de l'idée qu'il était une espèce de rebelle.

– Vous le connaissez parce que vous avez fait affaire avec Kate Rashid, il y a un an, et organisé un rendez-vous entre elle et Derry Gibson. Il avait de l'argent, grâce au trafic de drogue, et voulait acheter des armes. Il y a déjà eu deux chargements, livrés dans le comté de Down au début de cette année, et une troisième livraison avait été arrangée juste avant la regrettable disparition de la comtesse. L'affaire, pour une valeur de deux millions de livres, devait se faire d'ici une semaine.

– Je ne connais pas Derry Gibson.

– Alors je perds mon temps. Je vais devoir trouver un autre acheteur pour ces AK47 et ces missiles Stinger. Peut-être l'IRA.

Marco Rossi prit le verre, vida le whiskey d'un trait et se leva.

Une porte, au fond du bureau, s'ouvrit doucement. Un homme de quarante-cinq ans environ, cheveux blonds et visage dur – un visage de brute – entra. Il portait une veste en tweed du Donegal et une chemise noire au col déboutonné.

– Attendez une minute, vous, dit-il. Je suis Derry Gibson.

Sa voix avait l'accent caractéristique de l'Ulster. D'une façon étrange, elle rappela Dillon à Marco.

– Eh bien, quelle surprise ! Et moi qui pensais que vous étiez à Drumgoole, sur la côte du comté de Down.

– Heu... J'y étais, jusqu'à ce que cet imbécile me téléphone hier. Disons que j'ai rappliqué en vitesse. Qu'est-ce qui vous arrive ?

– C'est simple. Vous faisiez autrefois affaire avec Kate Rashid. Maintenant elle est morte et mon père, le baron Max von Berger, a repris la tête de sa société. Je suis Marco Rossi, comme vous le savez sans doute déjà. Je suis responsable de la sécurité pour les groupes Rashid et Berger.

– Vraiment ?

– Oui. Et je m'occupe aussi de certaines autres affaires. Même si, pour être franc, je me demande pourquoi Kate se cassait la tête pour des petits contrats de ce genre. Avec tout l'argent qu'elle avait déjà ! Deux millions ? Elle devait avoir l'âme romantique, je suppose.

Curieusement, Gibson se rembrunit.

– Hé, vous ! Ne parlez pas mal d'elle, vous entendez ? Lady Kate était une grande dame.

Une main glissée derrière le dos, Marco répliqua :

– Vous savez quoi ? On va jouer cartes sur table, tous les deux. Je commence.

Il saisit le Walther et le posa devant lui, sur le bureau de Murphy.

Derry Gibson hésita, puis sortit à son tour un Walther, qu'il posa sur la table.

– En matière d'armes vous avez bon goût. Parlons sérieusement, maintenant.

– J'ai un chalutier espagnol, le *Mona Lisa*, qui devrait faire l'affaire, expliqua Rossi. Immatriculé en Italie. Les réglementations européennes sur la pêche l'autorisent à aller jusqu'en Irlande. Il pourra accoster à Drumgoole pendant la nuit qui nous intéresse. Sans difficulté.

Marco sourit.

– Je ne vais pas vous réclamer de sortir le cash dès que nous aurons accosté, reprit-il, parce que je sais que vous connaissez les règles du jeu. Vous voudrez sûrement qu'on fasse d'autres affaires ensemble.

– Vous aussi, monsieur Rossi. Mais je me demande pourquoi vous vous engagez là-dedans. Je crois comprendre que, vous aussi, vous avez de la fortune.

– Oui, mais avec ce genre d'aventures la vie garde de son piquant. J'aime l'action, Gibson, j'ai toujours été comme ça. En fait, quand le *Mona Lisa* arrivera à Drumgoole, je serai à bord. Je partirai de l'île de Man dans un autre bateau, et je rejoindrai le chalutier.

– Très bien. Nous allons fêter ça avec un whiskey.

Gibson saisit la bouteille.

– Attendez, dit Marco. Ce n'est pas tout. J'ai un service à vous demander. Ici, à Londres. Connaîtriez-vous un truand qui s'appelle Harry Salter, et son neveu Billy ?

Ce fut Murphy, debout près de la porte du fond, qui s'exclama :

– De vrais coquins, ces deux-là ! Harry Salter était autrefois un des principaux parrains de l'East End. Aussi important que les frères Kray. Il fait des affaires apparemment légales depuis déjà quelques années. Mais attention, on raconte qu'il trempe gros dans la contrebande de cigarettes en provenance de Hollande. Les bénéfices sont énormes.

– Ça paie mieux que l'héroïne, précisa Gibson.

– Et vous en savez quelque chose, n'est-ce pas ?

– Peut-être. Qu'est-ce que vous avez contre Salter ?

– Avez-vous déjà entendu parler d'un compatriote à vous, autrefois membre très en vue de l'IRA, qui s'appelle Sean Dillon ?

Gibson haussa les épaules.

– Tout le monde connaît Dillon, ce fumier de salopard de catho. Il travaille pour la Couronne, maintenant.

– Vous êtes au courant de ça ?

– Bien sûr. Avec « Charles Ferguson l'Enfoiré ». Fléau de l'IRA depuis des années et des années, mais qui ne fait aucune faveur au camp des loyalistes. Ce bon vieux Charles ! Avec Sean comme bras droit de choc, c'est un homme difficile à atteindre.

– À vous entendre, on dirait que vous connaissez Dillon personnellement.

– Nous avons échangé des coups de feu. Un jour nous étions ensemble dans les égouts, à Londonderry, après une émeute... L'armée britannique a toujours eu du mal à faire la différence entre l'IRA et les protestants. C'est Dillon qui m'a sorti de là. Il m'a dit : « Cours et ne t'arrête pas. Ne te retourne pas contre moi, ou bien je te tuerai. »

Gibson se servit un nouveau whiskey.

– Il tue tout le monde, ce type. En tout cas, c'est ce qu'on raconte à son sujet, ajouta-t-il en regardant le fond de son verre. Pourtant, il m'a sorti des égouts alors que j'étais son ennemi. Je me suis toujours demandé pourquoi il avait fait ça.

– Ne me posez pas la question, je ne connais rien à la philosophie. Le truc, c'est que Charles Ferguson et la famille Rashid ont eu un gros conflit. Vous avez peut-être entendu raconter comment les trois frères sont morts ? C'est Dillon qui les a tués, tous les trois.

– Et Kate Rashid ?

– Oh, il a été mêlé à ça aussi, tout comme Ferguson et les Salter. Disons les choses ainsi : j'aimerais leur causer le maximum d'ennuis possible.

– Vous voulez dire des ennuis du genre définitif ?

– Pas tout de suite. D'abord, de simples dégâts matériels. J'ai appris que Salter possède des bateaux, entre autres choses.

– C'est exact. Des bateaux de tourisme qui vont et viennent sur la Tamise, dit Murphy. Westminster, les quais de Charing Cross... C'est mieux que le bus.

– Y compris un bateau qui s'appelle le *River Queen* ?

– Sa grande fierté. Un bateau construit dans les années trente. Il a dépensé une fortune pour le rénover. Un bateau superbe.

– Excellent, dit Marco, en regardant Gibson. Coulez-le pour moi. Faites ça et le marché conclu avec Kate Rashid pour votre chargement d'armes ira de l'avant. Livraison à Drumgoole le 10.

– Mais c'est dans quatre jours seulement ! répliqua Gibson, stupéfait.

– Le *Mona Lisa* a déjà quitté l'Espagne. J'avais supposé, avec raison je crois, que vous sauriez vous montrer raisonnable.

Gibson rit.

– Oh, c'est un vrai plaisir de faire des affaires avec

vous, monsieur Rossi. Quant au coup chez les Salter, ça aussi ce sera un plaisir.

Il était minuit passé quand Gibson et Murphy se rendirent à Wapping en Land Rover, passèrent devant le Dark Man et roulèrent jusqu'au bout de Cable Wharf, où le *River Queen* était à quai. Cette zone n'avait pas encore été réhabilitée, il n'y avait qu'une succession d'entrepôts pour la plupart abandonnés. Il faisait très sombre ; peu de lumières brillaient de l'autre côté du fleuve sur lequel il n'y avait plus aucune circulation à cette heure déjà avancée. Et personne à la ronde, apparemment.

La vie étant comme toujours pleine de surprises, hélas, quelque chose remuait sous une pile de gros cartons d'emballage : un vieil alcoolique, un clochard qui s'appelait Wally Brown et avait l'habitude de roupiller là avec ses quelques misérables objets personnels. Dérangé par le bruit, il sortit la tête d'entre ses cartons et tendit l'oreille.

– Nom de Dieu, Derry, ça ne me plaît pas.

– Quoi encore, Murphy ? C'est simple comme bonjour. Je descends par la trappe de la salle des machines et j'ouvre les vannes. L'eau rentre, le bateau coule. Maintenant, fais ce que je te dis et nous aurons fichu le camp d'ici avant que t'aies eu le temps de dire ouf. Si tu m'embrouilles, par contre, tu finiras toi aussi au fond de l'eau.

– Pas la peine de dire ce genre de chose, Derry.

– Ouais, eh ben... Cette livraison d'armes avec Rossi compte beaucoup pour moi. Grâce à ce dernier chargement, je serai prêt à m'attaquer pour de bon à l'IRA. Ce sera comme autrefois, à la grande époque.

– Je suis ton homme, Derry. Je ne te laisserai pas tomber.

– Alors, au travail.

Ils s'engagèrent sur la passerelle du *River Queen*. Wally Brown, qui avait tout entendu, recula et se terra au milieu de ses cartons.

Murphy resta sur le pont à monter la garde. Gibson releva la trappe de la salle des machines ; il n'alluma sa lampe torche que lorsqu'il eut descendu l'échelle métallique. Les machines étaient magnifiques, tout était magnifique d'ailleurs dans ce bateau et, en tant que fils d'Irlande élevé dans un port de pêche, il éprouvait des regrets sincères.

– Quelle beauté, marmonna-t-il en regardant autour de lui. N'empêche...

Il savait qu'il trouverait là au moins quatre vannes à volant. Il les examina : de solides cercles de bronze. La première s'ouvrit sans aucune difficulté, avant de s'arrêter avec un déclic. Il se précipita vers la seconde. Le temps qu'il arrive à la quatrième, l'eau envahissait déjà tout le sol de la salle des machines et lui montait jusqu'aux chevilles.

Il ressortit, rejoignit Murphy.

– Vite, tu largues les amarres à l'avant, je m'occupe de la poupe et on débarque !

Quand ils eurent fini, ils tirèrent la passerelle et reculèrent sur le quai, observant le *River Queen* s'écarter un peu de la rive et sombrer.

– Triste spectacle, dit Gibson tandis que l'eau submergeait le pont. Mais nous avons déjà fait pire. Moi, je prends le premier avion demain matin pour Belfast. Si j'ai besoin de toi, je t'appellerai.

– Il y a une chose que je sais, en tout cas, dit Murphy en montant dans la Land Rover, c'est que ce foutu Harry Salter ne va pas être content.

En effet. Pas content du tout. Dillon, alors qu'il faisait son jogging matinal, répondit au téléphone et entendit Harry rouspéter :

– Une espèce d'enfoiré a coulé le *River Queen* à son mouillage !

– Qu'est-ce que tu racontes ?

– Eh ben, ce putain de bateau n'a pas coulé tout seul ! Billy est allé chercher son équipement de plongée. Il va descendre jeter un coup d'œil.

– Ah, Harry, il ne devrait pas faire ça. Pas alors qu'il a reçu ces fichues balles dans le corps, au Hazar, il y a si peu de temps. J'arrive !

Il raccrocha, réfléchit quelques instants et puis appela Ferguson à Cavendish Place.

Au bout de Cable Wharf, Dillon retrouva Harry, Joe Baxter et Sam Hall en train de contempler la proue du *River Queen* qui pointait encore hors de l'eau. Le Shogun de Billy était garé à côté, hayon arrière ouvert : on apercevait à l'intérieur du matériel de plongée et deux bouteilles d'air comprimé.

– Où est Billy ? demanda-t-il.

– Il est dans l'eau depuis un quart d'heure.

– Nom d'un chien, Harry, il n'aurait pas dû descendre. Il fallait laisser ça aux spécialistes.

C'est alors que deux choses se produisirent en même temps. Ferguson et Hannah arrivèrent, et Billy refit surface. Il détacha sa bouteille, Dillon se pencha pour la lui attraper. Le jeune homme remonta sur le quai par l'échelle, aidé par Baxter et Hall. Il retira son masque : l'eau glacée lui avait bleui le visage.

– Espèce d'idiot, grogna Dillon.

– C'est toi qui m'as tout appris. C'étaient les vannes. Elles étaient toutes les quatre grandes ouvertes. Je les ai refermées. Ça n'a pas été facile.

– L'équipe de renflouage n'aura plus qu'à pomper pour faire remonter le bateau, dit Dillon. Il voguera de nouveau.

– Ce qui nous laisse le problème de savoir qui a fait le coup.

Il y eut un silence et puis une voix tremblante de vieil alcoolique lança :

– Je sais, moi, monsieur Salter. Je les ai vus, je les ai entendus.

Joe Baxter expliqua :

– Wally Brown. Il pionce dans des cartons, par là-bas.

– Tu les as entendus ? demanda Harry avec autorité.

– Oui. Y en avait un qui s'appelait Murphy, mais celui qu'était le chef s'appelait Derry. Enfin c'est comme ça que l'autre l'appelait tout le temps. Et puis ils parlaient bizarrement, comme des Irlandais, mais pas vraiment.

Le clochard désigna Dillon.

– Maintenant que j'y pense, ils parlaient comme lui !

– Derry, fit Ferguson. Et il parle comme vous, Dillon. Irlande du Nord.

– Pourrait-il s'agir de Derry Gibson, de la Main rouge de l'Ulster ? demanda Hannah.

– Un revenant, grogna Dillon. Mais pourquoi ?

– Ce Derry, ajouta le vieux Wally, il a parlé de quelqu'un qui s'appelle Rossi. Ça vous dit quelque chose ?

Un silence stupéfait tomba sur le groupe.

– Je vais le tuer, dit Harry. Je vais buter cet enfoiré.

– Non, vous ne ferez pas ça, Harry, dit Ferguson. Ou pas tout de suite. Nous allons retourner au Dark Man. Merci, monsieur Brown. Vous nous avez apporté une aide précieuse. Avez-vous entendu quoi que ce soit d'autre ?

Ils s'assirent dans le box d'angle près du comptoir. Dora, la barmaid, leur servit thé et café. Harry et Billy Salter, Ferguson, Hannah et Dillon étaient autour de la table. Baxter et Hall debout contre le mur.

– C'est une déclaration de guerre, dit Salter.

– En effet, acquiesça Dillon. Mais si tu permets, Harry, le truc le plus important, c'est que Rossi a conclu un marché avec Derry Gibson pour lui livrer des armes.

Wally Brown dévorait des œufs au bacon à une table de l'autre côté de la salle.

– D'après le vieux Wally, Murphy n'était pas heureux à l'idée de couler le bateau, et Derry l'a menacé. Il a aussi dit que la vente avec Rossi, cette dernière cargaison d'armes, lui permettrait de repartir en guerre contre l'IRA.

– Que proposez-vous de faire, Dillon ? demanda Ferguson.

– De ne plus se tracasser à aller voir le baron ou Rossi. Je vais aller toucher deux mots à Pat Murphy.

– Si tu vas chez ce fumier, je t'accompagne, dit Harry Salter.

Ferguson hocha la tête.

– Essayez tout de même de ne pas l'envoyer boire la tasse dans la Tamise.

– Ne dites pas de bêtises, Charles. S'il sert de couverture à Londres à Derry Gibson et à la Main rouge, il est trop précieux pour qu'on le perde.

South Audley Street. Marco s'assit en face de son père pour lui raconter ce qui s'était passé. Le baron trouva l'histoire plutôt amusante.

– Oh, le grand Harry Salter ne va pas être content du tout, j'imagine ! Mais cette autre affaire... Le *Mona Lisa*, la livraison d'armes. Est-ce que c'est raisonnable ?

Marco répondit exactement ce qu'il fallait :

– C'est une des dernières opérations que Kate Rashid avait mises sur pied avant de mourir, papa. Elle avait déjà travaillé avec Derry Gibson par le passé. Il comptait, et il compte encore, parmi ses plus fervents admirateurs. Il la considérait comme une grande dame. C'est ce qu'il m'a dit.

– Ah oui ? Il a bon goût, au moins. Ce chalutier espagnol, le *Mona Lisa*, combien d'hommes d'équipage ?

– Le capitaine, un certain Juan Martino, et cinq autres bonshommes. Tous des malfrats, bien entendu.

– Et quel rôle vas-tu jouer là-dedans ?

– Quand ils approcheront de Drumgoole, qui se trouve sur la côte du comté de Down en Irlande du Nord, ils passeront près de la côte ouest de l'île de Man. Je me suis organisé avec nos contacts sur place pour avoir une vedette rapide qui me permettra de rejoindre le chalutier.

– Est-ce vraiment nécessaire, Marco ?

– Non, mais ça me permet de m'éloigner un peu du bureau.

Le vieil homme rit.

– Alors vas-y, voyou. Mais reviens-moi sain et sauf. J'ai besoin de toi.

Le bar de l'Orange George ouvrait le matin dès neuf heures, car il offrait un véritable petit déjeuner irlandais à sa clientèle. La salle était paisible quand Dillon y entra. Janet, la barmaid, lisait le journal.

– Dites à Patrick que j'aimerais lui parler.

Au même instant la porte au bout du comptoir s'ouvrit sur Murphy. Quand il aperçut Dillon, une expression horrifiée se peignit sur son visage.

Dillon s'avança vers lui.

– Patrick, vieux frère, c'est moi, Sean Dillon.

Il le poussa contre le mur.

– Obéis sans discuter. Allez, ouvre le verrou de la porte de derrière.

Murphy, terrifié, s'exécuta. Harry et Billy entrèrent dans le pub. Ensemble, ils entraînèrent Murphy dans son bureau, dont ils fermèrent la porte.

Salter le fit asseoir sur une chaise et le gifla de toutes ses forces.

– Espèce d'enfoiré, tu as coulé mon bateau !

– C'est pas moi, monsieur Salter, je le jure.

Billy fit signe à son oncle de s'écarter.

– Laisse-moi m'occuper de lui.

Mais Dillon intervint :

– Non, c'est moi qui vais lui dire deux mots.

Il sortit un Walther d'une poche, puis de l'autre un silencieux Carswell qu'il vissa sur le canon.

– Comme ça, c'est beaucoup mieux. Personne n'entendra le moindre bruit. Je vais commencer par son coude gauche, et puis varier les plaisirs. Le genou droit, peut-être. Il marchera avec des béquilles pendant au moins six mois.

– Seigneur, non ! protesta Murphy, ivre de terreur. Qu'est-ce que vous voulez ?

– Derry Gibson. Nous allons oublier pour le moment que tu as coulé le *River Queen* de M. Salter. Parle-moi du marché conclu par Derry avec Rossi. La livraison d'armes.

– Jésus ! Derry me tuera. C'est un sadique, celui-là.

– Non. Le sadique, c'est moi, dit Billy Salter, et il le frappa deux fois en plein ventre. Maintenant, accouche et raconte à M. Dillon ce qu'il veut savoir, ou bien tu te retrouves coulé dans le béton frais de la nouvelle bretelle du périphérique nord.

Murphy, conscient qu'il était décidément en mauvaise compagnie, se mit à parler.

À Cavendish Place, Murphy resta dehors dans la voiture avec Baxter et Hall tandis que Billy, Harry et Dillon s'asseyaient avec le général dans son salon. Hannah se tenait près de la fenêtre.

– Cette affaire pourrait nous mener au désastre, dit Ferguson. Nous savons tous que le processus de paix est complètement dans les choux, les activités des groupes dissidents de l'IRA le prouvent, mais avec cette livraison d'armes les loyalistes vont avoir le vent en poupe.

– Nous devons confier l'affaire à la police d'Irlande du Nord, monsieur, dit Hannah.

– Nous ne pouvons pas nous le permettre, objecta Dillon. Si la police fait le moindre mouvement dans la région de Drumgoole, Derry Gibson le saura aussitôt. Non seulement il est là-bas chez lui, mais ses partisans ont tous de la famille parmi les flics.

– Alors que suggérez-vous ?

– La présence d'un étranger dans le coin éveillerait les soupçons.

– En ce cas qu'est-ce que nous devons faire ? Envoyer les SAS ?

– Rien d'aussi officiel que ça. La dernière fois que nous avons mené une opération de ce genre, nous avons pris un bateau à moteur au départ d'Oban. À partir de la base de sauvetage en mer de la RAF qui se trouve là-bas. Je ne vois aucune raison de ne pas faire la même chose ce coup-ci. Réservez-moi le bateau, trouvez-moi le bon équipement de plongée et suffisamment de Semtex, et j'irai sur place, en voyageant de nuit, pour faire sauter le *Mona Lisa* et l'envoyer en enfer.

– Tout seul ? demanda Ferguson.

– Pourquoi pas ? Une opération cent pour cent clandestine.

– Ça ne me plaît pas, Dillon, répliqua Hannah. C'est tout simplement illégal.

– Et moi, Dillon ? intervint Billy. La dernière fois que tu as fait ce genre de petit coup, je t'ai accompagné. La commissaire aussi, d'ailleurs.

– La commissaire n'est pas prête à venir parce que ça froisse sa conscience, et toi tu n'es pas en mesure de venir parce qu'il n'y a pas si longtemps que ça tu as pris une balle dans le cou et deux autres dans le bassin. Comme disaient les Allemands quand ils emmenaient quelqu'un au camp, pour toi la guerre est terminée.

– Va te faire foutre.

Dillon se tourna vers Ferguson.

– Vous voulez que ça se fasse, ou pas ? L'opération pourrait avoir un autre avantage, vous savez ? Ça pourrait bien être le truc qu'il nous faut pour titiller von Berger, le pousser à commettre une erreur. Si nous coulons son bateau, peut-être qu'il se passera quelque chose qui nous mettra sur la piste de ce foutu journal.

– Vous avez raison. Sur les deux points. Allons-y.

Ferguson regarda Hannah.

– Enfermez Murphy à la planque de St. John's Wood. Faites en sorte qu'il téléphone à l'Orange George et donne une excuse valable pour son absence.

– Si c'est ce que vous voulez, monsieur.

– Dillon vous présentera une liste du matériel, armes et explosifs, dont il a besoin. L'intendant s'en occupera. Ordonnez au commandant Lacey de préparer le Gulfstream. À votre avis, Dillon ? Départ demain vers... treize heures ?

– Ça me va, Charles.

– Excellent. Je vous retrouverai là-bas. Je viens avec vous.

Dillon cilla.

– Quoi ? Vous êtes cinglé.

– Pas aussi cinglé que l'homme qui s'imagine qu'il pourra mener tout seul un raid entre Oban et la côte du Down sur ce qui est généralement une mer très difficile. Avez-vous jamais entendu parler du concept de sommeil ? Je ne suis pas un amateur en matière de navigation. Je suis même un excellent marin.

– Je capitule, répondit Dillon en levant les mains.

À Farley Field le lendemain, Dillon se présenta à l'intendant, un sergent-major détaché de la Garde royale. Les deux hommes avaient travaillé ensemble à de nombreuses reprises.

– Et voilà, monsieur Dillon. Trois Walther, trois pistolets-mitrailleurs Uzi, trois browning, des grenades incapacitantes, et le Semtex que vous avez réclamé. Des crayons détonateurs de dix minutes, de trente, et de une heure.

– Excellent. Et l'équipement de plongée ?

– Vous le trouverez sur le bateau à Oban. C'est le *Highlander*, que vous avez déjà utilisé par le passé. Deux combinaisons standard, des palmes, tous les accessoires habituels...

– Pourquoi deux ?

– Il vaut toujours mieux avoir du matériel de rechange, monsieur.

– Oui, j'imagine.

La Daimler arriva à ce moment-là. Ferguson en descendit. Son chauffeur sortit un sac du coffre et le confia à Parry, qui monta dans l'avion le remettre au sergent Walters.

– Sportif, Charles, aujourd'hui, observa Dillon. Un velours côtelé, un pull. Sympa !

– Très drôle, dit Ferguson.

C'est alors qu'un Shogun s'arrêta près d'eux, Harry Salter au volant, Billy sur le siège passager. Billy portait un blouson d'aviateur noir, et il avait un sac de voyage à la main.

– Nom de Dieu, fit Dillon, qu'est-ce qui se passe ?

– Je pars moi aussi en balade, voilà ce qui se passe. Vous deux, vous êtes un peu âgés. Vous avez besoin d'aide, conclut Billy avec un large sourire.

Dillon regarda Ferguson, qui haussa les épaules.

– Il a beaucoup insisté. Je me suis dit pourquoi pas ? S'il veut aller en enfer, c'est son problème.

– Mais fais attention à me le ramener en un seul morceau, Dillon, grogna Salter. Sinon...

– Je vois le tableau, Harry.

Dillon se tourna vers Billy en secouant la tête.

– Un peu âgé, que tu dis ? OK. Grimpe dans l'avion, alors, gamin.

10

À Oban, le commandant de la base RAF de sauvetage en mer vint personnellement les accueillir quand il apprit que Ferguson était à bord de l'avion. Ils furent ensuite conduits au port, dans une voiture banalisée, par deux sergents qui s'appelaient Smith et Brian.

– Je crois que nous nous sommes déjà rencontrés, fit Dillon tandis qu'ils s'arrêtaient sur le quai.

– Pas selon les registres officiels, monsieur, dit Brian avec un sourire de connivence. Vous reconnaissez peut-être le *Highlander*, là-bas... ? À deux cents mètres devant nous.

– Je ne peux pas dire que je suis impressionné, dit Ferguson.

– Ce n'est pas le but, répliqua Dillon. Sous ses airs déglingués, ce bateau possède deux hélices de propulsion, un profondimètre, un radar, le pilote automatique – et, surtout, il file à plus de vingt-cinq nœuds.

– Nous avons une baleinière pour vous y emmener avec votre matériel, ajouta le sergent Brian.

Quarante minutes plus tard, ils étaient installés à bord.

– Je ne sais pas ce que vous allez faire, dit Brian, mais en tout cas bonne chance. Vous avez ici un canot pneumatique de première classe, avec un moteur hors-bord, qui devrait vous donner entière satisfaction. Maintenant nous allons vous laisser.

– Merci, dit Ferguson.

Les sergents s'éloignèrent dans la baleinière. Dillon se tourna vers le général.

– Billy a déjà navigué sur ce bateau. Je le laisse vous montrer tout ça. Moi, je vais appeler Roper pour voir s'il a du neuf.

Roper était assis devant ses ordinateurs, en train d'examiner les résultats de sa dernière opération de piratage dans le système des Rashid.

– Qu'avez-vous à me dire sur le *Mona Lisa* ? demanda Dillon.

– Il est parti d'un petit port de pêche du nord de l'Espagne qui s'appelle San Miguel. Ce port est un repaire de contrebandiers en tous genres, mais peu importe. Le bateau est un authentique chalutier espagnol de pêche en haute mer, avec une licence européenne qui lui permet de remonter jusque dans les eaux des côtes de Cornouailles et du pays de Galles, ainsi que dans la mer d'Irlande.

– Quel est son cap ?

– D'après les derniers relevés des gardes-côtes, il devrait passer près de l'île de Man demain, puis se laisser dériver pour pêcher vers la côte du Down.

– Comme c'est pratique. Autre chose ?

– Pas vraiment. Je suis sûr, par exemple, que vous vous fichez éperdument de savoir qu'un avion de Berger International doit atterrir sur l'île de Man, avec à bord un certain Marco Rossi.

Dillon rit.

– Voyez-vous ça !

– Si c'est une promenade en mer qu'il a en tête, il va avoir des surprises. Demain et demain soir, la météo prévoit des bourrasques de pluie et une mer très forte. Vous saurez où vous êtes !

– Ça devrait être intéressant.

– Est-ce que vous avez une stratégie, Sean ?

– Ouais. La stratégie, c'est de faire péter le *Mona Lisa* pour l'envoyer au fond de la mer d'Irlande, et avec lui deux millions de livres sterling d'armes de guerre.

– Et l'équipage ? J'ai un capitaine Martino sur la liste, et cinq autres bonshommes : Gomez, Fabio, Arturo quelque chose, et puis un Erico et un Sancho. Allez-vous les tuer tous, Sean ?

– Pourquoi pas ? Ils forment une sacrément jolie brochette d'ordures. Ils trafiquent tout ce que vous pouvez imaginer, m'a-t-on dit, de l'héroïne jusqu'aux êtres humains, sans parler des armes. Ils n'avaient qu'à pas venir, s'ils ne voulaient pas risquer leur peau.

– Ça me va. On reste en contact. Je vous rappelle demain au plus tard.

– Parfait, mais continuez de fouiner du côté de Berger. Je suis convaincu que Rossi est responsable de la mort de Sara Hesser.

– Je vais voir ce que je peux faire.

Une chape de brume et de pluie couvrait Oban. Au-delà de Kerrera, les eaux semblaient terriblement agitées dans l'estuaire de Lorn. Des nuages menaçants coiffaient les sommets des montagnes.

– Je sais que je me répète, gémit Billy, mais quel coin atroce. Je veux dire... Il pleut tout le temps, nom de Dieu.

– Nan, Billy, il pleut que six jours par semaine, répondit Dillon, puis il se tourna vers Ferguson. J'ai pas raison, général ?

– Sans doute, Dillon, comme d'habitude.

– Ben tiens ! S'il vous plaît, venez avec moi à la timonerie.

Il y avait une trappe sur le côté de la console à instruments. Dillon actionna un loquet pour l'ouvrir. À l'intérieur, on trouvait une planche à fusibles et quelques vis saillantes. Il ouvrit un des sacs d'armes, prit un browning équipé d'un chargeur de vingt balles qui dépassait de la crosse. Il le cala entre les vis, puis ajouta un Walther.

– Des atouts de réserve, dit-il en refermant la trappe.

– Bonté divine, vous ne plaisantez pas, observa Ferguson.

– Je prends toujours mes précautions, Charles. Maintenant, allons à terre pour dîner.

La nuit, qui arrivait de bonne heure à cette latitude, commençait déjà à tomber. Dillon alluma les feux de pont, puis ils gagnèrent le port d'Oban dans le pneumatique. Un pub, au bord du quai, servait à manger. Ils s'y installèrent. Le menu proposait de la tourte à la viande et aux pommes de terre. Ils en commandèrent tous les trois.

– Je vais prendre un double whisky, Dillon, dit le général. Billy, que voulez-vous ?

– Billy ne boit jamais.

– Je déteste le goût de l'alcool, dit le jeune homme.

– C'est dans la Bible, dit Dillon. «Le vin est moqueur, les boissons fortes sont tumultueuses.»

– Ouais, mais toi ça ne t'empêche pas de boire.

– C'est exact.

Dillon but d'un trait le Bushmills que lui avait apporté le serveur.

– Qui plus est, je vais en prendre un autre.

– Je désespère de vous, Dillon, dit Ferguson.

Et puis les tourtes arrivèrent et mirent fin à la conversation pour le moment.

Plus tard, de retour sur le *Highlander*, ils s'assirent à la poupe sous le taud en toile qui les protégeait de la pluie battante.

– Alors, quel est le programme? demanda Ferguson.

– Roper m'a appris que le *Mona Lisa* doit passer demain aux abords de l'île de Man. Et devinez qui se pointe là-bas dans un avion de Berger International? Marco Rossi.

– Vous ne me l'aviez pas dit.

– Celle-là, je vous la réservais, général. Je crois que ça veut dire qu'il envisage d'atteindre Drumgoole pendant la nuit.

– Ça pourrait bien être le cas. Quand nous arriverons là-bas, quelles sont vos intentions?

– Comme j'ai dit à Roper, je vais faire péter ce foutu bateau, et ne me demandez pas ce qu'il adviendra de l'équipage. Ces types sont tous ce que les Italiens appelleraient des *animali*. Avec un peu de chance, il se pourrait même que Rossi soit à bord.

– Vous êtes véritablement seul, dans cette aventure, Dillon. Je m'interroge au sujet de Derry Gibson.

– Dans quel sens ?

– Il pourrait nous poser de sérieux problèmes. Cette organisation, la Main rouge de l'Ulster – d'où ont-ils tiré un nom aussi absurde, d'ailleurs ?

– C'est leur intelligence simpliste d'Irlandais, Charles. De votre part je m'attendais à ce que vous compreniez vous-même, avec votre sainte mère qui était originaire de Cork.

– D'accord, je vois ce que vous voulez dire. Mais revenons à Derry Gibson. Cette histoire pourrait relancer une guerre civile plus terrible que jamais entre catholiques et protestants.

– Que voulez-vous que je fasse ? Que je descende Gibson ?

– Ce ne serait pas une mauvaise idée.

– C'est ça, dit Billy. Lui, c'est Wyatt Earp, moi Doc Holliday, et vous aimeriez bien que Derry Gibson et Rossi se retrouvent dans des cercueils dans la vitrine du croque-mort, comme à Dodge City, les mains croisées sur le ventre et les yeux fermés.

– Vous savez quoi, Billy ? Je n'aurais pas pu dire mieux les choses, répondit Ferguson en se mettant debout. Quant à moi, je vais me coucher tôt. On se revoit demain matin. J'ai juste une dernière question. Nous allons nous rapprocher de Drumgoole... Les gens du coin ne vont-ils pas se demander qui nous sommes ?

– Pas si nous sortons les filets qui sont dans la cale et que nous les disposons autour du pont. Il y a des tas de bateaux de pêche au large de la côte du Down.

– C'est bien comme ça.

Ferguson entra dans la cabine et descendit l'escalier.

– Ce type est un tel gentleman, dit Billy. Mais tu sais quoi ? Je crois bien qu'il est encore plus dur qu'Harry. Et ce n'est pas peu dire.

– C'est ce genre de bonhomme qui nous a bâti l'Empire, Billy. Mais attention, il a raison au sujet de Derry Gibson. Je vais y réfléchir.

– Tu veux dire que tu envisagerais de le buter ?

– Pourquoi pas ? J'ai tué pour de plus mauvaises raisons. Une fois, tu sais, il y a longtemps, je lui ai sauvé la vie. Nous étions dans les égouts, à Londonderry, pourchassés par les paras anglais alors que nous étions dans des camps ennemis. Je lui ai dit de continuer à courir et de ne pas revenir, ou bien je le tuerais.

– Et maintenant ?

– J'ai comme l'impression qu'il est quand même revenu. Allez, viens. Au lit.

Dillon disparut dans la cabine.

Le lendemain matin, il pleuvait toujours à verse. Ferguson monta sur le pont et découvrit Dillon en train de se baigner dans la mer. Et de jouer avec deux phoques. Billy, accoudé à la rambarde, observait le spectacle.

– Il est cinglé, marmonna le jeune homme.

– Oui. Je sais cela depuis déjà quelques années.

– Je veux dire, pensez s'il doit se les geler !

Dillon nagea jusqu'à l'échelle de corde et se hissa sur le pont.

– Ce grand appétit que ça vous donne, Charles !

La radio crépita dans la timonerie.

– Allez répondre, général, ça pourrait bien être Roper. Je vais m'habiller.

En effet, c'était Roper.

– Ah, c'est vous, général. Je voulais vous donner les dernières nouvelles. L'avion de Rossi atterrit ce matin à onze heures à Ronaldsway sur l'île de Man. Le *Mona Lisa* est à quatre milles au large, et il est prévu qu'il se rapproche de la côte dans l'après-midi. La météo n'est pas bonne du tout, donc je dirais qu'il ne sera pas à proximité de Drumgoole avant ce soir. Difficile de savoir. Le mauvais temps rend les prévisions incertaines.

– D'accord. Merci, Roper.

Ferguson se tourna en entendant Dillon entrer dans la timonerie et le mit au courant. L'Irlandais consulta la carte.

– J'ai déjà fait ce genre de traversée, donc je sais ce que je fais, mais... la météo pue vraiment. Regardez ça, Charles.

Toute la région d'Oban était noyée dans la brume.

– Putain de sale climat, grogna Billy.

– D'accord, fit Dillon. Laissons-lui le temps d'atterrir à onze heures, puis de se faire conduire à travers l'île jusqu'à la côte. Là, un bateau quelconque l'emmène jusqu'au *Mona Lisa*. Il est deux heures, au plus tôt, avant qu'il ne monte à bord et que le bateau ne prenne la direction de l'Ulster, mais avec cette météo...

Il secoua la tête.

– Qu'en pensez-vous, Charles ?

– Trois heures, au plus tôt.

– OK. Nous partirons à deux heures, donc. Pour le moment, retournons à terre pour savourer un véritable petit déjeuner écossais... et d'après ce que je vois, trouver des comprimés contre le mal de mer pour Billy.

Le vol de Londres à Ronaldsway avait été difficile. Rossi, ancien pilote de Tornado, appréciait toujours de prendre les commandes pendant un moment, mais là les conditions avaient été pénibles – dangereuses, avec les vents latéraux qu'il avait trouvés à l'aéroport – même s'il avait réussi à poser l'avion seul. Un employé Rashid de la région l'avait accueilli et emmené en voiture de l'autre côté de l'île, où l'attendait une vedette.

Les deux hommes d'équipage avaient aussitôt pris la mer. Dès qu'ils avaient quitté la protection relative de la jetée, le bateau s'était retrouvé ballotté par des vagues brutales et noyé sous un épais brouillard. Il leur avait fallu une heure pour trouver le *Mona Lisa*. Ils s'étaient approchés du flanc du chalutier espagnol, dont les filets pendaient à la poupe. Les deux bateaux s'étaient déjà heurtés deux fois, rudement, tandis que des hommes se penchaient par-dessus le bastingage du chalutier avec des grappins.

Rossi saisit sa chance à la troisième tentative et sauta sur le pont du *Mona Lisa*. Il se tourna aussitôt pour faire signe aux hommes de la vedette de s'éloigner ; le capitaine lui rendit son salut et mit les gaz.

Trois ou quatre hommes, près du bastingage, lorgnaient Rossi de la tête aux pieds. Il les ignora pour se diriger vers la timonerie. La porte s'ouvrit sur un homme en caban et casquette de marin, mal rasé, avec une cigarette éteinte au coin des lèvres.

Il ne méritait aucun autre qualificatif que celui de

sale brute. Il dévisagea Rossi avec une expression plutôt méprisante.

– Je m'appelle Martino, et je suis le capitaine.

– Et moi, je suis Marco Rossi, votre patron.

Deux hommes s'esclaffèrent. Martino alluma sa cigarette.

– Vous croyez m'impressionner ?

Rossi tendit le bras et lui attrapa l'oreille gauche en enfonçant son pouce bien profond dans le pavillon, sortit un Walther de sa poche et le lui planta sous le menton.

– Maintenant vous avez deux solutions. Soit vous continuez d'être employé par la maison Rashid et de vous faire un joli paquet de fric, soit je vous explose la cervelle tout de suite en vous tirant une balle à travers la mâchoire. Elle ressortira du crâne en vous pulvérisant la nuque. Pas très joli à voir.

Martino essaya de sourire.

– Eh, *señor*, il doit y avoir une erreur...

– Pas de ma part. De la vôtre. Essayez de m'embrouiller et vous êtes fini. Est-ce qu'on se comprend ?

– Parfaitement, *señor*.

– Bien. Mettons-nous au travail.

Il entra dans la timonerie. Les hommes d'équipage regardèrent Martino, qui hocha la tête, puis se remirent à leurs tâches respectives.

Vers le milieu de l'après-midi, le *Highlander* parti d'Oban avançait sur une mer agitée, à quelques milles de distance de l'île de Man dans la mer d'Irlande. Dillon tenait la barre, Billy était devant la table des cartes, Ferguson en bas dans la cabine.

La brume était si épaisse, et la pluie tellement intense, qu'ils avaient l'impression d'être déjà au soir, comme si la nuit tombait en avance. Dillon aperçut un ferry irlandais dont les feux de navigation rouges et verts étaient allumés.

Ferguson entra dans la timonerie avec trois tasses de thé sur un plateau qu'il posa sur la table. Il examina quelques instants la carte, puis alluma la radio de bord pour écouter le bulletin météo.

– Ça va empirer avant de revenir à quelque chose de plus clément. Il vaut mieux me laisser prendre la barre, Dillon.

L'Irlandais ne s'y opposa pas. Ferguson modifia le cap de quelques degrés, puis augmenta la vitesse pour prendre de l'avance sur le gros temps, très menaçant, qui arrivait par l'est. Les vagues devenaient de plus en plus fortes.

– Seigneur, dit Billy. Je suis mort de trouille.

– Pas la peine. Le général sait ce qu'il fait. Moi, je descends à la coquerie nous préparer des sandwichs au bacon.

– Pas pour moi. J'ai trop envie de vomir mes tripes.

– Prends encore des pilules contre le mal de mer, conseilla Dillon avant de sortir.

Il remonta une demi-heure plus tard avec les sandwichs sur une assiette. Ferguson était seul.

– Qu'est-il arrivé à notre garçon prodige ?

– Il a avalé deux comprimés et il est allé s'allonger. Je peux vous dire que ça sent drôlement bon.

– Servez-vous.

Ferguson alluma le pilote automatique et prit un

sandwich. Dillon versa du whiskey dans deux tasses en plastique. Ils mangèrent dans un silence amical. Il faisait vraiment sombre, à présent, beaucoup plus tôt que d'habitude, et la mer semblait presque phosphorescente.

– Vous avez l'air dans votre élément, observa Dillon.

– J'ai toujours aimé la mer, depuis tout petit. Je naviguais beaucoup autrefois sur la côte du West Sussex, jusqu'à l'île de Wight et à la Solent. J'adorais ça.

Ferguson but le whiskey.

– Je vais en manger un deuxième, dit-il, et il se servit un autre sandwich. Ce browning, avec le chargeur de vingt balles que vous avez mis sous la trappe... Ça m'a renvoyé à mon passé, savez-vous.

– Ah oui?

– Hmm... En 1973, j'ai pris un congé longue durée. J'étais commandant, à l'époque. J'avais plutôt bien réussi pour mon âge. J'ai fait la traversée de l'Atlantique en solitaire, de Portsmouth à Long Island. Il fallait que ce soit Long Island, parce que j'avais un oncle qui vivait là-bas. Il était général, lui aussi. La branche américaine de ma famille.

– Bel exploit.

– Thérapie, Dillon, thérapie.

Ferguson avala son sandwich et reprit la barre.

– Thérapie? Comment ça?

– Eh bien, en partie parce que j'avais pris une balle dans l'épaule. Mais il y avait autre chose. C'était psychologique. J'avais besoin de faire le point avec moi-même au sujet de certaines choses dont j'étais capable.

Dillon servit de nouveau du whiskey dans les tasses.

– Et c'était quoi, ces choses dont vous étiez capable ?

– Jamais je n'ai fait partie des SAS, Dillon. Ce que vous avez toujours ignoré, c'est que je servais dans le Code Nine Intelligence.

Il venait de nommer une des unités militaires les plus tristement célèbres du royaume, impliquée dans la lutte clandestine contre l'IRA.

– Seigneur...

– C'était une façon infernale de gagner sa vie que d'être là-bas à Londonderry en 1973, mais bon... j'y étais ! Trente ans, Oxford, Sandhurst, Malaya, les rebelles communistes au Yémen, Eoka à Chypre, et puis le tour de l'Irlande est arrivé. J'avais vraiment hâte de passer des Grenadier Guards à un poste dans la contre-insurrection.

– Vous vouliez retrouver l'odeur de la poudre ?

– De la guerre, Dillon. J'étais fiancé depuis trois ans, avec une fille adorable qui s'appelait Mary. Elle-même venait d'une famille de militaires. Sauf qu'elle n'appréciait pas la chose. Attention, tout de même. Elle est restée avec moi jusqu'à Cork Street.

Il parlait comme s'il était seul, à présent, et s'offrait une sorte de voyage solitaire dans son passé.

– Cork Street ? Qu'est-ce que c'est que ça ?

– C'est là que j'ai gagné ma Military Cross. Une de celles qui ont été décernées en Irlande du Nord pour des raisons jamais vraiment explicitées.

Dillon le dévisagea avant de demander doucement :

– Et quelle raison ce serait, cette fois-là, Charles ?

– Eh bien... Je servais d'agent de liaison entre deux planques des SAS. Un soir, assez tard, alors que je faisais le trajet entre les deux... Comme nous l'avons découvert par la suite, ma couverture avait été démasquée... Pendant que je descendais Cork Street, près des docks, une voiture est arrivée derrière moi. Et puis une seconde a débouché d'une ruelle transversale pour venir me barrer le passage.

– Attendez une seconde ! Juillet 1973, Londonderry... Le massacre de Cork Street. C'est comme ça qu'on a appelé cette histoire. Les SAS ont abattu cinq types de l'IRA provisoire. Une affaire infernale.

– Non, les SAS n'ont rien fait du tout. C'est moi qui ai abattu ces cinq bonshommes.

Dillon entendit un léger bruit derrière son dos. Il se tourna pour voir la porte entrouverte sur Billy, qui semblait les écouter depuis un moment.

Ferguson le regarda.

– Entrez donc, Billy. Oui, Dillon, la deuxième voiture m'a barré le passage et celle qui était derrière s'est arrêtée tout près. Il y avait trois types de l'IRA devant et deux derrière. Ils se sont mis à crier : « Sors de ta caisse, fumier d'Anglais ! » J'ai toujours trouvé la remarque assez amusante, moi qui suis à moitié irlandais. C'est à cause de mon accent des beaux quartiers, vous savez.

– Qu'est-ce que vous avez fait ?

– J'avais ce que vous avez là-dedans, un browning avec un chargeur de vingt balles, posé sur le siège passager. Un des hommes s'est approché et a brusquement ouvert ma portière. Je l'ai tué d'une balle entre les yeux, puis j'ai abattu ses deux amis à travers la portière ouverte. J'utilisais des balles à tête creuse. Dévastatrices.

– Et puis ?

– Les deux hommes de la voiture de derrière se

sont précipités dehors. Le premier s'est mis à tirer comme un forcené et il a eu de la chance. Il m'a touché à l'épaule gauche. J'ai arrosé leur voiture, une espèce de réflexe, je l'ai tué et le conducteur aussi. Puis j'ai démarré sans attendre et j'ai réussi à rejoindre une des planques. Les SAS m'ont soigné et m'ont évacué le lendemain matin.

– Seigneur, fit Billy. Vous avez tué cinq types.

– Qui sont tous montés au merveilleux paradis de l'IRA, là-haut dans le ciel. Pendant que moi, les médecins me remettaient sur pied, puis que mes maîtres me décernaient la Military Cross – car ils n'avaient pas le choix, à vrai dire. La perte de cinq membres de la brigade de Londonderry était tellement embarrassante que l'IRA provisoire a déclaré que c'était une atrocité de plus à mettre au compte des SAS. Et dans la mythologie du républicanisme irlandais, c'est resté comme tel.

Dillon sentait que tout n'était pas encore dit pour Ferguson.

– Que s'est-il passé, ensuite ?

– Oh, j'ai reçu un coup de fil m'enjoignant de passer prendre une médaille des mains de Sa Majesté au palais de Buckingham. J'ai demandé à Mary de m'accompagner. Elle m'avait rendu visite à l'hôpital. Naturellement, elle avait voulu savoir comment j'avais été blessé, pourquoi, et je lui avais tout expliqué.

– Et... ?

– Elle m'a renvoyé sa bague de fiançailles par coursier, avec une lettre dans laquelle elle expliquait qu'elle ne pouvait en aucun cas épouser un homme qui avait tué cinq personnes.

– Hmm, qu'elle aille se faire voir, marmonna Billy.

– C'est un point de vue. Quoi qu'il en soit, je suis allé au palais tout seul. Une sale journée. Pluvieuse, elle aussi. Le régiment était fier de moi. On m'a donné une permission.

– Dont vous avez tiré profit pour aller en bateau jusqu'à Long Island, dit Dillon. Vous pensiez qu'un voyage en mer, seul, à la dure, vous aiderait à vous remettre les idées en place.

– Quelque chose dans le genre.

– Mais à la fin vous étiez encore le type qui avait tué cinq bonshommes, n'est-ce pas ?

– C'est exact.

– Général, dit Billy. Ils l'avaient cherché et ils ont eu ce qu'ils méritaient.

– C'est vrai. J'ai fait mon devoir et ça m'a coûté Mary, dit Ferguson, puis il esquissa un sourire en regardant Dillon. Dieu sait pourquoi je me suis cassé la tête à vous raconter ça, après toutes ces années ! Je suppose qu'avec l'âge je deviens excessivement sentimental. Prenez la barre. Moi, je vais descendre me reposer un moment.

Il tourna les talons et sortit.

– Mon Dieu, marmonna Billy. J'avais dit qu'il était plus dur qu'Harry, mais jamais je n'aurais imaginé un truc pareil.

– Oh, il avait probablement tué avant ça, dans toutes les sales petites guerres auxquelles il a participé. Mais Cork Street, ça a été son coup de maître.

Dillon s'alluma une cigarette.

– Tu te souviens de ce que je t'ai dit à propos des hommes qui prennent en charge les sales trucs que les gens ordinaires sont incapables d'affronter ? Les soldats ? Je suis un soldat, que ça plaise ou non, et toi aussi. Et puis, nous avons Charles Ferguson, un homme raisonnable et honnête qui aurait pu être banquier ou avocat, mais qui a choisi de passer sa vie à sauver son pays.

Derrière eux, Ferguson, qui se tenait encore sur le seuil de la timonerie, dit :

– C'est gentil à vous, Dillon, mais n'en rajoutons pas. Et, en ce qui concerne le cap, je vous conseillerais quelques degrés de plus à l'ouest.

À Drumgoole, dans l'arrière-salle du pub, Derry Gibson mangeait des œufs au bacon que lui avait apportés le patron, un certain Keith Adair qui était son bras droit dans ce petit village de pêcheurs.

– Est-ce qu'il y a autre chose pour ton service ? demanda Keith.

– Non, c'est parfait comme ça. C'est la météo qui ne me plaît pas. Il fait un temps de chien et ça va encore empirer. J'avais espéré que le *Mona Lisa* pourrait accoster à la jetée près de l'ancienne carrière de pierre. Si ça se dégrade comme prévu, le capitaine devra jeter l'ancre dans la baie.

– Ça nous compliquera le déchargement, Derry. Mais bon, nous avons tout un tas de pêcheurs qui ne demandent pas mieux que de s'en occuper.

– Humm, on peut compter sur eux, je sais bien. Et les flics ?

– Ils ont fermé le poste, Derry. Il y a des problèmes du côté de Castleton, alors ils sont tous partis là-bas pour donner un coup de main.

– Excellent. Ils savent où est leur intérêt.

Le téléphone se mit à sonner. Adair décrocha et lui passa le combiné.

– Monsieur Gibson, c'est Janet, de l'Orange George.

– Je sais qui vous êtes, Janet. Quel est le problème ?

– Eh bien, je me demandais si vous saviez où est passé Patrick. Ça fait deux jours qu'on ne l'a pas vu. Il a téléphoné une fois, pour dire que son oncle Arthur venait de mourir et que je devais m'occuper seule du pub. Seulement nous sommes à court d'argent liquide, j'ai des factures à payer et je ne peux pas signer les chèques, alors j'ai pensé vous appeler, vu que c'est vous le vrai propriétaire...

– Une seconde, l'interrompit Derry. Patrick n'a pas d'oncle Arthur.

– Ah bon ? C'est pourtant ce qu'il a dit.

Derry Gibson, qui avait vécu de longues années à la dure, se redressa sur sa chaise. Il agita la main vers Adair, qui appuya sur le bouton du haut-parleur du téléphone.

– Quand avez-vous vu Patrick pour la dernière fois, Janet ?

– Dans la matinée du jour où vous êtes parti en avion à Belfast. Je préparais les petits déjeuners, et puis il y a un homme qui est entré dans le pub. Un type assez petit. Un blouson noir, un jean et des cheveux bizarrement blonds – presque blancs. Il a demandé à voir Patrick. Au même moment Patrick est entré dans la salle par la porte du fond.

– Que s'est-il passé ?

– Eh bien... le petit homme a dit : « Patrick, vieux

frère, c'est moi, Sean Dillon. » Il avait un accent de Belfast, comme vous, monsieur Gibson.

Derry Gibson se crispa.

– Et ensuite ?

– C'est tout. Rien de plus jusqu'à son coup de fil. Et puis aujourd'hui je parlais au vieux Kelly, qui vend les journaux dehors, et il m'a dit qu'il était étonné d'avoir vu Patrick monter dans un Shogun avec trois bonshommes, dont deux qu'il connaissait bien : Harry Salter et son neveu Billy. Des gangsters, des vrais durs à ce qu'il paraît.

Derry n'avait pas besoin d'en entendre davantage.

– Il se passe beaucoup de choses que vous ignorez, Janet. Continuez de faire tourner le pub Si vous regardez dans le tiroir de droite en haut de la table de Patrick, vous trouverez une carte de crédit au nom de la société. Servez-vous-en pour payer les factures. Je vous recontacterai prochainement.

Il raccrocha et se tourna vers Adair.

– Sean Dillon et les deux Salter. Ça veut dire Ferguson.

– Seigneur, ils ont dû saigner Murphy pour le faire parler ! On est dans de sales draps.

– Non. Pas de la façon dont Ferguson et Dillon travaillent, répliqua Gibson avec une expression sévère. Eux, ils mènent toutes leurs opérations de manière clandestine. Pas de police, pas de SAS, juste Dillon et son entourage. Il a toujours joué le jeu de cette façon.

– Ce qui signifie ?

Gibson rit. Comme si la situation, tout compte fait, l'amusait beaucoup.

– Ça signifie qu'il est déjà en mer, cap sur le *Mona Lisa*.

– Qu'est-ce qu'il faut faire ?

– Lui faire bon accueil, bien sûr, le dernier qu'il aura jamais sur cette terre. Je vais appeler Rossi et lui dire à quoi s'attendre.

Sur la passerelle du *Mona Lisa*, Martino était à la barre et Rossi se tenait à côté de lui tandis que le bateau fendait les vagues dans l'obscurité de plus en plus profonde. La radio de bord sonna, Martino répondit.

– C'est pour vous.

Rossi prit le combiné et écouta Gibson.

– Entre les mains de Dillon, précisa l'Irlandais, Murphy aura à coup sûr vidé son sac.

Rossi se sentait étrangement calme, pas le moins du monde déconcerté.

– Dillon, c'est vraiment un type à part, conclut Gibson.

– On procède comment, à votre avis ?

– Eh bien, pour le moment, c'est au capitaine de décider. S'il peut venir jusqu'à la jetée, parfait. Si la mer est trop forte, jetez l'ancre dans la baie. J'ai des renforts ici, à Drumgoole. Mais sortez vos armes et veillez au grain. Guettez le moindre bateau qui vous approchera.

– Vous pensez vraiment que Dillon est en mer ?

– Ça ne m'étonnerait pas. Ferguson et lui considèrent sans doute le *Mona Lisa* comme une cible de première importance, et ils feront la chose à leur façon. Écoutez : toutes ces salades sur l'Irlande du Nord et les initiatives de paix, c'est de la merde, parce que l'IRA et le Sinn Féin ont abusé du système et que le gouvernement britannique les a laissés faire. Je suis un bon protestant orangiste, et je sais de quoi je parle puisque les gens comme Ferguson me mettent dans le même sac que l'IRA.

– Où voulez-vous en venir ?

– Je veux dire que Ferguson ne respecte pas les règles du jeu, parce qu'il sait que le système judiciaire ne fonctionne pas. C'est pour ça qu'il a Sean Dillon avec lui. Il va nous tomber dessus. À la dure.

Gibson raccrocha. Rossi resta un moment immobile, songeur, puis se tourna vers Martino.

– Sortez les armes et dites à vos hommes de monter la garde. Tous les bateaux alentour doivent être observés avec méfiance.

– Pourquoi, *señor* ?

Rossi eut un sourire maussade.

– Nous allons avoir de la compagnie, capitaine.

11

Tandis que le *Highlander* fendait les vagues démontées en direction de la côte d'Irlande du Nord, Dillon reçut un appel de Roper.

– La météo est très dure, dit Dillon. Et ça va en empirant.

– Si le *Mona Lisa* est près de Drumgoole, essayez d'agir vers l'entrée de la baie, en face de la jetée de la vieille carrière. Il y a une faille juste en dessous. Cent vingt mètres de profondeur.

– Merci, ça va nous aider.

– Et s'il vous plaît, faites attention. Il y a pas mal de remue-ménage là-bas. Évitez, pour l'amour du ciel, de ne penser qu'au grand Sean Dillon et à sa mission de sauveur du monde.

La voix de Roper grésillait dans le haut-parleur de la radio. Dillon échangea un regard avec Ferguson et Billy qui écoutaient la conversation.

– Message reçu et compris, Roper. Ceux qui vont mourir vous saluent ! Sauf que je ne prévois pas de mourir tout de suite. Cette météo, c'est peut-être bien exactement ce dont nous avons besoin. Terminé.

Dillon trouva une bouteille de rhum, du Lamb's Navy, dans le tiroir des fusées éclairantes. Il l'ouvrit et en but une grande gorgée. Il la tendit ensuite à Ferguson.

– Vous allez en avoir besoin, Charles.

Le général n'hésita pas. Il but, essuya le goulot et proposa la bouteille à Billy qui secoua la tête.

– Non, ça va aller. J'ai tellement peur, nom d'un chien, que je n'ai même plus le mal de mer.

Ferguson continuait de tenir la barre ; le bateau répondait étonnamment bien.

– Et maintenant, que se passe-t-il ?

Dillon se pencha sur la table des cartes.

– Je ne sais pas. Si le *Mona Lisa* accoste à la jetée, tant mieux. S'il jette l'ancre dans la baie, j'irai en plongée avec du Semtex et des crayons détonateurs. Je grimpe sur le chalutier, je pose, je reviens. Le fond du bateau explose et il coule.

– Ça ne sera pas très profond, s'il est à la jetée.

– On verra. La baie ce serait mieux, en effet. Là-bas il y aura une sacrée pagaille. Dieu vienne en aide aux petits bateaux du port et aux bateaux de pêche qui seront dans le coin.

– Alors on attend, c'est ça ? demanda Ferguson.

– Exactement, Charles, répondit Dillon en souriant. Nous sommes entre les mains de la météo. À présent, je vais descendre enfiler ma combinaison et me préparer.

– Moi aussi, dit Billy.

– Aucune chance ! Tu peux prendre la barre du pneumatique et m'approcher de la cible, mais rien de plus. Ouvre le sac d'armes et prépare ce qu'il faut, je n'en ai pas pour longtemps.

À Drumgoole, dans le port, la situation était catastrophique. Le vent qui soufflait de la mer d'Irlande atteignait en rafales la force sept. Les plus petits bateaux se voyaient déjà arrachés de leurs amarres et projetés contre les murs du port. D'autres étaient aspirés vers la mer, du côté opposé de la jetée. Au milieu de ce désordre, le *Mona Lisa* apparut dans la brume, ses feux de pont allumés, comme une espèce de navire fantôme, un peu vieillot avec sa haute superstructure. Martino et Rossi se tenaient sur la passerelle.

La voix de Derry Gibson crépita dans la radio de bord :

– N'approchez pas plus, vous vous écraseriez contre la jetée. Mettez l'ancre à l'eau et, si vous avez de la chance, vous accrocherez à vingt ou vingt-cinq mètres de profondeur. Il y a aussi une faille de cent vingt mètres, juste là, donc je ne peux pas grand-chose pour vous.

– Des nouvelles de nos amis ? demanda Rossi.

– Nom de Dieu, Marco ! S'ils sont dans les environs, ils sont autant en danger que nous autres. Je vais vous rejoindre. Nous avons un canot de la Société royale de sauvetage en mer. Ces engins peuvent tenir dans n'importe quelles conditions. On se voit bientôt.

Un peu plus loin dans la baie, le *Highlander* s'arrêta et Ferguson mit une ancre flottante à l'eau. Dillon, en combinaison de plongée, surveillait le *Mona Lisa* avec des jumelles de nuit. Billy faisait la même chose.

– Dillon, je vois des bateaux qui sortent du port et qui rebondissent contre la coque du *Mona Lisa* comme des balles de caoutchouc.

– Et qui se brisent en éclats, Billy. J'en ai déjà compté trois qui sont sur le point de couler. Le *Mona Lisa* a jeté l'ancre.

Dillon lâcha les jumelles et posa le sac d'armes sur la table des cartes. Il sortit un étui de bras dans lequel il glissa un browning équipé d'un chargeur de vingt balles comme celui qu'il avait caché sous la trappe à fusibles, puis passa un sac étanche en travers de son épaule – avec à l'intérieur trois blocs de Semtex et des crayons détonateurs de dix minutes. Il glissa une ceinture gonflable autour de sa taille.

– Pas de gilet pare-balles ? demanda Ferguson.

– Si. J'ai un gilet en titane sous ma combinaison, Charles, la meilleure protection qui se puisse trouver.

– Que voulez-vous que je fasse, moi ?

– Que vous croisiez le *Mona Lisa* par la poupe. Nous allons nous laisser dériver vers lui comme les autres bateaux. Je m'approcherai et je grimperai à la chaîne d'ancre.

– Vous comptez sur la chance ?

– Oh, la chance, nous en avons tous besoin, Charles.

– Et moi ? demanda Billy.

– Si je vis assez longtemps pour sauter à l'eau par-dessus le bastingage, ce dont j'ai tout de même bon espoir, il se pourrait que tu doives approcher avec le pneumatique pour me récupérer. Le moteur peut te faire grimper à soixante-dix kilomètres à l'heure. Je lancerai une fusée éclairante.

– Pas avec cette météo, objecta Ferguson.

Une terrible rafale latérale faillit retourner le bateau. Les trois hommes chancelèrent et agrippèrent quelque chose pour ne pas tomber.

– Tu ne peux pas y aller, s'écria Billy. C'est de la folie !

Dillon lui glissa un bras autour des épaules.

– Tu es un type formidable, Billy, mais tu dois savoir que je me fous complètement de ce qui m'arrive. Je vais faire péter cette saloperie de bateau et tous ceux qui sont dedans, que ce soit Gibson, Rossi... ou même moi, conclut-il avec une inébranlable conviction dans la voix.

Le *Mona Lisa* ruait au bout de son ancre tandis que divers bateaux, l'un après l'autre, essayaient de l'approcher et s'écrasaient contre sa coque. Sur le pont, c'était le chaos le plus total. L'équipage, qui auparavant se croyait prêt à tout – chaque homme était armé d'un AK 47 –, commençait à sérieusement paniquer en voyant le bateau tanguer d'un bord sur l'autre.

Le *Highlander* s'approcha lentement. Dillon se mit à l'eau juste au moment où ils passaient près de la poupe du *Mona Lisa*. Les vagues l'aspirèrent vers le chalutier, le soulevèrent, mais il réussit à attraper la chaîne d'ancre. Il resta là quelques instants, bien accroché à la chaîne grâce à ses gants en caoutchouc, tandis que le *Highlander* s'éloignait en reprenant de la vitesse.

Il commença à se hisser le long de la chaîne, ignorant les vagues qui le ballottaient furieusement, atteignit la coque et se glissa sur le pont. Il y avait là deux hommes d'équipage, Fabio et Gomez, complètement désemparés, secoués en tous sens par les vagues qui jaillissaient par-dessus les bastingages, et désespérément accrochés à leurs AK 47.

Ils eurent à peine le temps d'apercevoir Dillon mettre un genou à terre, browning en main. Il les tua tous les deux d'une balle en pleine tête.

En haut, sur la passerelle, ce fut Gibson qui identifia le premier le bruit de la détonation.

– Il est ici ! Ce fumier est ici.

– Qui donc ? demanda Martino.

– Dillon, imbécile !

Gibson sortit, regarda en bas, vit Fabio et Gomez gisant près des dalots.

– Là, regardez ! dit-il à Martino qui l'avait rejoint.

Le capitaine était horrifié.

– Je n'arrive pas à y croire.

À ce moment-là, Arturo et Enrico débouchèrent sur la partie centrale du pont, à bâbord, agrippés au bastingage pour lutter contre la mer démontée. Dillon, accroupi, les tua l'un après l'autre.

Il se déporta à bâbord, longea le bastingage, ignorant les vagues qui s'abattaient sur lui, et atteignit la proue du bateau. Il souleva la trappe de la salle des machines, prit les trois blocs de Semtex avec les crayons détonateurs et les jeta à l'intérieur.

Des balles criblèrent le pont derrière son dos. Il se tourna pour trouver un homme, Sancho, qui tirait dans sa direction avec un AK47. Et puis derrière, en haut sur la passerelle, Martino, Rossi et Gibson. Il semblait face à une mort inévitable, lorsque des balles crépitèrent de nouveau sur le pont. Sancho tomba à son tour. Martino fut projeté en arrière, Gibson se baissa et prit la fuite. Dillon, jetant un coup d'œil par-dessus son épaule, aperçut Billy à la barre du pneumatique et Ferguson, debout, qui arrosait le *Mona Lisa* avec le browning de la timonerie.

Il sauta par-dessus le bastingage et, quand le pneumatique passa devant lui, attrapa le filin que lui lançait Billy et se laissa emporter.

– Dehors, dehors, dehors ! cria Gibson à Rossi.

Il descendit l'échelle de corde contre le flanc du chalutier, sauta dans le pneumatique qui rebondissait contre la coque et lança le moteur tandis que Rossi le rejoignait. Quelques instants plus tard, le canot du *Highlander* apparut devant eux au milieu de la brume. Ferguson se tenait debout, armé du browning ; Dillon était derrière, dans l'eau, agrippé au filin. Le général n'eut pas le temps de tirer avant qu'ils s'éloignent.

– Ferguson et le jeune Salter, dit Rossi.

– Et Dillon, ajouta Gibson.

Derrière eux, les trois blocs de Semtex lâchés par Dillon dans la salle des machines explosèrent l'un après l'autre. Le *Mona Lisa* fut tout simplement pulvérisé. Les morceaux de la superstructure se dispersèrent dans les airs, pour retomber au milieu de la tempête. La poupe se souleva, le bateau pencha de côté et sombra juste au-dessus de la faille sous-marine. Il échouerait tout au fond. Il y eut de nouveau une explosion, étouffée, une énorme convulsion à la surface de la mer déjà déchaînée qui ballotta en tous sens les bateaux alentour – puis un calme étrange. Le vent diminua au même moment ; seule la pluie continuait de tomber, drue et implacable. Le pneumatique atteignit le *Highlander*, se colla contre son flanc.

Dillon se hissa à l'échelle de corde.

– Vous deviez être fantastique, dans votre jeunesse,

Charles, lança-t-il, parce que là vous avez été indescriptible.

– N'oubliez pas Billy et arrêtez de me passer de la pommade. Remontons à bord, et en route pour Oban. Nous avons fait ce que nous étions venus faire.

– Sauf que Marco Rossi et Derry Gibson sont encore debout.

– Nous nous occuperons d'eux un autre jour.

Rossi téléphona à son père.

– Je rentre demain. Je veux ficher le camp de ce maudit pays.

– Pourquoi ? Que s'est-il passé ?

Rossi s'expliqua ; le baron trouva l'histoire plutôt amusante.

– Ferguson, dit-il. Un homme de son âge ! Tu dois reconnaître, Marco, que c'est assez admirable de sa part.

– Ouais, sauf que ton *admirable* Ferguson nous a envoyé un bateau et deux millions de livres sterling d'armes par le fond.

– Reviens à la maison, nous reparlerons de tout ça.

Après avoir raccroché, le baron resta assis dans le salon, fumant une cigarette et sirotant un double cognac. Sans cesser de sourire.

Le *Highlander* fendait les vagues, barré par Ferguson. Billy entra dans la timonerie avec des sandwichs au bacon sur une assiette.

– Je vais vous dire un truc, vieux salopard, c'est

que vous avez été génial. Harry n'en croira pas ses oreilles quand je lui raconterai ça.

– Vous ne vous en êtes pas mal tiré, vous non plus, Billy.

Dillon apparut, séché, vêtu d'un jean et d'une chemise propres.

– Je le dis tout net, déclara Ferguson. Vous avez été complètement fou. Franchement, Dillon, vous devez avoir envie de mourir.

– Vous avez raison, général, mais ça nous a permis de faire notre boulot comme il le fallait.

– Je crois que vous devriez rendre de nouveau visite au professeur Susan Haden-Taylor.

– Non. Elle s'est déjà lavé les mains de mon sort et Dieu aussi. Pour le moment nous avons réussi à atteindre l'objectif pour lequel nous étions venus jusqu'ici. Ça fait moins d'armes pour le conflit en Irlande du Nord – et je suis prêt à parier que nous avons planté une aiguille dans le pied de Rossi et de von Berger. Maintenant, attendons de voir où ça va nous mener. Avec de la chance, au journal d'Hitler. À propos, j'ai téléphoné à Harry pour le prévenir que son neveu est encore de ce monde.

– Merci beaucoup, Dillon, ironisa le jeune homme.

– C'est mieux comme ça, Billy, il s'inquiète pour toi. Bon, est-ce que ça t'ennuierait beaucoup si *moi aussi* je prenais un sandwich au bacon ?

12

À Drumgoole il régnait un certain chaos, mais l'Irlande du Nord était habituée au chaos depuis près de trente-cinq ans. Quoi qu'il en soit, Derry Gibson ne demandait qu'à déguerpir.

Lui et Rossi étaient assis dans un pub où ils s'étaient réfugiés après le naufrage du *Mona Lisa*.

– Les flics vont occuper le terrain pendant un moment, dit-il à Rossi. Je vais me faire discret.

Il leva son verre, secoua la tête et but le whiskey d'un trait.

– Sean Dillon, marmonna-t-il. Quel salopard, celui-là. Et Ferguson aussi.

– Oui, il ne faut jamais sous-estimer ses adversaires. Moi, je quitte ce trou à rats dès le lever du jour. En ce qui me concerne, vous pouvez rendre l'Irlande du Nord aux Indiens.

– Je vous trouve un peu dur, là...

– Je pourrais être sacrément plus dur. Je pourrais faire remarquer, par exemple, que vous n'avez rien payé pour le contrat du *Mona Lisa*. Le bateau a coulé, mais Rashid n'a pas touché un sou.

– Ce qui est arrivé est arrivé, Rossi. Vous avez été baisé, j'ai été baisé. Par Dillon et par Ferguson.

– En effet, j'ai réfléchi à ça. Il est temps que nous prenions des mesures en ce qui concerne ces deux-là.

– Je peux vous aider ?

– Eh bien, ce serait une bonne façon d'effacer votre dette, dit Rossi, et il réfléchit quelques instants avant d'ajouter : Où croyez-vous que Murphy soit passé ?

– Ferguson l'a enfermé dans une de ses planques. Si ces enfoirés se sont pointés ici, c'est uniquement parce que Murphy a parlé.

– Humm... Je vais vous dire une chose, Gibson. Ne retournez pas à l'Orange George. Appelez cette femme, Janet, et dites-lui de tenir la boutique seule encore un petit moment.

– Mais où vais-je loger ?

– Dans l'un des appartements que nous louons pour notre personnel, à South Audley Street.

– Jusqu'à quand ?

– Jusqu'à ce que j'aie décidé comment je vais organiser la chose.

– Quelle chose ? À propos de Dillon ?

– On y viendra, à Dillon, mais pas tout de suite. D'abord, je crois que ce sera le tour de Ferguson. Le grand homme en personne.

Gibson était ravi.

– Nom de Dieu, qu'est-ce que vous avez en tête ?

– Vous allez devoir attendre, Derry. Je vous dirai tout au bon moment.

Rossi alluma une cigarette. Derry le regarda en souriant.

– Ça vous amuse, tout ça, dit-il. Vous devriez être déprimé par la perte du *Mona Lisa*. Mais non, vous vous en contrefoutez. Deux millions...

– Ce n'est que de l'argent, Gibson, et l'argent n'est qu'un moyen. Ce qui compte, c'est le jeu.

– On dirait du Shakespeare.

– Presque. Mais c'est surtout ce qui nous fait vibrer, vous et moi. Tout comme Dillon, Ferguson et même les Salter. C'est le jeu qui nous fait nous sentir vivants. Il n'y a rien de plus important.

Dès qu'il fut de retour à Londres, Ferguson demanda à être reçu par le Premier ministre, en tête à tête, sans la présence d'aucun agent de quelque service que ce fût, pas même un membre de Scotland Yard. Quand il fut introduit dans son bureau, il le trouva avec le ministre des Affaires étrangères pour lequel il signait des documents. Ce ministre-là n'appréciait pas Ferguson.

– La rumeur court que vous vous êtes encore engagé dans une affaire insensée, général, dit-il.

– Moi, monsieur le ministre ? Je ne vois vraiment pas de quoi il pourrait s'agir. Ces derniers jours, j'ai été jusqu'au cou dans la paperasse au ministère de la Défense.

– Ah oui ? répliqua sèchement le ministre des Affaires étrangères.

Le Premier ministre lui tendit un dossier.

– Voilà pour vous. Arrêtez de vous quereller, voulez-vous ? Vous m'êtes tous les deux beaucoup trop précieux.

– *Pax*, dit Ferguson.

Le ministre des Affaires étrangères se leva avec un sourire contrarié et quitta le bureau.

– Bien, général, dit le Premier ministre quand ils

furent seuls. Vous feriez bien de vous asseoir et de me raconter le pire.

Quand Ferguson se fut exécuté, le Premier ministre reprit :

– C'est la plus clandestine des opérations clandestines dont j'aie jamais entendu parler. Pas étonnant que vous ayez voulu que personne d'autre que nous ne soit ici ce matin. Il court certaines rumeurs – déjà. Dieu nous préserve si ce genre d'histoire arrive jamais aux oreilles du public.

– C'est trop extraordinaire. Personne n'y croirait.

Le Premier ministre hocha la tête.

– Après que j'ai gagné les élections, quand j'ai pris mes fonctions, on m'a révélé l'existence de votre service. Un secret transmis de Premier ministre en Premier ministre. Une organisation qui ne répondait qu'à mon seul bon vouloir. Au début, cette idée m'a mis mal à l'aise. Aujourd'hui cependant, je ne compte plus les occasions où vous-même, Dillon et compagnie nous avez sauvé la mise. Le processus de paix en Irlande du Nord est en charpie, mais nous continuons de faire des efforts. Si la Main rouge de l'Ulster avait réussi à s'approprier le chargement d'armes du *Mona Lisa*, cela aurait pu relancer la guerre civile.

– Exactement, monsieur.

– Donc... du beau travail, et rondement mené. Il y a juste une chose qui m'ennuie. Dillon et le jeune Salter, je peux comprendre – mais vous, Charles ? À votre âge, échanger des coups de feu avec ces bandits ? Non seulement c'est indigne de vous, mais c'est surtout bigrement dangereux ! Vous avez déjà votre lot de médailles. Ne vous jetez plus la tête la première au-devant du danger, entendu ?

– Je vous le promets, monsieur le premier ministre.

– Humm... Je crois que je vais m'assurer moi-même que vous vous teniez à carreau. Vous connaissez le programme Oméga, n'est-ce pas, Charles ?

– Oui, monsieur. Il s'agit d'un implant sous-cutané contenant une puce informatique qui permet de suivre les allées et venues de la personne concernée.

– Exactement. Je porte cette puce. De même, tous les membres de mon cabinet. J'ai décidé que vous devriez l'avoir, vous aussi.

– Le faut-il vraiment, monsieur le Premier ministre ?

– Oui, Charles, car vous êtes beaucoup trop important pour qu'on puisse accepter de vous perdre.

Le Premier ministre saisit une carte de visite sur son bureau et la lui tendit.

– Professeur Henry Merriman, clinique de Harley Street. Soyez là-bas demain matin à neuf heures. En tout, il faut moins d'une heure. Et ça ne fait pas mal.

– Dillon ferait-il un bon candidat à... ?

– Non. Oméga est réservé aux personnalités politiques majeures. Et franchement, Charles, je ne pense pas avoir envie de savoir en permanence où est Dillon.

– Deux présidents américains lui doivent la vie.

– J'en ai bien conscience.

– Pourtant, il n'a aucune médaille.

– Oui. La vie est une vraie garce, général.

Ferguson resta un moment songeur, puis dit :

– Oui... je me présenterai, bien sûr, à la clinique de Harley Street. Comme vous voulez, monsieur le Premier ministre.

Il se leva et se dirigea vers la porte.

– Et von Berger, Charles ! N'oubliez pas von Berger.

Ferguson se retourna.

– Monsieur ?

– Il est inacceptable que cet homme nous menace, le président américain et moi-même. Cela ne se peut pas ! Faites-le tomber, Charles, de quelque façon que ce soit.

– Bien sûr, monsieur.

Le général sortit du bureau, salua un conseiller dans le couloir, descendit l'escalier et, dehors, alla vers la Daimler où l'attendaient Dillon et Hannah.

Dillon prit place sur l'un des strapontins et ferma la vitre de séparation d'avec le chauffeur.

– Comment ça s'est passé ?

Ferguson leur rapporta sa discussion avec le Premier ministre.

– Je crois que c'est une bonne idée de vous inclure dans le programme Oméga, dit Hannah. Vous êtes un homme *très* important.

– Un peu plus important que la plupart de ces ministres à la manque qui sont au gouvernement en ce moment, ajouta Dillon.

– Oh, merci, Sean !

– C'est un fait, voilà tout. Je ne vous rappellerai pas depuis combien d'années vous êtes dans le renseignement. Ni que je ne connais personne, dans le monde occidental, qui ait davantage d'expérience que vous en la matière.

– Vous devriez être mon attaché de presse.

– Ça me plairait bien. Alors ? Et von Berger, vous en avez parlé ?

– Le Premier ministre a été très clair. Il faut le faire tomber.

– Plus facile à dire qu'à faire. À moins que vous ne vouliez que je le descende ?

– Pour l'amour du ciel, Dillon ! protesta Hannah en soupirant.

Il baissa la vitre et alluma une cigarette.

– Comme je te l'ai déjà dit à maintes reprises, le ciel et le Tout-Puissant n'ont pas grand-chose à voir là-dedans. Je n'aurais aucune arrière-pensée à buter Rossi. Est-ce que ça te conviendrait, ça ?

– Tu es stupide.

– Arrêtez vos chamailleries, vous deux, intervint Ferguson. Qu'en est-il de Rossi ? Ses allées et venues, commissaire ?

– Il a quitté Belfast ce matin.

Ferguson fit signe à Dillon.

– Appelez Roper. Voyez s'il a quelque chose pour nous.

Roper avait des nouvelles, bien entendu.

– Il a atterri à Gatwick. Un pilote, deux passagers.

– Il faut deux pilotes pour ces appareils. C'est la loi.

– Bien sûr, mais Marco Rossi est pleinement accrédité. C'était lui le second pilote.

– Qui était le passager ?

– Un certain Charles Mackenzie, portant passeport britannique délivré en Irlande du Nord. Comptable de son état, apparemment.

– Apparemment ?

– Je me suis introduit dans le nouveau circuit vidéo qu'ils ont installé à l'enregistrement, pour voir sa tête. Derry Gibson.

– J'aurais dû m'en douter.

– Vous ne vous doutez de rien du tout, Sean. Ce

qu'il est venu faire ici, par exemple. Ni lui ni Rossi n'ont la moindre raison de vous apprécier.

– Donc... je devrais surveiller mes arrières ?

– Cet homme *est* la Main rouge de l'Ulster, vieux frère.

– Je suis mort de trouille, Roper. Bye-bye.

– Alors, que vous a-t-il raconté ? demanda Ferguson.

Dillon s'expliqua.

– Hmm, fit le général. Vous savez, j'ai bien réfléchi. Faire sauter ce bateau, c'était une bonne chose, mais pourquoi attendre que ce soient eux qui réagissent ? Pourquoi ne pas garder l'offensive ? Nous devrions en découvrir davantage au sujet de la propriété de von Berger en Allemagne. Schloss Adler, Neustadt, le Lieu Noir – peu importe le nom...

Il se tourna vers Hannah.

– Parlez-en avec Roper, demandez-lui de faire une analyse, via ses ordinateurs, de la région. Voyez si nous avons des contacts là-bas. Des sources de renseignement. Et dites-lui de nous retrouver au restaurant de Salter. Harry's Place. Nous dînerons ensemble et nous écouterons ce qu'il aura à nous dire. Nous passerons d'abord au Dark Man.

À deux voitures de distance, Newton et Cook suivaient la Daimler.

En ce début de soirée le Dark Man était tranquille. Lorsque Ferguson et les autres arrivèrent, Salter et Billy avaient pris place dans leur habituel box d'angle, Joe Baxter et Sam Hall se tenaient debout à côté.

– C'est une agréable surprise, général, dit Harry. Asseyez-vous donc.

Il regarda Dillon en souriant.

– Et toi, tu m'as écouté ! Tu m'as ramené Billy en un seul morceau.

– Après qu'il s'est couvert de gloire.

– Non, objecta Billy. La gloire, c'est pour le général.

Harry sourit à Dillon :

– Et toi, bien sûr, tu as fait ton truc habituel.

– Plus ou moins.

– Alors, qu'est-ce qui se passe ?

– Rossi est revenu de Belfast ce matin, dans son propre avion, avec un passager porteur d'un passeport au nom de Charles Mackenzie.

– Mais d'après Roper, ajouta Hannah, il s'agit en réalité de Derry Gibson.

– Et qu'est-ce que ce fumier revient faire par ici ? grogna Harry.

– C'est toute la question, dit Ferguson.

– Eh ben moi, je dirais que c'est une putain d'évidence, intervint Billy. Il est venu pour te faire la peau, Dillon.

Ce dernier alluma une cigarette.

– Il est peut-être ici pour nous faire la peau à tous.

– Qu'il essaie ! dit Harry. Il a coulé mon bateau. Pour ça, je l'aurai.

– Ce qui est réellement important, dit Ferguson, c'est de découvrir ce que le baron et Rossi vont faire maintenant. J'ai chargé Roper de lancer une recherche sur le domaine de von Berger en Allemagne. J'ai aussi suggéré qu'il nous retrouve à votre restaurant, Harry, si cela vous convient.

– Avec grand plaisir.

Newton rappela Rossi.

– Nous les avons suivis jusqu'au restaurant de Wapping, le Harry's Place. Ils y sont tous entrés, et Roper vient d'arriver dans son fauteuil roulant.

– Restez là-bas.

Rossi se tourna vers le baron pour l'informer de la situation.

– Intéressant, dit von Berger avec une étincelle dans les yeux. Tu sais quoi, Marco ? Allons les retrouver. Oh, et puis va chercher M. Gibson. Nous irons tous ensemble. Histoire de secouer un peu le cocotier. Ça risque d'être très amusant, tu ne crois pas ?

– Infiniment, approuva Marco.

Le Harry's Place comptait parmi les projets de réhabilitation des entrepôts de Hangman's Wharf. Le bâtiment avait été entièrement rénové, ses murs de briques nettoyés, de nouvelles fenêtres en acajou posées. Il y avait toujours la queue à la porte, dont beaucoup de jeunes gens qui voulaient prendre un verre au bar – c'était un des nouveaux lieux à la mode de la capitale, un endroit où il fallait être vu. On avait ajouté un perron devant l'entrée pour la rendre plus imposante ; il y avait aussi une rampe inclinée sur laquelle Roper s'engagea quand son taxi noir l'eut déposé devant l'établissement.

Joe Baxter et Sam Hall, en smoking, se trouvaient devant la porte. Ils s'approchèrent pour aider Roper à monter la rampe.

– Heureux de vous revoir, commandant, dit Joe, et il poussa le fauteuil.

Un jeune voyou en blouson de soie, qui se tenait au début de la file d'attente avec deux filles, protesta :

– Faut être un foutu handicapé, ici, pour qu'on s'occupe de vous ?

Sam Hall, d'un geste presque désinvolte, le gifla du revers de la main en plein visage, puis l'agrippa par le col de son blouson.

– Cet homme est sans doute le plus grand héros que t'aies jamais vu, petit malin. Alors, t'as gagné le droit d'aller patienter en bout de queue. Ou bien t'as le choix d'aller te faire foutre.

Le type leva les mains.

– OK, fit-il, puis il prit les filles par le bras et s'éloigna.

– Désolé, commandant, dit Joe Baxter.

– Bagatelles, Joe ! Je n'en ai strictement rien à fiche. J'ai de la chance d'être ici.

Ils entrèrent dans le restaurant ; le maître d'hôtel, un Portugais énergique à la peau sombre qui s'appelait Fernando, s'avança vers eux.

– Commandant Roper, c'est un plaisir. Je vous conduis jusqu'à vos amis.

Baxter poussant le fauteuil roulant, ils suivirent Fernando à travers la salle, magnifiquement décorée dans le style Art déco. Il y avait là une petite piste de danse, un orchestre de quatre musiciens et un bar américain sorti tout droit des années trente. Les serveurs portaient des vareuses de navire de croisière. Les Salter, Ferguson et ses gens occupaient le plus grand box. Harry se leva et ébouriffa les cheveux longs de Roper.

– Vous avez toujours la dégaine d'un foutu hippie, vous !

– J'exprime mon individualité, Harry.

Salter baissa les yeux sur son visage brûlé, ravagé par les cicatrices, et lui donna l'accolade.

– Vous êtes un sacré numéro, Roper.

– Allons, ne vous apitoyez pas sur moi de cette façon. Si ça s'apprend dans l'East End, vous êtes un homme fini.

Roper se tourna vers Ferguson.

– Bien. La plus grande partie de l'histoire, vous la connaissez déjà, sauf certaines petites choses. Le truc important, à propos de la Lande de Holstein, c'est qu'à cause d'une erreur le domaine n'a jamais été réellement ni est-allemand ni ouest-allemand. S'il a jamais été quoi que ce soit, c'est d'appartenance néonazie, même si von Berger n'a jamais été membre du parti. Il a juste... entretenu la flamme, disons. Pendant des années, après la guerre, tous les policiers du domaine étaient d'anciens SS, et ainsi de suite...

Il but une gorgée de whiskey.

– Von Berger se rend fréquemment au Schloss Adler, avec Rossi la plupart du temps. Ils arrivent en hélicoptère et se posent sur un terrain proche du Schloss. En réalité, c'est une gigantesque prairie aménagée en piste d'atterrissage.

– Est-ce que nous avons le moindre contact là-bas ? demanda le général.

– C'est une communauté très fermée. Mais pour ce qui nous concerne, néanmoins, à environ quarante kilomètres de Neustadt, à la lisière du Schwarze Platz, il y a un petit village qui s'appelle Arnheim. Une poignée de maisons, tout au plus, mais il y a aussi une ancienne base de la Luftwaffe datant de la Seconde Guerre mondiale. Elle est en mauvais état, mais elle possède une piste d'atterrissage qui peut accueillir à peu près n'importe quel appareil. Elle est utilisée par un homme qui s'appelle Max Kubel.

Roper sourit à Ferguson.

– Il est sur vos listes depuis un bon paquet d'années. Il fait de la contrebande d'à peu près tout, y compris autrefois des gens de l'Est qu'il faisait passer à l'Ouest. Pour les opérations spéciales, il pilote un vieux Storch. Son père appartenait à la Luftwaffe pendant la guerre. Il connaît très bien Neustadt. Je lui ai parlé.

– Hmm..., fit Dillon. Connaître c'est une chose, mais pouvoir accéder à cet endroit, c'en est une autre.

– Il fait beaucoup de contrebande de cigarettes, et pour ça il connaît du monde. Il a un contact à Neustadt, un certain Hans Klein, qui a été éjecté de sa ferme par le baron et qui, par conséquent, le déteste. Ce type pourrait constituer une source d'informations utile.

À ce moment-là, Fernando s'approcha et dit à Salter :

– Pardonnez-moi, mais le baron von Berger et le *signor* Rossi sont à la porte et demandent à vous voir.

Salter consulta Ferguson qui hocha la tête. Fernando s'éloigna.

– On suit le mouvement. Tout le monde, ordonna Ferguson.

Le baron apparut, suivi de Rossi et de Derry Gibson.

– Quelle surprise, général !

– J'en doute fort.

Dillon regarda Gibson avec un large sourire.

– Derry ! T'as eu de la veine de ne pas te mouiller.

Gibson eut, lui, un sourire contraint.

– Va te faire voir en enfer, Sean.

– Oh, ça, c'est déjà fait !

– Voulez-vous une table, baron ? demanda Salter. Je crois que nous pourrions vous trouver ça.

– Merci, mais le style Art déco ne m'a jamais beaucoup séduit. Je voulais juste vous souhaiter le bonjour, précisa-t-il en souriant. Et aussi, vous dire que je pense bien à vous tous.

Il se tourna vers Rossi et Gibson.

– Nous pouvons partir, maintenant, dit-il, avant de s'adresser de nouveau à Ferguson et à Dillon : Faites bien attention à vous. Je ne voudrais pas qu'il vous arrive malheur.

Ils s'éloignèrent.

– Je ne comprends pas ce qui vient de se passer, dit Harry, et il secoua la tête. Mais qu'il essaie, ce vieux salopard !

– C'était bien ça le but, Harry, dit Dillon. Il nous met au défi, nous, d'essayer quelque chose.

Tandis que la voiture démarrait, Rossi se pencha pour fermer la vitre de séparation.

– Alors, tu as pris une décision ? demanda le baron.

– Oui. D'abord Ferguson. Je vais le kidnapper.

– Ça me plaît bien, dit Gibson.

– Dans quel but ? demanda le baron.

– Je vais l'emmener au Schloss Adler et... sonder le marché, pour ainsi dire. Avec l'expérience qu'il a, je suis sûr que des tas de gens aimeraient avoir un morceau de Ferguson. Les Russes, les Arabes... et bien d'autres encore.

– Allons, Marco, tu ne peux pas jouer avec moi de cette façon. Si tu veux mettre la main sur Ferguson, c'est uniquement pour attirer Dillon. Parce que tu sais très bien que Dillon volera à son secours.

Marco eut un sourire confiant.

– Qu'il y vienne !

– Je crois que tu sous-estimes Dillon, Marco. Tu le sous-estimes depuis le début. Ne joue jamais avec un tigre. Achève-le avant qu'il ne se jette sur toi. Bon, c'est toi le joueur, pas moi. Si tu veux faire ce que tu as dit, je ne te donnerai pas ma bénédiction, mais je ne m'opposerai pas non plus à toi.

– Merci, papa.

– Donne-moi une cigarette.

Rossi s'exécuta et le baron se renversa contre le dossier du siège pour fumer, en songeant à son fils. Son fils séduisant, diplômé de Yale, héros de guerre bardé de médailles – et malgré tout tellement stupide.

Allemagne
Londres
Allemagne

13

Max Kubel était assis dans un bar de Berlin, le Tabu, quand il reçut un nouvel appel de Roper sur son portable. Né en 1957, il était le fils unique d'un des meilleurs pilotes de nuit de la Luftwaffe pendant la Seconde Guerre mondiale, lui aussi nommé Max Kubel et détenteur de la croix de Chevalier. Max père avait compté parmi ces hommes qui n'avaient pas réussi à décrocher après la guerre : il avait gagné sa vie à coups de missions périlleuses, faisant l'aller-retour entre les deux Allemagnes à l'époque de la guerre froide. Jusqu'à ce qu'une nuit – la fois de trop, comme cela arrive souvent – il soit abattu par un chasseur russe Mig.

En raison des états de service de son père, le jeune Max avait été pris dans un programme subventionné par le gouvernement pour recevoir une formation de pilote dans la Luftwaffe. Ce qui était pour lui à la fois bon et mauvais. Il avait le don des avions, comme son père, mais un tempérament impétueux mal adapté à la discipline militaire.

Les années avaient passé, il s'ennuyait plutôt qu'autre chose, le refus du gouvernement allemand de s'engager dans le moindre conflit ne lui laissant guère l'occasion de mener le genre de guerre qu'avait connue son père. Or il vouait un véritable culte aux exploits de son père, à sa vie tout entière. Dans son cas, hélas, il n'y avait jamais le moindre combat, rien que des missions simples et anodines comme de voler d'un pays d'Afrique ou du Moyen-Orient à l'autre au nom des Nations unies, de transporter du matériel, d'effectuer des missions humanitaires – et il détestait tout ça.

Et puis un jour, alors qu'il s'envolait d'Arabie Saoudite et contournait l'Irak avec trois représentants des Nations unies à son bord, il avait été pris en chasse et attaqué par un Mig irakien. Il avait eu recours à un vieux truc du temps de son père : il avait plongé à très basse altitude et sorti les volets au tout dernier moment. Le Mig avait piqué du nez sur le désert pour l'éviter. Les trois représentants des Nations unies avaient été ravis d'avoir la vie sauve. L'un d'eux, une femme irlandaise, avait déclaré qu'il méritait une médaille. Au lieu de quoi, la Luftwaffe l'avait mis à la porte pour avoir outrepassé ses règles, qui interdisaient d'engager toute forme de combat.

Depuis, il avait découvert les délices très lucratives de divers types d'opérations de contrebande qu'il menait à bien avec un vieux Storch de la Seconde Guerre mondiale, en volant de nuit, parfois jusqu'à la Pologne.

Il avait les cheveux blonds, d'insolents yeux bleus et il portait toujours la vieille veste d'aviateur de la Luftwaffe qui avait appartenu à son père. Une sorte de talisman. À présent, il était assis devant son verre, réfléchissant au coup de téléphone qu'il venait de recevoir. Roper l'avait d'autant plus impressionné qu'il parlait couramment l'allemand. La seule évocation du nom de Ferguson, en outre, avait suffi à l'intriguer. Roper avait dit qu'il voulait juste quelques informations sur les activités du baron à Neustadt, mais il devait y avoir autre chose. C'était plutôt excitant, à vrai dire. Il connaissait l'histoire du passé du baron, il avait entendu des rumeurs sur la véritable identité de Rossi – dont il respectait, en tant que professionnel, les états de service de pilote. Sans doute possible, la perspective de travailler pour Ferguson l'excitait. Et il avait à sa disposition ce balourd alcoolique, Hans Klein, à qui il pouvait faire appel comme il le faisait de temps en temps pour des livraisons de cigarettes. Une fille du bar s'approcha de lui, il la chassa d'un geste et composa le numéro de Klein.

Au bout d'un moment, la communication s'établit. Klein parlait d'une voix grasseyante. Il avait encore bu.

– Qui c'est ?

– Max Kubel. Où habitez-vous, aujourd'hui ?

– Dans une porcherie, ou pas loin ! La maison derrière l'église. Vous savez que le baron m'a piqué ma ferme, et ce type qui se prétend son fils...

– Vous a tabassé, oui, je sais.

– Je les aurai, un jour ou l'autre. Qu'est-ce que vous voulez ? Vous préparez une nouvelle livraison ?

– Bientôt Hans, mais, pour le moment, j'ai besoin de savoir ce qui se passe à Neustadt. Les allées et venues du baron, et celles de Rossi. Est-ce qu'ils sont là en ce moment ou pas ?

– Pourquoi ?

– Parce que je vous paierai bien pour ces renseignements, gros imbécile, et parce que vous le ferez de toute façon puisque vous les haïssez. Vous avez mon numéro de portable. Mettez-vous au travail.

Il raccrocha. Il se sentait tout à coup incroyablement joyeux. La fille revint et lui toucha les cheveux.

– Tu veux un verre, Max ?

Il lui caressa la cuisse.

– Absolument. Du whisky, *Liebling*, un pur malt. Un pour moi et un pour toi.

– Et ensuite ? Je peux revenir ?

– Nous verrons, Elsa, nous verrons.

Au Harry's Place, le groupe avait terminé de dîner et se séparait. Dehors, comme ils se dirigeaient vers leurs voitures, Dillon dit :

– Je vais rester avec Roper, rentrer en taxi avec lui.

– Si vous voulez, dit Ferguson.

Le général et Hannah s'éloignèrent. Un taxi arriva, le chauffeur en descendit et sortit la rampe inclinée, Dillon poussa Roper à l'intérieur.

– Stable Mews, lança-t-il au chauffeur en s'asseyant, puis il s'adressa à Roper : C'est sur votre chemin.

– Qu'est-ce que vous mijotez ?

– Moi ? Rien du tout. Je suis un peu nerveux, rien de plus.

– C'est dans ces moments-là que je m'inquiète pour vous.

– Pas la peine.

– Je n'y crois pas une seule seconde.

Dillon alluma une cigarette.

– Il a assassiné Sara Hesser, marmonna-t-il. Jamais je n'ai été aussi certain de quoi que ce soit de toute ma vie. Je devrais l'abattre, mais Ferguson refuse, alors que nous avons déjà éliminé des gens moitié moins mauvais que Rossi...

– Peut-être que Ferguson a l'intention de régler la question différemment.

– Et peut-être que Marco Rossi a ses propres projets pour la régler, la question ! Peut-être qu'il me ressemble.

Le taxi s'arrêta à Stable Mews, Dillon en descendit.

– Sean, dit Roper. Quoi qu'il arrive... Ne faites rien d'insensé.

– Vous êtes un type formidable, Roper, un des rares de ce vieux monde pourri que j'admire sincèrement. Mais, comme on dit à Belfast, bonne nuit à vous.

Il entra dans la maison, monta dans sa chambre pour se changer – jean et blouson d'aviateur –, redescendit, ouvrit le tiroir secret sous l'escalier, choisit un Walther qu'il glissa derrière son dos, sous sa ceinture. Il repartit quelques minutes plus tard au volant de la Mini Cooper.

Après la rencontre au Harry's Place, Rossi avait téléphoné à Newton et à Cook pour leur ordonner de venir à South Audley Street.

– Vous restez sur le dos de Ferguson. Demain, dès la première heure, vous voyez où il va.

– Mais pourquoi ? demanda Newton. Dans quel but ?

– Le but, gros balourd, c'est que nous allons l'enlever au moment opportun.

La consternation se peignit sur le visage des deux hommes.

– Attendez un peu, là, marmonna Cook. Nous, on ne veut pas être mêlés à ce genre de truc.

– Vous vous mêlez à ce que je vous dis, répliqua Marco, ou bien je fais en sorte que jamais plus vous ne trouviez de travail. Obéissez aux ordres et n'essayez pas de me baiser.

Après un moment d'hésitation, Newton répondit :

– Comme vous voulez, monsieur Rossi.

– Parfait. Allez-y, et ne vous servez pas de votre voiture. Trouvez une camionnette blanche... quelque chose d'anonyme, d'accord?

Ils sortirent. Gibson, qui était resté dans la pièce pour suivre la discussion, secoua la tête.

– Ces types appartenaient autrefois aux SAS? Pas étonnant que l'IRA provisoire s'en soit si bien tirée. Que se passe-t-il, maintenant?

– Je connais une vieille base aérienne à Fotley. La piste est dans un sale état, mais utilisable. Je vais m'arranger pour y amener un de nos avions. Quand nous aurons enlevé Ferguson, je piloterai moi-même.

– Destination?

– Le Schloss Adler. C'est là que la partie commencera pour de bon. La partie, Derry, qui fera venir Sean Dillon.

– Eh bien... Ça me convient.

À South Audley Street, Dillon sortit de la Mini et marcha sous une pluie légère jusqu'à la ruelle transversale où se trouvait la maison Rashid. Il resta caché dans l'obscurité et surveilla la porte. Bientôt apparurent Newton et Cook. Il les reconnut immédiatement et recula d'un pas dans les ténèbres. Ils traversèrent la rue, montèrent dans une voiture. Dillon se précipita vers eux, ouvrit la portière de Newton avant qu'ils n'aient démarré et planta le canon du Walther sur la tcmpc du bonhomme.

– Salut, les gars ! Est-ce que c'est moi votre pire cauchemar, ou pas ?

– Nom de Dieu, Dillon !

– C'est bien moi, plus que jamais. Qu'est-ce qui se mijote avec Rossi ?

– Nous, on travaille juste pour le groupe Rashid. Comme agents de sécurité. Rossi est notre nouveau patron. C'est tout, je le jure.

Il avait l'air véritablement paniqué.

– OK, fit Dillon. Foutez le camp. Mais si vous essayez de m'avoir, je vous tuerai. Tous les deux.

Ils démarrèrent. Dillon se tournait pour partir quand la porte de la maison s'ouvrit sur Rossi. Il descendit le perron vêtu d'un survêtement bleu, une serviette autour de la nuque, et se mit à courir.

– Hé, salopard !

Rossi tourna les talons.

– Dillon, c'est vous ! Qu'allez-vous faire ? Me tuer ?

– Ça me plairait bien, mais pour le moment vous êtes protégé par les puissances supérieures.

Dillon tapota son paquet de cigarettes pour en sortir une, qu'il alluma.

– Tuer cette vieille dame... Un grand héros de guerre comme vous. Ça n'a tout de même pas dû vous exciter beaucoup.

– Allez vous faire foutre, Dillon.

– Vous vous trompez sur toute la ligne. Au bon moment, au bon endroit, je vous tuerai, Marco. Une si gentille petite vieille dame. Vous n'auriez pas dû faire ça.

Il tourna les talons, s'éloigna. Marco Rossi inspira profondément et se remit à courir. Derrière lui, la porte d'entrée de la maison se referma doucement. Le baron l'avait suivi, il comptait lui dire un dernier mot, au lieu de ça, il avait tout entendu de sa conversation avec Dillon. Le cœur lourd, il monta les escaliers.

La Daimler passa prendre Ferguson le lendemain matin à Cavendish Place, où Newton et Cook étaient garés dans une camionnette British Telecom, vêtus des anoraks jaunes de rigueur. Ils suivirent le général, à bonne distance, jusqu'à Harley Street. Ils virent la Daimler se ranger au bord du trottoir et s'arrêtèrent. Cook ouvrit les portes arrière de la camionnette, sortit une grosse boîte à outils et fit mine de travailler. Newton longea le trottoir d'un pas nonchalant, jeta un coup d'œil sur la plaque en cuivre voisine de la porte, puis revint vers Cook.

Il s'adossa à la camionnette en allumant une cigarette.

– Un chirurgien, apparemment. Qui s'appelle Merriman.

Le professeur Henry Merriman était un homme grand et affable qui accueillit chaleureusement Ferguson. Une jeune infirmière se tenait près de la table à instruments.

– C'est un plaisir, général. Nous allons faire immédiatement l'implantation. C'est une procédure très rapide. Veuillez simplement retirer votre veste et votre chemise. Emily, qui est ici, va s'occuper de vos affaires.

Il se tourna vcrs la table. Ferguson retira veste, cravate et chemise.

– J'espère que ça ne fait pas mal, dit-il d'un ton enjoué.

– Aucune douleur qu'un petit anesthésiant local ne puisse prévenir.

Le professeur lui fit de nouveau face ; il tenait une ampoule en plastique entre ses doigts.

– Asseyez-vous, je vous prie, et levez le bras gauche. C'est instantané.

Une brève piqûre et, aussitôt, une sensation d'engourdissement à la surface de la peau.

– Excellent, dit Ferguson.

Emily tenait entre ses mains une sorte de petit pistolet en aluminium. Merriman le lui prit.

– Pistolet hypodermique, dit-il en souriant.

Il en posa le canon sur l'aisselle de Ferguson, pressa la détente. Un très léger déclic se fit entendre. Le professeur sourit de nouveau.

– Vous pouvez vous rhabiller.

Il tendit le pistolet à l'infirmière. Ferguson enfila sa chemise.

– C'est tout ? Que va-t-il se passer à présent ?

– Rien. Votre implant est déjà codé et indexé dans les ordinateurs du programme Oméga. Où que vous alliez, il va avec vous – dans n'importe quel coin du monde.

Ferguson acheva de se rhabiller. L'opération l'avait mis d'humeur plutôt morose.

– Et aux toilettes ? Est-ce qu'on pourra aussi me suivre jusqu'aux toilettes ?

La jeune infirmière, qui trouva la remarque très drôle, rit doucement. Merriman sourit.

– C'est une possibilité.

– Bonne journée à vous, professeur, grogna Ferguson. Ce fut un véritable plaisir.

Dillon rendit visite à Roper, qu'il trouva comme d'habitude devant ses ordinateurs. Le commandant cessa de pianoter sur le clavier pour lever les yeux vers lui.

– Avez-vous fait quelque chose de stupide ?

– Je suppose, ouais.

Dillon lui raconta ce qui s'était passé.

– Allez au diable, Sean. Vous êtes vraiment idiot. Vous l'excitez, vous faites monter la mayonnaise.

– C'est ce Rossi. Je veux l'envoyer...

– Je sais. En enfer. En avez-vous parlé à Ferguson ?

– Non. Il ne serait pas content. De toute façon, il était occupé ce matin par le truc Oméga. Est-ce que vous avez accès à ça ?

– J'ai accès à tout, Dillon. Et j'ai déjà extrait le code de sa puce.

– Mais... il ne l'a que depuis un petit moment.

– La puce était préenregistrée dans le système, donc il y est apparu dès l'instant où l'implantation a été faite. Regardez...

Les doigts de Roper dansèrent sur le clavier. Une carte d'Angleterre apparut à l'écran.

– Le voilà. Le point jaune lumineux. Maintenant nous nous rapprochons... Londres, et revoilà le point.

Encore plus près, et nous revoilà avec le général. Pall Mall. Il se déplace. Connaissant Ferguson, je dirais qu'il va déjeuner au Reform Club.

– Merci du renseignement. Je vais éviter de croiser sa route pour le moment.

Rossi atterrit à Fotley, la vieille base de la RAF qu'il avait choisie, et aperçut Gibson qui l'attendait à côté de sa voiture. Il amena l'avion jusqu'au bout de la piste, tourna et coupa le moteur. Comme il descendait de l'appareil, Gibson le rejoignit.

– Vous avez réussi à venir jusqu'ici, alors? dit Rossi.

– Ça en a l'air, puisque je suis là. Bizarre, cet endroit. Les hangars ont l'air sur le point de s'écrouler.

– C'est le cas. La guerre remonte à loin. Mais la piste tient encore le coup et c'est tout ce qui compte.

– Trente kilomètres du centre de Londres, j'ai vérifié.

– C'est ce que je pensais. Maintenant on rentre en ville.

– Pour quoi faire? demanda Derry tandis qu'il démarrait et s'engageait sur la route de campagne.

– Vous verrez bien.

À son plus complet étonnement, Rossi trouva à son retour à South Audley Street une situation qu'il n'avait pas du tout envisagée. La Rolls était devant la maison, le chauffeur en train de charger des bagages dans le coffre. Le baron apparut à la porte, en chapeau mou et manteau de cuir noir, appuyé sur sa canne.

– Garez-vous, dit Rossi à Gibson. Et laissez-moi seul un moment.

Il descendit de la voiture et s'approcha de von Berger.

– Papa, qu'est-ce que tu fais ?

– J'ai décidé de partir, Marco. Je vais au Schloss Adler.

– Pourquoi ?

– J'ai besoin de temps pour réfléchir. Hier soir, je vous ai entendus. Dillon et toi, mon fils. Tu m'as menti. Tu n'aurais pas dû faire une telle chose. C'est une honte pour nous.

– Mais, papa...

Le baron, sans un mot de plus, monta dans la Rolls. Le chauffeur prit le volant et démarra.

Gibson rejoignit Rossi.

– Qu'est-ce qui s'est passé, nom de Dieu? demanda-t-il.

– Dillon, grogna Rossi. Qu'il aille au diable ! Ça fait trop longtemps qu'il me crée des ennuis. Je vais lui faire la peau.

À ce moment-là son portable se mit à sonner. Il répondit. C'était Newton.

– Nous sommes près du Reform Club, à Pall Mall. Ferguson est à l'intérieur.

– Sans doute pour déjeuner. OK, ne restez pas là-bas. Allez à Cavendish Place et préparez-vous. Je vous envoie Gibson. Nous allons faire le coup aujourd'hui.

– Vous savez, marmonna Newton, je ne suis pas très sûr que ça soit...

– Moi si, je suis sûr ! Écoutez-moi. Je peux vous pourrir la vie, ou bien je peux vous donner un gros paquet de billets pour votre travail. Qu'est-ce que vous choisissez ? Vous êtes avec moi, ou pas ?

L'appât du gain et la peur, bien sûr, l'emportèrent.

– Je suis avec vous.

En arrivant au ministère de la Défense, Dillon trouva Hannah dans son bureau devant l'ordinateur. Elle s'arrêta de pianoter sur le clavier et se cambra contre le dossier du fauteuil pour le dévisager.

– Qu'est-ce qui t'arrive ?

– Pourquoi veux-tu qu'il m'arrive quelque chose ?

– Je connais mon Sean.

– Oh... Je crois que j'ai été un peu stupide hier soir.

– Raconte-moi.

Ce qu'il fit, après avoir allumé une cigarette, tout en regardant par la fenêtre.

– Idiot, dit-elle quand il eut terminé.

– Je sais. C'est à cause de Rossi et de ce qu'il a fait. Je n'arrive pas à me sortir Sara Hesser de la tête.

– Sean, tu sais que je suis diplômée en psychologie. Alors voilà une petite analyse gratuite. D'accord, c'est Rossi qui a commis le meurtre. Mais toi, tu te sens coupable, terriblement, parce que tu avais fait une promesse à cette femme. Qu'est-ce que c'était, déjà ? « Aucun mal ne vous sera fait sur cette terre, je le jure », c'est bien ça ?

Dillon, qui n'avait jamais été aussi ému de toute sa vie, hocha la tête.

– Et tu te souviens de ce qui s'est passé ? Elle m'a touché le visage et elle a dit : « Oui, je vous crois. Vous êtes un homme bon, monsieur Dillon, en dépit de vous-même. »

Rarement Hannah l'avait vu si défait, si nerveux.

– Moi, le grand Sean Dillon ! Mais tu sais ce qui s'est passé ensuite, et qui est responsable. J'enverrai Rossi en enfer pour ce qu'il a fait.

Il se tourna et trouva Ferguson immobile sur le seuil du bureau.

– Alors, vous irez vous aussi en enfer par le même chemin, Dillon ! Mais nom de Dieu, qu'est-ce que vous aviez dans la tête ? Une confrontation ? Des menaces directes ? Ce n'est sûrement pas la meilleure façon de gérer les choses en ce moment. Vous avez complètement dépassé les bornes !

– Chez moi, c'est une habitude.

– Très bien. Vous êtes suspendu. Allez-vous-en immédiatement. Je vous reparlerai au moment que je jugerai opportun. Vous remettrez vos armes à l'intendance.

Dillon réussit à sourire.

– Ah, Charles, j'ai toujours su que ce jour viendrait... mais vous avez toujours été un brave gars avec moi. Et malgré la Serbie, autrefois, quand vous m'avez vendu, vous m'avez toujours bien traité.

Il regarda Hannah.

– Oh, Sean...

– Je sais. Je mène mes affaires à la dure, et ça ne colle pas avec ton excellente moralité juive. Pourtant la vengeance n'est pas un concept inconnu de l'Ancien Testament. Je pars, à présent, et Dieu vous bénisse tous.

Il sortit.

– Qu'il aille au diable ! dit Ferguson. Pourquoi a-t-il fait ça ? Cela embrouille nos affaires de la pire façon possible.

– C'est simple, monsieur. Il est parfois plus émotif que vous ne le supposez. Il est souvent monté en première ligne. Pour moi, pour vous aussi, et pour beaucoup d'autres. Tout ce qu'il avait en tête, c'était cette vieille dame qui lui avait fait confiance et qui s'est retrouvée dans le fleuve. En dépit de tout ce que Dillon a pu faire, si vous cherchez un psychopathe dans cette affaire, ce n'est pas lui. C'est Marco Rossi.

– Assez de ces histoires, je rentre chez moi. Appelez la Daimler.

– Elle n'est plus disponible, général. Partie en révision, vous vous en souvenez ?

– Alors, appelez-moi un foutu taxi, ordonna-t-il, et il entra d'un pas furieux dans son bureau.

Dillon, assis dans la Mini Cooper, réfléchissait à ce qui venait de se passer. Eh bien, se dit-il, tout devait avoir une fin. La vie était ainsi faite. En définitive, il avait coulé pas mal d'eau sous les ponts. Il prit une cigarette, l'alluma, releva les yeux et vit Ferguson sortir du bâtiment pour s'approcher d'un taxi noir garé au bord du trottoir. Quand la voiture s'éloigna, Dillon la prit en chasse. Sans raison particulière. Une question d'instinct, peut-être, un truc irlandais. En tout cas, il se mêla à la circulation sans perdre le taxi des yeux.

À Cavendish Place, Newton et Cook avaient commencé à travailler sur une borne des Télécom, au bord du trottoir, pour justifier leur présence. Derry Gibson, lui aussi vêtu d'une veste jaune de British

Telecom, était assis dans la camionnette, à lire le journal. Newton s'approcha de la vitre côté passager.

– Allez, quoi ! Ça fait déjà presque quatre heures que nous attendons. À quoi ça nous mène ?

Au même instant, un taxi noir s'arrêta devant l'immeuble de Ferguson.

– J'ai l'impression que ça nous mène quelque part, tout de même, non ? dit Derry.

Ils virent Ferguson descendre de la voiture et payer le chauffeur, qui repartit aussitôt.

– Maintenant, dit Gibson.

Il ouvrit la petite mallette en cuir posée à côté de lui et en sortit une seringue en plastique.

– Attrapez-le ! ordonna-t-il en sortant de la camionnette.

Alors que Ferguson leur tournait le dos et s'apprêtait à entrer chez lui, Newton et Cook l'agrippèrent chacun par un bras. Gibson les rejoignit.

– Tout le plaisir est pour moi, général, dit-il, et il lui piqua la seringue dans le cou.

L'effet fut instantané : Ferguson s'avachit entre leurs bras et s'endormit. Ils le soutinrent pour l'emmener jusqu'à l'arrière de la camionnette, Gibson ouvrit la porte et ils l'allongèrent à l'intérieur. L'Irlandais monta avec lui.

– En route.

Dillon, qui venait de tourner au coin de la rue, vit toute la scène et accéléra pour les intercepter. Mais une camionnette de livraison croisa sa route et l'obligea à freiner. Il pila, faisant une embardée. Le véhicule British Telecom accéléra et se mêla à la circulation. Il redémarra, le prit en chasse en laissant quelques voitures entre eux. La densité du trafic rendait la poursuite difficile, mais il réussit à ne pas perdre la camionnette de vue.

Il sortit son Codex 4 pour appeler Hannah.

– J'ai suivi Ferguson jusque chez lui. Il a été kidnappé par Derry Gibson, Newton et Cook. Ils l'ont embarqué dans une fausse camionnette British Telecom. Je les suis.

– Seigneur ! Où vont-ils ?

– Vers le nord. Je ne sais pas où. Quelque part dans l'Essex probablement. Appelle Roper. Il n'a qu'à utiliser le système Oméga. Ça devrait vous renseigner sur notre destination. Dis-lui de m'informer de la suite.

Derry Gibson appela Marco Rossi.

– L'oiseau est dans la cage.

– Je suis en route. On se retrouve à Fotley.

– Hmm... Espérons que vous y serez à temps. Un enlèvement, dans ce pays, ça vaut au moins dix ans de taule.

Roper téléphona quelques minutes plus tard à Dillon.

– Je suis au courant de toute l'affaire. Oméga fonctionne au petit poil. Je vais le suivre à la trace, et je vous tiens au courant. Ne vous inquiétez pas, si vous le perdez, je vous remettrai sur la bonne route.

Dillon fronça les sourcils.

– Ces trois crétins travaillent pour Rossi. Où peuvent-ils bien l'emmener s'ils quittent la ville ?

– Peut-être faut-il se demander s'ils ne vont pas s'envoler dans les airs ? Je vais vérifier.

Quand Dillon sortit de Londres, la circulation se fluidifia un minimum, assez pour lui permettre de suivre la camionnette en restant discret. Roper revint bientôt en ligne.

– Le baron vient de s'envoler de Northolt, destination Munich. Je me suis renseigné là-bas. Il a réservé un hélicoptère pour Neustadt.

– Ah oui ?

– Encore plus intéressant : Rossi a amené ce matin même un avion dans un endroit qui s'appelle Fotley, dans l'Essex. Une ancienne base de la RAF, aujourd'hui abandonnée, avec une longue piste. Je crois que c'est ça, votre destination ! J'espère que vous réussirez à le récupérer, Sean. Êtes-vous armé ?

– Et comment, nom de Dieu ! Mais si je n'arrive pas à les intercepter ? Où vont-ils ?

– Eh bien... Oméga nous le confirmera, mais je crois que nous le savons déjà. Ils vont au Schloss Adler.

– Très bien. Alors je vous suggère de recontacter ce Max Kubel. Qu'il prévienne l'autre gars, Klein, à Neustadt. Dites à Kubel de prendre les dispositions nécessaires, quelles qu'elles soient, pour une opération de sauvetage. Pour lui, il y a beaucoup de pognon à la clé. Je vais accélérer, maintenant, avec l'espoir de les rattraper à Fotley.

Mais, pour finir, il échoua – principalement à cause d'un tracteur derrière lequel il se retrouva coincé sur une étroite route de campagne. Quand il arriva à la vieille base aérienne, le Gulfstream était en train de s'élancer sur la piste.

Au moment où l'avion décollait, Newton regarda par le hublot.

– Bon sang ! C'est la Mini Cooper de Dillon, là, en bas.

– Ah oui ? fit Derry Gibson, et il éclata de rire.

Ferguson, inconscient, était attaché dans un fauteuil. Derry se leva et lui tapota la joue.

– Je vais aller dire ça à Rossi. Il va beaucoup apprécier.

À Arnheim, Max Kubel était en train de réviser le Storch en vue d'une incursion en Pologne. Il n'avait jamais oublié le vieil adage de la Seconde Guerre mondiale : « La moitié des pilotes qui meurent ne sont pas abattus par l'ennemi ; ils périssent à cause d'un problème de moteur. » C'est pour cette raison qu'il avait toujours assuré seul la maintenance de ses avions.

Il ferma le capot du moteur et tapota le fuselage, qu'il avait récemment rafraîchi d'une couche de peinture noire mate.

– Gentille fille, dit-il, et c'est alors que son portable sonna.

Sa conversation avec Roper, qu'il écouta pendant près de cinq minutes, le captiva et le remplit d'énergie.

– Je vais en parler tout de suite avec Klein.

– La piste de la prairie, près du Schloss, est-elle adaptée à l'avion de Rossi, en particulier pour un atterrissage de nuit ?

– Elle est immense, et le Schloss est inondé de lumière. Même de nuit la visibilité est excellente.

– Alors ? Que faudrait-il faire ? Pourriez-vous emmener Dillon là-bas, s'il veut tenter un sauvetage ?

– Oubliez ça tout de suite. À l'instant où j'essaierai de me poser, toute la région sera au courant.

– En ce cas, comment pourrions-nous atteindre Neustadt ? Que faut-il faire ? Un largage en parachute ? Dillon a déjà fait ce genre de chose...

– Pas sur le Schloss Adler. Avec les remparts, les cours intérieures, les flèches, les toitures – ce n'est pas bon du tout.

– OK. Si vous vouliez entreprendre un voyage clandestin à Holstein, comment vous y prendriez-vous ? Je sais que ce fichu coin est un véritable mystère. Les gens doivent se méfier des étrangers...

– Oui, mais en formant un groupe un peu spécial, pour une opération éclair, il n'y aura pas ce problème. Les flics de la Lande de Holstein ressemblent beaucoup aux Vopos de l'époque de l'ancienne Allemagne de l'Est. Croyez-le ou non, ils se servent encore de vieilles motos russes, des Cossack, et de jeeps russes.

– Où voulez-vous en venir ?

– Je suis déjà allé là-bas de cette façon, avec mes gars, pour certaines affaires. En utilisant ces uniformes et ces véhicules. Est-ce que Dillon serait capable de faire ça ?

– Eh bien... Il parle couramment l'allemand.

– Il ne pourrait pas y aller seul.

– Avec vous ?

– Sûrement pas. Mon boulot à moi, ce serait de faire l'extraction. Voilà le plan. Dillon et je ne sais qui d'autre, aidés par Klein qui les renseignera, sortent Ferguson du château. Aussitôt l'enfer se déchaîne. Le truc intelligent à faire, c'est que je vienne d'Arnheim avec l'avion. La distance est courte. J'arriverai au château au moment voulu, à bord du Storch, pour les embarquer.

– Vous pensez pouvoir réussir un coup pareil ?

– Au grand Kubel, rien n'est impossible. Et pour éviter le moindre problème avec les gens du domaine, c'est la seule méthode envisageable. La population est complètement dévouée au baron.

– Vous voulez dire que là-bas on entre en territoire indien ?

– Exactement. Encore une chose. Dans le Storch, il peut y avoir moi-même, Ferguson, et deux autres personnes seulement. Ça signifie pas plus de deux hommes pour gérer la situation au château. J'ai cru comprendre que Dillon est assez dingue pour tenter ce genre d'aventure, mais est-ce qu'il connaît quelqu'un d'autre du même acabit ?

– Oh oui ! répondit Roper. Je crois bien. À propos, pour cette opération vous serez grassement rémunéré.

– Oubliez la récompense. D'une part, je commençais à me ratatiner, et un peu d'action me fera du bien, d'autre part... je me suis renseigné à votre sujet, Roper. Vous êtes ce que les juifs appellent un *mensch*. Je compte parmi vos grands admirateurs.

– Les flatteries sont toujours appréciables.

– Je vais appeler Klein et mettre les choses en branle.

Dans sa maison derrière l'église, à Neustadt, Klein prit l'appel de Kubel et écouta ce qu'il avait à lui dire.

– Qu'est-ce que vous voulez que je fasse ?

– Prévenez-moi dès l'instant où le baron débarquera en hélicoptère. Après ça, Rossi dans son avion.

Est-ce que vous pouvez vous introduire dans le Schloss ?

– Bien sûr que je peux. Je le connais comme ma poche depuis que je suis gamin.

– Malgré les systèmes de sécurité ?

– Leur sécurité, c'est de la merde. Je peux la déjouer sans difficulté.

– Faites bien votre boulot, Hans. Pour vous, il y aura beaucoup d'argent à gagner.

– Et comme il s'agit du baron, ce sera en plus un plaisir. Je vais aller jeter un coup d'œil là-bas, pour me préparer.

Kubel coupa la communication. Klein enfila une veste de chasse, glissa un fusil à canon scié dans l'une de ses larges poches, deux poignées de cartouches dans l'autre, puis sortit de la maison le sourire aux lèvres.

Sur la route qui le ramenait à Londres, Dillon écouta au téléphone tout ce que Roper avait à lui dire.

– Parfait. Prévenez Hannah. Qu'elle réserve l'avion, avec Lacey et Parry aux commandes. Et prévenez l'intendant militaire. Nous allons à Arnheim.

– Une dernière chose, Sean. Vous ne pouvez pas y aller seul. Ne me dites pas que vous allez débarquer en solo dans le Schwarze Platz, au guidon d'une Cossack, et jouer à l'inspecteur Harry. Il vous faut un ami.

– Je vais me trouver un ami.

– Vous êtes sûr ?

– Faites-moi confiance. Je vais lui poser la question de ce pas, je ne pense pas qu'il dira non.

Dillon s'engagea sur Hangman's Wharf et s'arrêta devant le Dark Man. Il n'y avait que quelques clients dans le pub, Dora derrière le comptoir, Harry et Billy dans leur habituel box d'angle. Harry leva les yeux et fronça les sourcils.

– Tu as l'air tendu.

– On peut dire ça, répondit Dillon en s'asseyant avec eux. Écoutez-moi.

Quand il eut terminé son récit, Harry marmonna :

– Je savais que ce Rossi allait nous attirer des ennuis.

Le téléphone de Dillon sonna.

– Aucun doute possible, Sean, dit Roper, c'est à Neustadt qu'ils vont atterrir. Tout va bien, de votre côté ? Le deuxième homme ?

– Nous saurons ça bientôt.

– Je n'en doute pas, dit Roper avant de raccrocher.

– Billy... Tu as compris ce qui se passe. Je vais aller là-bas habillé en Vopo, au guidon d'une Cossack. C'est une bonne chose que je parle allemand...

– Ce qui n'est pas mon cas, mais tu as besoin d'un homme armé et je peux enfiler un uniforme de Vopo aussi bien que toi.

Un sourire froid et déterminé plissait les lèvres de Billy.

– Nous ferions bien de nous préparer, intervint Harry. Nous n'allons sûrement pas laisser Ferguson entre les mains de ces fumiers. J'aime bien ce vieux salopard. Toi et Billy, vous allez faire ce qu'il faut pour le tirer de là. Billy a fait des progrès, tu sais, depuis que tu l'as pris en main. Hein, Billy ? Maintenant, il apprécie de faire ce qui est bien.

– Je ne dirai pas le contraire, convint le jeune homme, et il se leva. Je vais préparer mon bagage.

Il sourit à Dillon.

– On finit par prendre des habitudes, nous deux.

En arrivant à Farley Field, Dillon n'eut que des surprises. D'abord, la présence d'Hannah Bernstein.

– Nom de Dieu, qu'est-ce que tu fiches ici ?

– Je parle allemand, Sean, et c'est mon patron qui a été kidnappé. Je crois que je me dois d'aller là-bas.

Puis la Rolls des Salter arriva. Avec non seulement Billy à son bord, mais aussi Harry. Tous deux avaient un petit sac de voyage à la main.

– Qu'est-ce qui se passe ? demanda Dillon.

– Ce truc avec les uniformes allemands, ça m'amuse, dit Harry. Je vais avec vous. Je resterai au camp de base avec la commissaire, si tu veux, mais je ne te laisserai pas y aller tout seul. C'est trop important.

– D'accord, dit Dillon. Mais évite juste de me traîner dans les pattes.

Il marcha vers le Citation. Lacey apparut à la porte, vêtu d'une combinaison de vol anonyme.

– Êtes-vous au courant de l'objectif de la mission ? demanda Dillon.

– La commissaire nous a renseignés. Vous remarquerez que nous avons escamoté les cocardes RAF. Inutile que qui que ce soit puisse nous identifier.

– Vous savez où nous allons ?

– Roper nous l'a dit. Là, tout de même, Sean ! Je veux dire, le général...

– Ne vous inquiétez pas, je le ramènerai. Je le jure.

Je ne veux pas de personnel de bord, rien que Parry et vous-même. Embarquez tout le monde, pendant ce temps-là, je vais chercher de la quincaillerie avec Billy.

L'intendant les attendait avec la liste du matériel que Dillon avait demandé.

– Tout est prêt, monsieur Dillon. Des Walther et des silencieux Carswell. Trois pistolets-mitrailleurs MP 40.

– Des MP 40 ? C'est un peu vieillot, ça.

– Je me suis renseigné, monsieur Dillon. La police de la Lande de Holstein est elle-même assez... vieillotte. Je vous ferais remarquer, en outre, que le Schmeisser reste une arme extrêmement efficace. Vous avez aussi quelques grenades. Des fumigènes. Cela devrait vous suffire, pour la situation que vous allez trouver là-bas.

– Vous savez de quoi il s'agit ?

– Monsieur Dillon...

L'intendant soupira.

– Il y a vingt-cinq ans, quand je servais avec les Grenadier Guards dans l'Armagh Sud, j'ai bien essayé de vous mettre la main au collet, à vous et à vos amis de l'IRA, mais j'ai échoué. Aujourd'hui j'en suis heureux parce que cela signifie que vous êtes ici parmi nous pour sauver le général, qui est un des hommes les plus remarquables que j'aie jamais connus. Maintenant, monsieur, je vais mettre ce matériel dans l'avion, et vous me rendrez le tout à votre retour.

Comme ils retournaient vers l'avion, Billy dit :

– Il a foi en toi, ce bonhomme.

– Comme des tas d'autres gens. C'est parfois pesant, tu sais ? En route maintenant. Nous n'allons pas sauver le monde, cette fois, mais sauver le grand Charles Ferguson.

Il grimpa les marches, suivi de Billy. Parry referma la porte-escalier tandis qu'ils allaient s'asseoir avec Harry et Hannah. Quelques minutes plus tard, les moteurs rugirent et le Citation s'éleva dans le ciel.

14

Quand Charles Ferguson ouvrit les yeux, il s'aperçut qu'il était allongé sur un lit dans une chambre aux murs lambrissés plongée dans l'obscurité. La porte était fermée à clé. Il s'approcha de la fenêtre pour découvrir sous lui un à-pic d'au moins trente mètres. Manifestement, il lui était impossible de s'échapper. Il se tenait près de la fenêtre, scrutant le paysage, quand la porte s'ouvrit.

Derry Gibson entra dans la chambre.

– Ah, vous voilà réveillé, général. Vous avez l'air en forme.

– Je me suis tout de même déjà senti mieux qu'aujourd'hui. Où est Rossi ?

– Occupé quelque part. Vous allez devoir patienter, grand homme que vous êtes. Je vais faire en sorte qu'on vous apporte à manger.

La porte se referma sur Gibson. Ferguson regarda de nouveau par la fenêtre, avec le sentiment d'être plus seul qu'il ne l'avait jamais été.

– Nom de Dieu, marmonna-t-il. Vous aviez raison, Dillon.

Au même moment, Rossi retrouvait son père dans le grand salon. Le baron était assis près du feu, un verre à la main.

– Papa, dit Marco, je crois qu'il faut que nous parlions.

– Je le pense aussi. As-tu réussi ce que tu voulais entreprendre ?

– Si tu veux parler de l'enlèvement de Ferguson, la réponse est oui. Il est ici, dans le Schloss.

– Et tu as l'intention de mener tes objectifs à terme ?

– Je ne vois pas ce qui m'en empêcherait.

– Et Dillon ?

– Il nous suit à la trace.

– C'est ce que tu veux ? Une confrontation, un face-à-face ?

– Quand il voudra.

Le baron hocha la tête.

– J'ai beaucoup réfléchi à toutes ces histoires. Mais je ne suis pas sûr d'être d'accord avec toi.

– La machine est lancée, papa. Tout va se jouer bientôt. Je dois aller jusqu'au bout.

– Vraiment ? Sauf erreur de ma part, nous sommes au Schloss Adler. Et je suis encore le baron. Laisse-moi réfléchir, Marco. Moi, ton père !

À ce moment-là il manifestait toute l'autorité du jeune SS *Sturmbahnführer* qu'il avait été autrefois.

– Je te ferai savoir ce que je veux faire. Ce que *moi*, je veux, pas toi. Maintenant, s'il te plaît, laisse-moi tranquille.

Hans Klein s'était approché du château par-derrière et avait retrouvé l'ouverture d'un passage souterrain, au pied de la colline, qu'il appelait la Chambre. Il y avait là une large grille dissimulée par des buissons, héritage de l'ingénierie allemande, lorsque le Schloss avait servi de quartier général pendant la guerre et que le système d'évacuation des eaux avait été modernisé.

Klein tira la grille, entra dans la Chambre et alluma une lampe torche. Le tunnel de béton qui s'étendait devant lui était bien sec, mais un filet d'eau coulait dans une gouttière centrale creusée dans le sol. Klein le longea sur le côté droit, atteignit une échelle en acier qu'il escalada sans hésitation, avant de soulever la plaque, d'acier aussi, qu'il trouva au-dessus de sa tête.

Il émergea dans une partie des sous-sols qu'il connaissait parfaitement, une enfilade de remises et de celliers qui conduisaient aux cuisines, un étage plus haut, où il y avait un passage secret pour atteindre les splendeurs du grand salon. Il s'aventurait souvent jusque-là quand le baron et Rossi étaient absents : des incursions en territoire ennemi qui lui procuraient un véritable sentiment de puissance.

Alors qu'il avait fait quelques pas dans les sous-sols, il entendit soudain des bruits de voix qui se répercutaient entre les murs. Il battit rapidement en retraite et redescendit l'échelle en acier. Quand il déboucha dehors entre les buissons, il remit soigneusement la grille en place avant de s'éloigner du château. Il s'accroupit près d'un arbre et appela Kubel.

À la fin de leur conversation, Kubel composa le numéro de Roper.

– Tout se passe bien. L'entrée secrète de Klein dans le Schloss est dégagée. Quand le Gulfstream a atterri, il a vu Rossi avec quatre autres hommes. Deux d'entre eux en portaient un troisième.

– Le général. Probablement Newton et Cook pour le porter, et le quatrième c'est Derry Gibson.

– Ça paraît logique.

– Serez-vous prêt à leur arrivée, Max ? Vous aurez l'équipement nécessaire ?

– J'ai déjà tout. Je n'aurai donc pas besoin d'aide supplémentaire, ce qui veut dire que, sur le plan de la sécurité, nous sommes tranquilles. Nous serons prêts, Roper, au moment où vos amis auront besoin de nous.

Quelques heures plus tard, une clé grinça dans la serrure. Ferguson se retourna et vit Rossi entrer dans la chambre, suivi de Derry Gibson.

– Je voulais juste m'assurer que vous êtes confortablement installé.

– Comme c'est gentil à vous, ironisa Ferguson. Quand vais-je rencontrer le baron ?

– Quand il voudra vous voir. Soyez sage. Votre tour viendra.

– Vous semblez vous donner tellement de mal... À l'heure qu'il est, je pensais que vous m'auriez déjà logé une balle dans la tête.

Rossi sourit.

– Pas à vous, général. Vous êtes bien trop précieux.

– Que va-t-il m'arriver, en ce cas ?

– Je vais probablement vous vendre aux Arabes, dit Rossi en tournant les talons.

Gibson referma la porte sur eux.

Au même instant, à Arnheim, Dillon et compagnie se regroupaient autour de la table du bureau de Max Kubel pour examiner une carte de la région.

– Ici, dit Kubel en pointant un doigt. Neustadt.

Il regarda Dillon.

– La Cossack est une vieille moto.

– Ne vous tracassez pas, je peux tenir n'importe quel guidon, répondit Dillon, puis il se tourna vers Billy. Toi, tu iras dans le side-car.

– Grâce aux mobiles que vous avez apportés, reprit Kubel, nous resterons en contact permanent. Vous devriez arriver là-bas en une heure, au maximum. Quand vous ressortirez du château avec Ferguson, je pourrai atteindre la prairie en vingt minutes. Je resterai dans le cockpit, prêt à décoller.

– Ça me paraît raisonnable, dit Dillon. Et toi, Billy ?

– Moi ? Je suis toujours raisonnable.

– Dès que vous vous mettrez en route, j'appellerai Klein. Il vous attendra. Il habite la seule maison qui se trouve derrière l'église. Impossible de la rater.

Il regarda toutes les personnes présentes autour de la table.

– Qu'est-ce que vous pensez de ce programme ?

Lacey et Parry avaient l'air dubitatifs. Ce fut Hannah qui dit :

– L'opération tout entière repose sur un timing extrêmement serré.

– Absolument, mais c'est faisable. Les distances à considérer ne sont pas très importantes.

– Bon, dit Harry Salter, est-ce qu'ils peuvent se mettre enfin en route ? L'attente, ça n'est pas bon pour mes nerfs.

– Exactement, approuva Billy. En ce qui me concerne, j'ai hâte de m'habiller en condé. Les vieux récidivistes avec qui j'étais enfermé à Wandsworth ne le croiront jamais.

– Parfait. Par ici, dit Kubel.

Le Storch repeint en noir patientait dans un hangar, comme ressurgi d'une autre époque. La vieille moto Cossack était là, elle aussi. Tout le monde attendait, avec un sentiment d'incertitude et d'anxiété presque palpable. Kubel se tenait près de Lacey et Parry, regardant dehors la pluie qui s'était mise à tomber.

– Pas bon, ça, dit Lacey.

– Ça n'est jamais bon quand il le faudrait, commandant, vous n'aviez pas remarqué ?

Une porte claqua, ils se retournèrent : Dillon et Billy s'avançaient, silhouettes étranges et menaçantes jaillies du passé avec leurs casques en acier, leurs uniformes de Vopos et leurs imperméables d'estafettes. Chacun portait un pistolet-mitrailleur Schmeisser en bandoulière. Dillon était en train d'attacher la sangle de son casque.

– Vous avez tout ? demanda Kubel.

– Absolument. Vastes poches, des chargeurs de rechange, un Walther chacun, des grenades à manche dans les bottes. Comme à la grande époque.

– Seigneur, on dirait que vous allez tourner un film sur le Débarquement, dit Salter.

– Qui sait ? fit Dillon, et il regarda dehors. La soirée s'y prête, en plus. Tu es prêt, Billy ?

– Allons-y, pour l'amour du ciel ! Putain, nous allons être trempés.

Il s'assit dans le side-car, Dillon enfourcha la Cossack et la démarra au kick. Hannah s'approcha de lui, posa une main sur son bras.

– Sean ? fit-elle avec une expression désemparée.

– On va le ramener, dit-il en souriant. Tu te fais trop de souci.

Et il accéléra sous la pluie battante.

La route qui sillonnait le Schwarze Platz était étroite mais bien entretenue. La forêt se refermait sur eux, tandis que la pénombre du début de soirée laissait place à des ténèbres plus profondes. La pluie était implacable. Dillon et Billy avaient enfilé des lunettes protectrices de motocycliste. La Cossack répondait bien et il y avait peu de circulation. À deux reprises, ils croisèrent des camions agricoles allant dans la direction opposée et, une fois, une berline.

Dillon tourna la tête pour crier à Billy :

– Nous serons là-bas plus tôt que Kubel ne l'avait prévu.

Et, malgré la pluie, il poussa la Cossack à plus de cent kilomètres à l'heure.

Au Schloss, le baron était assis devant la cheminée, où crépitait un feu de grosses bûches, lorsque Rossi entra avec Ferguson. Newton et Cook se tenaient en haut sur le palier, de part et d'autre du grand escalier, armés d'AK47. Derry était debout à côté de la cheminée.

– Ah, vous voilà, général. Joignez-vous donc à moi. Peut-être aimeriez-vous boire quelque chose ?

– Comme c'est gentil. Un double whisky me conviendrait bien.

– Marco.

Rossi ouvrit un placard, servit le whisky, l'apporta à Ferguson qui le savoura ostensiblement.

– À voir vos têtes, très chers amis, on dirait que vous vous attendez à avoir des problèmes.

– Non, répliqua Rossi. Nous attendons juste Dillon.

– Comment diable pourrait-il savoir où je suis ?

Ferguson restait sur ses gardes. Ces hommes étaient-ils au courant du projet Oméga ?

– Parce qu'il a assisté à votre kidnapping et nous a pris en chasse jusqu'à la base aérienne de Fotley. Sauf qu'il est arrivé trop tard pour vous secourir.

– Comme c'est regrettable.

– Pour vous, sans le moindre doute.

Le baron leva une main.

– Assez, Marco. Restons courtois avec notre invité, dit-il. Puis il se mit debout en prenant appui sur sa canne. Venez avec moi, général, je vais vous montrer certains des secrets les mieux gardés du Schloss.

Il l'entraîna vers une porte proche de l'escalier, fit un signe à Marco qui l'ouvrit.

– D'ici, un tunnel datant du quinzième siècle donne accès à la chapelle. Laquelle, soit dit en passant, est assez remarquable. Allons y jeter un œil.

À ce moment-là, Dillon frappait à la porte de Klein, qui ouvrit au bout de quelques instants. L'Allemand eut un mouvement de recul en voyant les uniformes. Billy et Dillon entrèrent dans la maison en le forçant à leur céder le passage.

– Ne vous inquiétez pas, dit Dillon en allemand, nous sommes les amis de Kubel. Vous êtes prêt à nous emmener ?

– Oui, répondit Klein avec enthousiasme.

Son haleine empestait l'alcool. Il se tourna, attrapa son manteau de chasse qu'il enfila, mit un fusil à canon scié dans la poche droite.

Dillon appela Kubel avec le Codex 4.

– Nous sommes déjà sur place et nous avons pris contact avec Klein. Nous nous dirigeons illico vers le château. Au diable l'attente ! Vous avez dit qu'il vous fallait vingt minutes de vol. Décollez dans un quart d'heure.

– Je suis votre homme, répondit Kubel. Bonne chance.

– Bien. Allons faire notre travail, dit Dillon à Billy, puis il regarda Klein. Mon ami ne parle pas allemand. Montrez-nous le chemin. En route.

Guidés par le baron, ils entrèrent dans la chapelle éclairée par des cierges. Une flamme éternelle brûlait dans une vasque. De chaque côté du plafond voûté, dans la pénombre, pendaient des bannières héraldiques.

– Sept cents ans de l'histoire de ma famille, général.

– Très impressionnant, dit Ferguson. Mais aucune trace du Troisième Reich. Je ne vois aucun étendard nazi.

– Vous oubliez que jamais je n'ai été membre du parti nazi.

– Néanmoins, vous avez rendu de brillants services aux SS.

– Les Waffen SS. Les plus grands soldats que le monde ait jamais connus.

– C'est un point de vue. Et vous étiez le conseiller d'Hitler...

– C'est vrai, mais il en avait beaucoup d'autres. Moi, je n'étais qu'un garçon de bureau, en quelque sorte.

– Allons ! Chargé de la plus sainte des missions ?

– Le caprice d'un homme qui sur sa fin était complètement déséquilibré. Attendez-moi ici.

Il passa derrière le tombeau, ouvrit la cache secrète, y prit le journal qu'il revint brandir sous le nez de Ferguson.

– Vous croyez que tout se résume à cela ? Au journal du Führer, ce soi-disant « livre saint » ?

– C'est ce que Sara Hesser m'a dit.

– Faux ! La devise de ma famille c'est : « Une question d'honneur. » La mission que m'a confiée le Führer m'a permis de quitter Berlin. Elle m'a aussi fourni l'argent dont j'avais besoin pour prendre un nouveau départ. Voilà pourquoi c'est une question d'honneur que de veiller sur ce journal. Oh, bien sûr, certaines des informations qu'il contient, en particulier celles liées au président américain, pourraient m'être utiles – mais ça n'a jamais été l'objet de ma querelle avec vous.

Il alla remettre le journal dans sa cachette, Ferguson entendit un déclic quand la cavité se referma.

– Alors ? Quelle est la véritable raison de notre... querelle ?

– Kate Rashid m'a sauvé la vie, à Bagdad. Dillon

a tué ses frères et il est aussi responsable de sa mort. Et, à travers lui, vous-même en êtes responsable.

– Ce qui veut dire que je dois payer le prix du sang ?

– Dillon paiera ce prix. Si, comme mon fils l'espère, il vient à votre secours.

– Alors, quel est mon prix ?

– Nous allons retourner au salon pour en discuter.

Malgré les projecteurs qui inondaient de lumière les flancs du Schloss, les pentes avoisinantes, couvertes d'arbres, étaient sombres et peu accueillantes. Klein les guida à travers les buissons jusqu'à l'entrée de la Chambre, dont il tira la grille. Il alluma une torche électrique puissante et éclaira le tunnel bétonné.

– Nous y voilà. Ce passage nous mènera au cœur du Schloss.

Il sortit une demi-bouteille de schnaps et en but une grande rasade au goulot.

– Bien, dit Dillon. À présent, arrêtez la gnôle. Nous avons besoin de vous sobre.

Au même moment, à Arnheim, Max Kubel mettait les gaz pour lancer le Storch. Le moteur Argus répondit magnifiquement. Il décolla et s'éleva sous le rideau de pluie.

Les autres, au bord de la piste, regardèrent l'avion disparaître dans le ciel.

– Tout dépend de Dillon, maintenant, dit Hannah.

– Eh ben... C'est généralement le cas, nom de Dieu, dit Harry Salter.

Quand ils débouchèrent dans les sous-sols, Klein les guida à travers une succession de couloirs déserts. Ils passèrent devant les cuisines, vides elles aussi.

– Pas de domestiques ? s'étonna Dillon.

– Je me suis renseigné au village. Le baron a très peu de personnel. Et, ce soir, il lui a donné quartier libre.

Ils montèrent un escalier, Klein poussa une porte avec précaution.

– Le petit salon, murmura-t-il.

Il faisait sombre. Ils entendaient des voix toutes proches.

– Ils doivent être dans le grand salon, reprit Klein. Suivez-moi. En passant par l'escalier qui est là-bas, de ce côté, on atteint une alcôve d'où vous pourrez les voir d'en haut.

Il but encore du schnaps pendant que Dillon traduisait à Billy. Puis ils se remirent à marcher, l'arme au poing.

15

Quand ils furent réinstallés devant le feu, Ferguson dit :

– Bien. Je suis prêt à entendre le pire.

– C'est très simple, répondit Rossi. Votre expérience dans le monde du renseignement international vous donne une très précieuse valeur marchande. Bien sûr, je pourrais tout simplement vous abattre, mais ce serait du gâchis. L'argent que je tirerai de vous compensera, d'une certaine façon, le fiasco du *Mona Lisa*.

– Il y a juste un petit problème, dit Ferguson d'un ton enjoué. Ma valeur dépend de ce que j'aurai à dire. Or je ne suis pas un individu très loquace.

– Oh, nous saurons pallier cette difficulté. Avec une certaine substance qui s'appelle la succinylcholine. On l'utilise comme décontractant musculaire pour diverses opérations, mais seulement si le patient est endormi. Si ce n'est pas le cas, la drogue le paralyse totalement, bloque sa respiration et le plonge dans la plus exquise des souffrances. L'effet ne dure que deux minutes, mais la perspective d'une seconde session du même traitement est tout simplement insupportable. Non, mon cher, vous vous montrerez très coopératif.

Ferguson, saisi par une anxiété qu'il avait rarement connue, réussit à sourire.

– Ça m'a l'air joliment affreux, en effet, dit-il, puis il se tourna vers le baron. Et vous approuveriez de telles méthodes ?

– Je suis certain que je n'aurai pas à le faire. Bien entendu, vous serez raisonnable.

À mi-hauteur de l'escalier se trouvait un petit réduit, typique des châteaux médiévaux, avec une ouverture à travers laquelle on pouvait observer tout ce qui se passait dans le grand salon.

Dillon, Billy et Klein, qui se tenaient prudemment en retrait, avaient une vue bien dégagée sur la scène illuminée par le lustre magnifique qui pendait du plafond à caissons : la table en chêne ; les chandeliers en argent et leurs nombreuses bougies allumées ; Newton et Cook sur le palier, au sommet de l'escalier en marbre ; Gibson près de la cheminée ; le baron et Ferguson assis l'un en face de l'autre, Rossi à côté de son père.

Dillon grava le tableau dans son esprit et fit signe aux deux autres de reculer.

– Cet escalier, ici, il monte jusqu'au palier qui est là-haut ? demanda-t-il à Klein en allemand.

– Oui.

– Et la porte en bas, c'est la seule entrée du grand salon ?

– Voilà.

– Bien. Je vais envoyer mon ami sur le palier, moi je descends pour passer par la porte.

– Et moi, qu'est-ce que je fais ?

– Vous restez ici et vous ouvrez l'œil.

– Attendez, là...

– Faites ce que je vous dis, l'interrompit Dillon, et il planta le canon du pistolet-mitrailleur sur la poitrine de Klein. Je suis sérieux.

Klein leva les mains.

– OK... D'accord.

– Il joue les difficiles ? demanda Billy.

– Il me casse les burnes, tu veux dire. Monte cet escalier, tu déboucheras sur le palier qui domine le salon. Tu penses pouvoir t'occuper de Newton et Cook ?

– N'importe quand, même les jours fériés. Et toi ?

– Je descends et je fais irruption par la grande porte. À cinquante, Billy, en commençant à compter tout de suite.

Ils se séparèrent. Klein, furieux, ressortit sa bouteille de schnaps et en but une longue gorgée, puis se rapprocha de l'ouverture donnant sur le salon. Il sortit le fusil à canon scié de son manteau.

En dessous, Rossi disait à Ferguson :

– J'ai pensé que ce serait amusant de lancer une vente aux enchères.

– Vous aimez remuer le couteau dans la plaie, fiston. Le couteau, ou plutôt votre madone en ivoire. Oh, je sais tout au sujet de cette arme. Et je sais que, lorsque vous étiez en fuite derrière les lignes serbes, vous avez tué quatre personnes. Dont deux femmes. Pour vous, c'est une habitude. Prenez Sara Hesser, par exemple...

– Allez vous faire voir, Ferguson !

Rossi glissa la main droite dans sa poche et en sortit le couteau sculpté.

Au même instant, Klein, complètement saoul, se pencha contre l'ouverture et hurla :

– Je vous tiens, ce coup-ci, baron !

Il jeta la bouteille de schnaps vide et tira les deux cartouches de son fusil.

Curieusement, ce fut Ferguson qui sauva von Berger : il se jeta en avant et le renversa de son fauteuil. Mais ce fut Derry Gibson, le dur à cuir irlandais, qui eut Klein : il tira trois coups avec son browning à travers l'ouverture, l'atteignit au front. L'Allemand s'effondra.

Le timing de Dillon était fichu. Billy, qui avançait sur Newton et Cook, n'eut d'autre choix que de tuer Newton tandis que Dillon, en bas, ouvrait la porte d'un coup de pied, se déportait de côté et arrosait la pièce avec le pistolet-mitrailleur.

Ferguson et le baron trouvèrent refuge derrière le canapé, Rossi et Gibson renversèrent la table et firent feu vers la porte.

– Ça va, Billy ? lança Dillon.

– J'ai eu Newton, il me reste Cook.

De nouveaux coups de feu retentirent, puis Dillon cria :

– Vois ce que tu peux faire avec le lustre. Je vais t'aider. Un, deux, trois, partez !

Ils arrosèrent d'un feu nourri le lustre qui vola en éclats, des tessons de verre pleuvant sur le salon, puis il se détacha du plafond et s'écrasa sur le sol et la table. L'obscurité tomba brutalement sur la pièce.

Sur le palier, Cook paniquait complètement. Il se retourna en tirant une salve d'AK 47. Billy l'abattit de deux balles en pleine poitrine, puis descendit aussitôt l'escalier. Dillon se précipita à travers le salon, en continuant de tirer, et se retrouva face à Rossi et Gibson qui émergeaient des débris du lustre et de la table. Billy arriva derrière eux.

– On ne bouge plus !

Il les fouilla et les soulagea de leurs armes. Il prit aussi la madone en ivoire de Rossi, dont il fit jaillir la lame.

– C'est pratique, ce truc.

Il referma le couteau et le glissa dans sa poche. Ferguson et le baron s'étaient redressés.

– Qu'est-ce qui vous a retardés ? demanda le général.

– D'après ce que j'ai vu, on dirait que vous avez sauvé ce vieux salopard. Pourquoi, nom de Dieu ?

– Il m'a paru convenable d'agir de la sorte. Le baron s'est lui-même montré très convenable envers moi, Dillon. Il m'a emmené à la chapelle et m'a offert un aperçu tout à fait alléchant du journal d'Hitler. Caché dans le tombeau.

– Ah oui ? Eh bien... Nous sommes venus pour vous, Charles, mais le journal, c'est un vrai bonus.

Rossi, qui n'avait pas dit un mot, les regardait d'un air mauvais. Quant à Gibson, Dillon le sentait, il se tenait prêt à saisir la moindre occasion de leur filer entre les doigts.

– Bien, dit-il à Rossi. Vous nous montrez le chemin.

À deux cents mètres d'altitude, Kubel avait une vue parfaite sur le Schloss, magnifiquement éclairé, et la prairie en contrebas. Lancé à deux cent cinquante kilomètres à l'heure, il fit un rapide passage de reconnaissance. La pluie battante s'était beaucoup calmée ; désormais il bruinait. Un quart de lune pâle, délavé par l'humidité, illuminait la campagne. Puis il revit le Schloss baigné de lumière et la grande plaine ; il descendit et effectua un atterrissage parfait, roula jusqu'au bout de l'étendue herbeuse, vira et revint en arrière. C'est alors que son Codex 4 sonna.

– Kubel, dit-il en décrochant.

– Dillon à l'appareil. Je vous ai entendu arriver. Nous l'avons.

– Parfait. Prêt à décoller quand vous voudrez.

Ils se rassemblèrent près du tombeau dans la chapelle. Billy tenait Rossi, Gibson et le baron en joue avec son Schmeisser. Ferguson tâtonna le mur à l'arrière.

– C'est ici quelque part. Une ouverture secrète, quelque chose comme ça...

– Vous ne trouverez jamais, dit le baron d'un air tranquille.

– Je n'ai pas de temps à perdre, marmonna Dillon.

Il saisit Rossi par les cheveux, sortit un Walther de la poche de son imperméable et lui colla le canon sur la tempe.

– Sortez le journal ou je le tue.

– Je ne crois pas que vous ferez cela.

– Alors, vous me connaissez mal, répliqua Dillon.

Il se tourna vers Gibson.

– Toi, je t'avais dit de ne pas revenir m'enquiquiner.

Il lui logea une balle entre les yeux. Gibson trébucha en arrière et s'écroula dans un jaillissement de sang.

Après quelques instants de silence stupéfait dans le groupe, Dillon remit le canon du Walther sur la tempe de Rossi.

– À vous de voir.

– Non ! cria le baron d'un air anxieux. Je vous donne le journal, mais seulement si vous me jurez sur votre honneur de l'épargner.

Ce fut Ferguson qui répondit :

– Vous avez ma parole.

Le vieil homme passa derrière le tombeau, un léger grincement retentit dans la chapelle quand il ouvrit la cache. Il revint avec le journal qu'il tendit à Ferguson.

– Un « livre saint », d'après Sara Hesser, dit le général en l'examinant. Vous avez prêté serment de ne jamais le recopier.

– Et je ne l'ai jamais fait.

– Excellent.

Ferguson monta les deux marches du tombeau pour s'approcher de la flamme éternelle et déposa le journal dans la vasque : il prit feu instantanément.

– Quel idiot tu fais, papa ! cria Rossi. Ils vont nous tuer, de toute façon.

Dillon le poussa en arrière et le mit en joue avec le Walther, mais Ferguson l'arrêta :

– Non ! C'est terminé, et j'ai donné ma parole. Partons maintenant.

Il sortit de la chapelle.

– Vous avez de la chance, dit Dillon. Moi, ça fait un bail que j'ai renoncé à ce genre de promesses d'honneur. Viens, Billy.

Ils s'éloignèrent, emboîtant le pas à Ferguson qui les ramena au grand salon et à son carnage, puis ils sortirent du château par la porte principale. Au pied du perron, ils se dirigèrent vers une cour où étaient stationnés plusieurs véhicules. Dont une Land Rover avec la clé sur le tableau de bord.

– Voilà ce qu'il nous faut, dit Dillon, et il s'assit au volant.

Les deux autres montèrent dans la voiture, il démarra et franchit le pont-levis.

Rossi sortit de la chapelle, talonné par son père, et regarda du côté de la prairie.

– Mon Dieu, c'est un Storch. Ils veulent se tirer dans un vieux zinc comme ça. Je vais leur donner une leçon.

Il partit à grands pas vers la cour ; son père s'efforça de rester auprès de lui.

– Qu'est-ce que tu vas faire ?

– Mon Gulfstream est trois fois plus rapide que ce coucou. Je vais balancer ces fumiers par terre.

Il était ivre de rage, hors de lui.

– Tu es fou, dit le baron en l'agrippant par le bras.

Rossi se dégagea et partit en courant ; le vieil homme ne put le suivre.

Dans la cour, Rossi prit le volant d'un break, démarra et se dirigea vers la sortie. Il trouva le baron en travers de sa route, bras écartés, la canne dans une main. Il n'eut d'autre solution que de s'arrêter. En une seconde von Berger ouvrit la portière côté passager et s'assit à côté de lui.

– Quoi que nous fassions, nous devons rester ensemble. En route.

Ferguson, Dillon et Billy s'entassèrent dans le Storch. Max Kubel leur sourit et cria par-dessus le rugissement du moteur :

– Tout est bien qui finit bien. On fiche le camp d'ici, nom de Dieu !

– Bonne idée, dit Ferguson. Nous avons laissé quatre morts derrière nous.

– Alors, nous avons vraiment intérêt à déguerpir.

Il mit les gaz, accéléra sur la prairie et l'avion s'éleva dans les airs.

Dillon, qui regardait en bas, vit le break s'approcher du Gulfstream. Il fit un geste à Kubel qui se tourna pour jeter un coup d'œil à son tour.

– Si vous n'avez pas tué Rossi au Schloss, c'est lui qui va piloter. Ça ne peut être personne d'autre. Filons d'ici.

Vain espoir, bien entendu. En aucun cas il ne pouvait distancer un avion aussi rapide que le Gulfstream. Il n'y avait aucun risque, non plus, qu'ils soient abattus en vol, puisque le Gulfstream n'était pas un avion de chasse armé. Ce qui ne pouvait signifier qu'une seule chose : ils allaient se faire jeter au sol, Rossi allait les obliger à s'écraser dans la forêt. Et Rossi, Kubel le savait, était un sacrément bon pilote.

Il volait à trois cents mètres quand il sentit une violente onde de choc qui secoua le Storch en tous sens. Le Gulfstream passa juste au-dessus d'eux, puis vira et revint à leur hauteur, à gauche, en ralentissant. Rossi avait allumé les lumières à l'intérieur du cockpit, Dillon aperçut von Berger assis sur le siège droit.

– Bon sang, il a emmené le baron avec lui !

Le Gulfstream repartit dans un rugissement de réacteurs, vira et revint droit sur eux, grimpant à la dernière seconde pour passer au-dessus de leur tête. Une fois encore, le Storch fut rudement ébranlé par la turbulence.

– Pas de ça, grogna Kubel. Il essaie de m'obliger à descendre pour que je touche les arbres. Mais on va jouer à un autre jeu.

Il tira le manche et grimpa à sept cent cinquante mètres d'altitude. Dans le cockpit du Gulfstream, Rossi poussa un grognement.

– Qu'est-ce qu'il fiche, ce foutu pilote ?

– C'est ridicule, dit le baron. De la folie pure. Rentrons au Schloss.

– Plutôt aller en enfer !

À ce moment-là, Kubel fit redescendre le Storch en piquant du nez. Le plongeon le plus radical de sa carrière. Rossi se lança à sa poursuite. Le Storch se comporta bien, et Kubel, de manière suicidaire, ne releva le manche qu'à la toute dernière limite pour se stabiliser à cent cinquante mètres.

Le baron posa une main sur celle de Rossi.

– Ça suffit, dit-il, et il poussa le manche en avant.

Le Gulfstream, lancé à plus de six cents kilomètres à l'heure, plongea droit vers la forêt et explosa dans une boule de feu.

– Vous êtes génial ! cria Dillon à Kubel.

– Il avait perdu la tête. Pour piloter un avion de cette façon, il faut être cinglé.

– Il a fait le choix qu'il a voulu, dit Ferguson. Je ne peux pas dire que je sois désolé pour lui. Il me réservait un sort atroce. Et le baron, en plus, était prêt à le laisser faire.

– Ils peuvent rôtir en enfer, pour ce qui me concerne, dit Dillon. Rentrons chez nous.

Ils arrivèrent peu après à Arnheim. Après l'atterrissage, ils roulèrent jusqu'au hangar où les attendaient Hannah, Harry, Lacey et Parry.

– Mon Dieu, général ! s'exclama Harry. Comme je suis heureux de vous revoir.

Impulsivement, Hannah embrassa Ferguson sur la joue.

– Je suis tellement contente que vous soyez revenu, monsieur.

– Bien, bien ! Les effusions peuvent attendre. Tout le monde à bord. Je veux ficher le camp d'ici très vite. Dillon, Billy et vous feriez bien de vous changer. Et vous, Kubel, que faites-vous ?

– Oh, je vais partir juste après vous. Il est temps que je prenne de longues vacances, je crois.

– Vous avez été formidable.

– N'est-ce pas ? répondit Kubel en souriant modestement.

Lacey et Parry avaient pris place dans le cockpit du Citation. Hannah et Harry embarquèrent, Ferguson les suivit, Dillon et Billy ressortirent du hangar en courant.

– Je croyais que j'étais un bon pilote, dit Dillon à Kubel, mais vous, vous êtes un as. N'est-ce pas, Billy, qu'il est génial ?

– C'est un putain de merveilleux pilote. Allons-y.

Ils grimpèrent dans l'avion, Parry referma la porte-escalier. Quelques instants plus tard, ils s'élançaient sur la piste, décollaient et prenaient rapidement de l'altitude.

– Qu'est-ce qui s'est passé ? demanda Harry.

– Le récit des événements peut attendre, Harry, dit Ferguson. Comme d'habitude, ils se sont couverts de gloire.

Il se tourna vers Hannah.

– Ayez l'obligeance d'appeler Roper. Mission accomplie. Journal d'Hitler détruit. Le baron Max von Berger, Marco Rossi et Derry Gibson ont quitté ce monde pour s'en aller qui sait où ? Demandez-lui de relayer ces informations à Blake Johnson.

– Certainement, monsieur. Et le Premier ministre ?

– Je m'en occupe moi-même.

Hannah partit à l'arrière de la cabine ; elle entra dans la kitchenette pour passer son coup de fil. Harry ouvrit le minibar.

– Je présume que c'est le moment de prendre un verre. Sauf pour Billy.

– Moi, je vais piquer un petit roupillon, dit le jeune homme en inclinant le dossier de son fauteuil, et il ferma aussitôt les yeux.

– Du Bushmills, dit Harry en brandissant une bouteille. Tu as des amis haut placés, petit voyou d'Irlandais !

Il trouva trois verres et fit le service. Un silence complice tomba entre eux. Ils burent, et Harry remplit de nouveau les verres.

Ferguson porta un toast à Dillon.

– Ça a été dur, Sean, mais vous avez bien joué votre coup.

– N'empêche, ça devient chaque fois plus difficile. Certains jours je me dis que je devrais trouver un job plus correct.

Ferguson secoua la tête et dit doucement :

– Ne faites pas l'idiot. Où diable iriez-vous ?

Du même auteur
aux Éditions Albin Michel :

L'AIGLE S'EST ENVOLÉ, 1976.
AVIS DE TEMPÊTE, 1978.
LE JOUR DU JUGEMENT, 1979.
SOLO, 1981.
LUCIANO, 1982.
LES GRIFFES DU DIABLE, 1983.
EXOCET, 1984.
CONFESSIONNAL, 1986.
L'IRLANDAIS, 1987.
LA NUIT DES LOUPS, 1989.
UNE SAISON EN ENFER, 1990.
OPÉRATION CORNOUAILLES, 1991.
L'AIGLE A DISPARU, 1992.
L'ŒIL DU TYPHON, 1993.
L'OPÉRATION VIRGIN, 1994.
TERRAIN DANGEREUX, 1995.
MISSION SABA, 1996.
L'AIGLE DE LA MORT, 1997.
LE FESTIN DU DIABLE, 1998.
LE SECRET DU PRÉSIDENT, 1999.
LE VOL DES AIGLES, 2001.
UNE TAUPE À LA MAISON-BLANCHE, 2001.
LE JOUR OÙ IL FAUDRA PAYER, 2002.
DANGER IMMINENT, 2003.
MIDNIGHT RUNNER, 2004.

Composition réalisée par NORD COMPO

Achevé d'imprimer en février 2007 en France sur Presse Offset par

CPI
Brodard & Taupin

La Flèche (Sarthe).
N° d'imprimeur : 40280 – N° d'éditeur : 83067
Dépôt légal 1re publication : mars 2007
LIBRAIRIE GÉNÉRALE FRANÇAISE – 31, rue de Fleurus – 75278 Paris cedex 06.

30/1908/0